사람을
공부하고
너를
생각한다

# 사람을 공부하고 너를 생각한다

김종광 산문

교유서가

작가의 말


산문집을 욕망한 게 진심이다. 소설 말고 수천 편의 산문으로 먹고살아온 주제꼴에 산문집 한 권이 없다는 것이 거시기했다.

이웃 열전(列傳) 43편은 먼발치서 혹은 거리를 두고 혹은 가깝게 혹은 더불어 겪은 분들의 한때를 포착하여 이러저러하게 꾸민 이야기들이다. 대다수 분은 자신이 열전의 주인공이 된 것도 모르실 테다. 감사합니다. 죄송합니다.

만필(漫筆) 7편은 미미한 소설가로서 20년이나 행세한 행운이 아버지 어머니 아내 아들 덕분임을 고백하고 흔히 '소설가의 무엇'으로 표현되는 이러저러한 푸념을 내비친 글들이다. 여전히 소와 아옹다옹하고 농사를 짓는 아버지 어머니…… 오래오래 강녕하소서.

되짚으니, '내가 사랑받기 위해' 작가가 된 게 아닐까 싶을 정도로 나를 아껴준 선배님들이 많았다. 선배님들의 물심양면 응원이 나를 버티게 했다. 갚을 수 없는 덕분(德分)이다.

올해 6월 23일, 내 소설책 열여섯 종을 전부 다 읽었을 뿐만 아니라 정가에 사 소장하고 계시는 독자를 뵈었다. 그분은 나를 밤새 치켜세웠다. 소설가로 살면서 그처럼 자존감 넘치는 시간은 없었다. 정홍윤 선생님은 자학 소설가에게 십 년 쓸 힘을 주셨다.

과분한 덕담을 얹어준 정형수 드라마작가와 김민정 시인, 내 어머니 고희연에 꼭 맞추어 출간해준 교유서가……

뿌듯하다기보다는 송구하다. 이 아픈 세월에 이런 아프지 않은 글도 괜찮은 것인지. 일부 독자께라도 부디 읽을 만한 책이기를 비손할 뿐이다.

2017년 8월,
고마운 분들이 양명(亮明)하기를 비손하며

# / 차례 /

## 2부. 낭만 삼겹살

## 3부. 미미한 작가로 살기

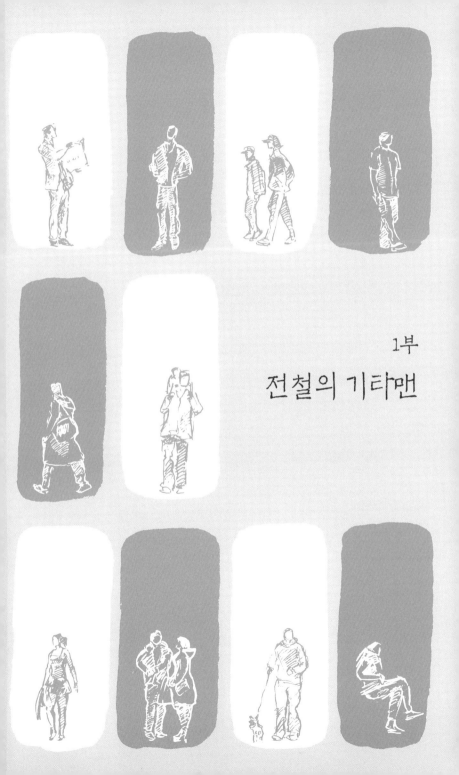

1부

전철의 기타맨

## 기다려, 내가 갈게!

경건한 밤을 보내려고 했습니다. 지난 한 달 동안, 소주 한 병 이상 마시지 않으면 잠들 수 없었습니다. 오늘밤만큼은 말짱한 정신으로 눕고 싶었습니다. 하지만 견딜 수 없이 무서워졌습니다. 남자(38세, 박경수)는 소주를 꺼내고 말았습니다. 한 잔 두 잔 마시다보니 무서움은 가시고, 대신 억울해졌습니다. 길고 긴 인생을 오로지 한 여자만 보고 살아야 한다니요. 세상은 넓고 여자가 얼마나 많은데!

새벽 한시, 남자는 전화를 걸었습니다. 여자(31세, 이다채)는 기다렸다는 듯이 받았습니다. 남자가 말하기 전에 여자가 먼저 종알거립니다.

오빠도 잠 못 들었구나. 나 무서워 죽겠어. 심장이 벌렁벌렁해서 누워 있을 수가 없네. 우리 잘해낼 수 있겠지? 처음 해보는 거라 너무 걱정돼. 빨리 자야 화장 잘 먹을 텐데. 온갖 생각이 다 나는 거 있지. 나는 현모양처 될 자신이 있어. 오빠는 나 책임질 자신 있지?

남자가 대답했습니다. 자신 없어.

여자는 기가 막혔습니다. 오빠, 술 마셨어? 오늘은 안 마신다고 약속했잖아.

남자가 울먹입니다. 다채야, 미안하다. 안 되겠다, 안 되겠어. 너는 나한테 너무 과분한 여자야. 너는 미녀고 나는 야수야. 너처럼 아름다운 여자를 나 같은 멍텅구리가 책임져서는 안 돼. 나는 연봉 4천도 안 되고, 못생겼고, 늙은 부모님도 챙겨야 되고, 책임감도 부족하고, 나는 한마디로 대책이 없는 놈이야. 절망적이야. 지금도 늦지 않았어. 우리 관두자.

여자는 더는 참지 못하고 소리질렀습니다. 너, 죽을래?

여자는 분통이 터졌습니다. 결혼식 전야에 이따위 쓰레기 같은 말이나 주절대는 남자랑 한평생을 살아야 한다니, 급격히 후회가 돼서 뒷골이 땅했습니다. 남자는 대개 자신감에 차 있었습니다. 연봉 4천도 안 되는 주제에 연봉 8천은 되는 것처럼 허세를 부렸고, 책임감 하나로 살아가는 사나이처럼 믿음직스러운 체했습니다. 한결같은 사람이 어디 있겠습니까. 남자 역시 가끔 크나큰 절망에 빠져 허우적댔습니다. 약한 모습 보이는 거 충분히 이해할 수 있었고 다독거려줄 수 있었습니다. 하지만 운명적인 날에 세 살 먹은 애같이 찡찡대다니요.

여자는 정말이지 절망스러웠습니다. 여자는 마구 쏘아댔습니다. 절망할 사람은 나야. 내가 어디가 모자라서 너 같은 거 하고 결혼하게 됐냐고! 정확히 13개월 전, 너 만난 걸, 수천 번은 후회했다고. 몸도 주고 마음도 주고 빼도 박도 못하게 돼서 결혼하는 것뿐이라고. 야, 아직도 나 밖에 나가면 남자들이 다 쳐다봐. 내 친구들이 뭐라는 줄 알아? 거지랑 결혼한다고 그래. 우리 부모님 얼마나 반대했니? 네가 성격이나 좋니? 그럼에도 불구하고 결혼까지 해주겠다는데, 뭐, 결혼식 전날에 관두자고? 차라리 와서 나를 죽여. 결혼식 파투내면 내가 쪽팔려서 어떻게 사니?

남자는 술이 확 깼습니다. 13개월을 만나는 동안 2백 번 이상 싸웠을 것입니다. 여자에게 헤어지자는 말을 백 번은 들었습니다. 여자는 조금만 못마땅하면 "헤어져!"라고 외쳤습니다. 남자가 사나흘을 싹싹 빌고 충견처럼 굴어야 여자는 화를 풀고 배시시 웃었습니다. 남자는 직감했습니다. 끔찍한 신혼여행이 될 것임을. 한 침대에 눕는 것은 고사하고 손 한번 못 잡아보고 계속 파리처럼 빌기만 해야 할지도 모릅니다.

남자는 사죄했습니다. 우리, 다채 화났쪄! 오빠가 농담이 심했지. 막 긴장되고 떨려서 나도 모르게 헛소리를 막 했네. 총각 인생 끝내려니까 제정신이 아닌 거 있지. 나한테는 다채밖에 없어. 미스코리아를 한 트럭 갖다줘봐라. 내 눈엔 다채만 보이지. 걱정하지 마. 오빠 돈 엄청 벌 거야. 우리 다채, 공주님처럼 모시고 살 거야. 나는 다채를 행복하게 해주려고 태어난 사람이야.

닭살 돋는 소리가 역겨웠습니다. 여자는 "나, 결혼 안 해!" 소리지르고는 휴대폰 전원을 꺼버렸습니다. 집전화도 아웃시켜버렸습니다. 여자는 속이 시원했습니다. 결혼식을 파투 낼 경우 감당해야만 하는 제반사에 대한 두려움을 몰아내기 위해서 와인을 마셨습니다.

부모님 죄송합니다. 하지만 훨씬 훌륭한 사윗감을 보는 날, 모든 걸 용서해주실 거예요. 그래, 결혼은 여자의 인생을 좌우하는 결정적인 사건이야. 아니다 싶으면 결혼식 전날이라도 엎어야 해. 결혼식을 치르고 법적 부부가 되어 겪어야 할 고난을 예상해보라고. 날이 밝는 대로 도망가자. 사나흘 숨어 있다가 나타나면 모든 게 해결되어 있을 거야. 여자는 마음껏 상상 드라마를 찍었습니다.

남자는 줄기차게 전화를 걸었습니다. 여자의 휴대폰도, 집

전화도 먹통이었습니다. 장모님께는 무서워서 못 걸고 장인 어른께 전화를 걸기는 했지만 얼른 끊었습니다. 장인께 뭐라고 얘기하냔 말입니다. 걱정이 됩니다. 두 달 전 남자는 장인 장모께 인사를 드리러 갔다가 안 좋은 소리만 골라 들었습니다. 키가 작다. 벌써 머리가 벗어졌는가. 그 나이에 그게 버는 거라고 할 수 있나. 부모님이 참 가난하시니 기댈 곳도 없는 사람이구만. 우리 딸 절대로 줄 수 없네. 남자는 홧김에 바람을 피웠습니다. 대단한 바람은 아니고 유흥업소에 갔습니다. 여자는 배신감을 못 이기고 자살소동을 벌였습니다. 그때 난리쳤던 게 생생합니다. 남자는 온갖 나쁜 상상으로 덜덜 떨렸습니다.

여자는 현실로 돌아왔습니다. 어쨌든 결혼식은 치러야 합니다. 신혼여행도 가야 합니다. 뭐라고 용서해주는 말을 해야 할지 정리가 덜 되었지만, 남자에게 일단 전화를 걸고 보았습니다. 안 받습니다. 어떻게 전화를 안 받을 수가 있지요? 환장하겠습니다. 계속 안 받으니까 걱정이 됩니다. 5개월 전인가 여자가 아주 진지하게 이별을 선언했을 때, 남자는 칼로 팔뚝을 그었습니다. 너를 못 보느니 죽겠다는 낙서인지 유서인지를 써놓고 말입니다. 잠들었을 거야. 여자 울려놓고 참 잘 자고 있을 거야. 이렇게도 생각해보았지만, 무슨 일 났을 것 같은 두려움이 더 컸습니다.

남자는 택시로 한 시간을 달려가는 동안 별의별 추측을 다 했습니다. 초인종을 눌렀습니다. 계속 눌렀습니다. 장모님이 나왔습니다. 자네가 이 시각에 어쩐 일인가? 다채가 보고 싶어서요. 사람 참, 예식이 몇 시간이나 남았다고. 장모님은 혀를 끌끌 차더니 안방으로 들어갔습니다. 문을 두드렸지만, 여자는 열어주지 않았습니다. 혹시나 해서 손잡이를 돌렸더니 벌컥 열렸고, 방은 텅 비어 있었습니다. 여자의 체취만 가득했습니다.

여자는 초인종을 누르지 않고 번호키를 눌렀습니다. 남자가 보이지 않았습니다. 어느 구석에 피 흘리며 쓰러져 있을까봐 심장이 쿵쿵 뛰었습니다. 진한 총각 냄새만 가득했습니다. 남자의 휴대폰만 찾아냈을 뿐입니다. 여자가 부들부들 떨고 있는데, 남자의 휴대폰이 울렸습니다. 번호가 낯익습니다. 집전화번호입니다.

여자가 눈물방울을 떨어뜨리며 소리질렀습니다. 오빠, 우리집에 있는 거야?

남자는 너무 고마워서 목이 메었습니다. 너, 왜 거기 있어, 멍충이같이.

두 사람은 한동안 아무 말을 못하고 있었습니다. 서로의 숨소리를 듣기만 했습니다. 남자가 겨우 한마디했습니다. 결혼식 할 거지? 여자가 짐짓 쾌활하게 대꾸했습니다. 당연하지. 부조금이 얼만데. 그리고 두 사람은 동시에 말했습니다. 기다려, 내가 갈게. 창문 밖에 미명이 걷히고 있었습니다. 여섯 시간 후, 둘은 신부신랑 입장을 하게 될 것입니다.

# 소주 한잔 할래?

아들(조장훈, 24세)이 돌아왔다. 녀석은 너무도 뻔뻔한 얼굴이었다. 녀석은 '죄송하다'는 말 한마디가 없었다. 잠깐 나갔다가 들어온 것처럼 고개를 꾸벅한 게 다였다. 살아만 있게 해주십시오! 제발 몸 성히 보존해서 무사히 돌아오게만 해주십시오! 그(조성수, 54세)는 날마다 빌었다. 무신자였던 그는 모든 종교의 신께 싹싹 빌었다. 신들이 그의 기도를 들어준 것일까, 아들이 건강히 귀환했건만, 그는 엄청난 증오를 느꼈다. 패 죽이고 싶었다! 그는 살의를 참느라 부들부들 떨었다.

잘못했습니다. 잘못했어요, 아버지! 청년은 그렇게 말하려고 했다. 아버지의 얼굴을 보자 아무 말도 할 수가 없었다. 아버지께 정말로 죄송했다. 하지만 '죄송하다'는 말이 나오지 않았다. 아니, '죄송하다'는 말을 하고 싶지 않았다. 어떻게 열다섯 달이 지나가버렸는지 모르겠다. 집을 나가려고 했던 것도 아니다. 그가 전역하자마자 이별을 통고한 여자를 만나겠다고 이틀 예정으로 상경했을 뿐이다. 그처럼 먼길을 떠나는 것인 줄 몰랐다.

녀석이 밥을 꾸역꾸역 먹었다. 말 그대로 '진수성찬'이었다. 아내야, 네 아들이 장원급제라도 하고 왔니? 네 시간 전에 딸에게서 전화가 왔다. 오빠를 찾았다고. 어떻게 해서든 오빠를 끌고 내려가겠다고. 아내는 시장으로 달려가 바리바리 사들고 왔다. 지지고 볶고 찌고 야단이었다. 그는 아내의 요리경연을 못 본 척했다. 지금은 아들이 밥 먹는 걸 보지 않는 척했다. 그는 텔레비전만 노려보았지만, 저도 모르게 아들이 밥 먹는 꼬락서니를 훔쳐보았다.

청년은 배가 하나도 고프지 않았다. 하지만 먹었다. 먹는 것 말고 뭘 할 수 있단 말인가. 어머니와 여동생은 웃는 얼굴이었지만 눈물을 흘리고 있었다. 어머니는 짐짓 밝은 목소리로 이것도 먹고 저것도 먹으라고 울먹였다. 청년은 목이 메었지만 숟가락질을 멈출 수가 없었다. 여자친구와 함께 회사

생활을 했다. 번 돈은 없고 5백만 원에 가까운 빚만 졌다. 끝내는 회사에서 도망쳤고, 어머니가 여자친구 빚까지 함께 갚아주었다. 그래서 더욱 귀가할 수 없었다. 전화조차 드릴 수가 없었다.

숨이 턱턱 막히는데도 밥을 삼키고 삼켰다.

녀석이 다단계회사에 있었다는 것을 알게 되었을 때, 그는 자신에게 분노했다. 그는 자식을 잘 키웠다는 자부심을 갖고 살아왔다. 그런데 군대까지 다녀온 놈이 다단계회사라는 수렁에서 헤어나지 못할 정도로 미련했던 것이다. 사랑하는 사람을 구출할 작정이었다. 사랑하는 여자를 위해 목숨도 바칠 수 있는데, 그깟 천만 원이 문제냐. 우리집은 먹고살 만하니까 불쌍한 사람 도와줄 수 있는 거 아니냐. 이따위 말을 지 엄마에게 주절대었단다. 말이나 못하면 덜 밉지. 어떻게 키웠기에 저런 미련퉁이인가. 그는 당장 식탁으로 달려가 아들의 얼굴을 국사발에 처박아버리고 싶었다.

봄바람이 시렸다. 청년은 어둠을 바라보았다. 시골의 어둠은 바다의 어둠을 닮았다. 청년은 오징어잡이배를 탔다. 천만 원을 벌어 어머니에게 빚을 갚겠다는 각오였다. 단순한 계산으로는 몇 개월 만에 큰돈을 벌 수 있을 듯했다. 현실은 늘 계산과 달랐다. 청년을 견디게 해준 것은 술과 별이었다. 별은 무슨 말이든 들어주었다. 은하수는 무엇이든지 상상이 가능한 바탕화면이었다. 고등학교 때 배웠던 「별 헤는 밤」 비슷한 시를 수천 편쯤 뇌었다. 고향에 돌아와서 별을 다시 만났다.

　아들이 연기를 뿜어내고 있었다. 안 좋은 것은 다 배웠군. 나쁜 놈! 그는 아들이 너무 미웠지만 자꾸만 보고 싶었다. 1년하고도 석 달 동안 보지 못한 아들을 물릴 때까지 바라보고 싶었다. 하지만 가까이 있으면 아들의 뺨을 후려갈길 것만 같았다. 아들에게 크나큰 상처가 될 독설을 퍼부을 것만 같았다. 그래서 아들을 멀리서 훔쳐볼 수밖에 없다! 그의 평계는 그렇게 구차했다. 사실 훨씬 전부터 아들과 얼굴을 맞대고 다정한 대화를 해본 적이 없었다. 도대체 언제부터 아들과 말하기가 힘들어졌는지 정확히 기억도 나지 않았다.

　청년은 자기 방이 몹시 낯설었다. 어머니가 청소를 게을리하지 않았는지 방은 깨끗했다. 자고 싶었다. 잠은 오지 않았다. 속으로 비명을 질렀다. 아버지 때문이야! 책상에 앉아 노트북을 열었다. 옛날의 그 노트북이 아니었다. 언제 샀는지 모르겠지만 새것이었다. 여동생에게 들은 말이 생각났다. 아버지가 오빠 노트북을 박살내놓고는 며칠 뒤에 그 매장에서 최고로 비싸다는 것을 사왔다고. 바탕화면에 한글파일 하나가 떠 있었다. 파일 이름이 '아버지'였다. 아버지가 편지를 써놓은 것일까? 겁이 더럭 났다. 반갑기도 했다. 떨면서 클릭을 했다. 그것은 아버지가 쓴 글이 아니었다. 청년이 중학교 1학년 때인가 글짓기숙제로 썼던 거였다. 읽어보고 싶지 않았다. 마지막 문장이 눈에 확 들어왔다. '나는 아버지가 참 자랑스럽다.' 청년은 울컥했다. 정말이지 아버지에게 잘난 모습을 보이고 싶었다. 그런데, 그런데, 어쩌다가 이 모양 이 꼴이 된 것일까. 청년은 주먹을 쥐고 진저리를 쳤다.

그는 뒤란으로 갔다. 아들의 방은 여전히 환했다. 아직도 잠들지 않았단 말인가. 아니야, 피곤했을 텐데 푹 잠들었을 거야. 그 고생을 했으니 얼마나 피곤했겠어. 배를 석 달인가 타고 나서 무슨 공장 짓는 데서 일했다지. 골병이 들었겠지. 그 지랄하라고 대학까지 보냈겠느냐고! 바보 같은 놈! 그는 아들 나이 때 자신이 막노동 했던 것은 전혀 기억하지 못한 채 아들의 몸뚱이를 걱정했다. 그는 또다시 분통이 터졌다. 도대체 '아들'이 뭐기에. 어미는 제 배 속에서 열 달이나 품고 있었으니까 새끼를 끔찍이 여기는 것이 이해가 돼. 하지만 아빠와 새끼는 뭔 상관이냐고? 어느 하룻밤에 발사한 2억 마리 정자 중에 단 한 마리에서 비롯된 놈 때문에 이다지도 애타야 할 까닭이 없잖아? 그는 그 누구도 풀지 못한 문제와 맞닥뜨린 철학자처럼 절규하고 싶었다.

청년은 아버지에게 아무 말도 안 할 수는 없다고 생각했다. '죄송합니다' '앞으로는 잘하겠습니다' '다시는 걱정 끼쳐드리지 않겠습니다' '다시 대학 다닐게요, 공부가 하고 싶어요' '내

일 아침 일찍 떠나겠습니다' '내 인생은 내가 사니 참견하지 마세요' 등등 갖가지 말이 생각났다. 청년은 그중에 어떤 말이 자신의 진심에 가장 가까운 것인지 장담할 수 없었다. 모든 말이 진심인 듯했다. 결국 하기로 작정한 말은 '아버지, 안녕히 주무세요!'였다. 청년은 방을 나가려고 일어섰다.

방문을 열고 살그머니 들어선 그는 소스라치게 놀랐다. 그는 순간적으로 죽어버린 아들이 귀신이 되어 나타난 줄 알았다. 생생히 살아 있는 아들이 지금 바로 앞에 서 있었다. 그는 문득 감사해서 어쩔 줄을 몰랐다. "네가 잠든 줄 알고 불 꺼주려고 그랬지." 놀라기는 청년도 마찬가지였다. 수음이라도 하다가 딱 걸린 것처럼 저어되었다. "저 때문에 많이 늙으셨네요." 아버지와 아들이 15개월 만에 주고받은 첫 말은 그토록 시시했다.

아버지는 피식 웃었다. 아들은 멋쩍은 미소를 지었다. 아버지가 친구에게 말하듯 했다. "어이없는 놈! 소주 한잔 할래?" 아들이 형에게 말하듯 대답했다. "좋아요!"

"저 때문에 많이 늙으셨네요"
아버지와 아들이 15개월 만에 주고받은
첫 말은 그토록 시시했다. "

“아버지는 피식 웃었다.
아들은 멋쩍은 미소를 지었다.
아버지가 친구에게 말하듯 했다.
"어이없는 놈! 소주 한잔 할래?"
아들이 형에게 말하듯 대답했다. "좋아요!"”

# 남편이 찾아준 휴대폰

횡성댁은 남편이 요절한 이후 세 아들을 이끌고 수도권 낯선 땅으로 이주했다. '고난의 행군' 같은 수십 년 세월이 흘렀다. 장남은 환갑을 바라보고 막내는 쉰 살이 내일모레다.

한식날, 온 가족이 한차에 타고 고향으로 성묘를 갔다가 돌아오는 길, 하염없이 막힌 영동고속도로에서 횡성댁이 느닷없이 비명을 질렀다. "휴대폰! 야들아, 휴대폰이 없다아!" 아버지의 묘를 떠나온 지 두 시간이 지났고, 날은 이미 어둑어둑했다.

횡성댁은 팔순을 바라보는 나이에도 활발한 경제활동을 펼치고 있었다. 횡성댁에게 작년부터 소원이 있었으니, 환경미화업계에 입문할 때부터 사용했던 두껍고 무겁고 디자인 칙칙한 휴대폰을 없애는 것이었다. "젊은것들은 1년에 한 번씩 바꾼다는데, 난 벌써 7년을 썼다. 애가 얼마나 힘들었겠냐. 인제 보내줘야 해. 나도 신식으로 하나 갖고 싶단 말이다. 이 어미도 때깔 난 휴대폰 쓸 줄 안다고!"

아들 녀석들도 제 어미를 닮아서 그런지 하나같이 근검절약에 이골이 났다. 그렇게 짜게 살았으니 애비 없는 자식들이 자수성가하여 잘들 살고 있는 게지, 대견하기는 하다. 하지만 제 어미가 고구려적 유물 같은 벽돌 휴대폰 들고 다니는 게 애처롭지도 않은가. 볼 때마다 "내 뱃속에서 나온 놈들 맞냐? 이 인정머리 없는 것들아! 내가 휴대폰 노래를 부른 게 몇 달째냐? 다들 귀에다 마개를 박은 게야?" 타박을 해대도 녀석들은 눈썹 한번 꿈쩍하지 않았다.

오히려 따졌다. "엄니가 현금이 없어요, 저축해놓은 돈이 없어요. 다 있잖아요. 그 돈을 싸짊어지고 갈랍니까? 사고 싶은 거 사 쓰시고 드시고 싶은 거 사 드시란 말이에요. 손자들 학비 한 달에 수백씩 들어가는 거 뻔히 알잖아요? 손자한테 급식비 한 번을 안 내주시는 건 이해하겠는데요, 자식들한테 뭘 요구하시는 건 지나친 거 아니시냐고요."

깨물어서 안 아픈 손가락 있겠냐지만, 애비 얼굴도 가물가물할 막내를 제일 챙길 수밖에 없었다. 장남은 옛날 남편처럼 친해지기 어려운 성격이었고, 둘째는 오래도록 산지사방을 떠돌며 방황했다. 가장 많은 시간을 함께했고 시시콜콜한 얘기까지 주고받으며 친구처럼 살아온 게 막내였다. 어미가 뭣 좀 도와달라고 징징대면 세 형제는 서로 눈치만 보며 버티는데, 결국엔 막내가 돈을 쓰고 마는 일이 대부분이었다. 휴대폰 역시 결국엔 막내가 큰돈을 썼다. 한 달 전 막내가 가볍고 얇고 젊은 애들 것과 똑같은 디자인 발랄한 휴대폰으로 바꿔주었던 것이다.

그 휴대폰을 강원도 산속에 놓고 온 것이다. 하나마나 한 짓이라는 걸 알면서도 산속으로 전화를 해보니 신호음 소리만 요란했다. 고속도로는 질리도록 막히고, 휴대폰을 그리워하고 애달파하는 횡성댁의 장탄식이 끝없이 이어졌다. 장남은 묵묵히 운전중이고, 차남은 낮술에 취해 잠들어 있었다. 며느리들도 손자들도 아무 말이 없다. 막내아들만 차 속에 있을지도 모른다면서 부산을 떨었다.

횡성댁은 이후로 집에 도착할 때까지 세 시간을 내내 징징거렸지만, 어느 아들 며느리 하나, 까짓것 다시 사드리겠다는 섣부른 약속을 하지 않았다. 휴대폰 새 장만 책임을 떠맡을까봐 저어해서 그런지 위로조차 하려 들지 않았다.

다음날 월요일 새벽, 막내 김경수씨는 강원도 횡성으로 향했다. 그냥 새로 하나 사드리고 말 수도 있는 일이지만 억울해서 그렇게는 못하겠다. 정말 큰맘 먹고 사드린 것이었다. 그놈을 꼭 찾고야 말리라. 그는 다시 강원도 산속에 들어섰다. 아버지 산소를 샅샅이 뒤졌다. 휴대폰은 뵈지 않았다. 그렇지, 네가 금방 나타날 놈이면 그렇게 감쪽같이 사라졌겠느냐.

그는 젊은 시절, 한쪽 손을 프레스에 찍혔다. 사업주보다는 노동자 편을 드는 드문 변호사와 인연이 닿아 저렴한 비용으로 재판을 이겨 파렴치한 사업주에게서 약간의 보상금을 받아내었지만 상처뿐인 승리라 하지 않을 수 없었다. 흉터는 어쩔 수 없었지만 천운으로 손의 기능을 조금이나마 되찾게 되었다. 노동 관련 단체에 적을 두고 몇 년간 잡일을 떠맡았으나 회의하는 날이 많았다.

한 살이라도 더 먹기 전에 기술을 배워야겠다고 작심한 그는 이십대 후반 나이에 직업훈련원에 들어갔다. 호적에 겨우 잉크 마른 청춘들과 호형호제하며 선반기술을 배웠다. 무슨 정밀이라는 회사에 들어가 쇳덩어리를 몇 달 깎다가 결혼했고 곧 퇴사했다. 마치 만나던 여자와 혼인하기 위하여 잠시 직장을 구한 것처럼 돼버렸지만, 이렇게 말고 좀 다르게 살아봐야겠다는 충동을 억누를 길이 없었다.

전 재산인 신혼집 전세금 800만 원으로 시작한 손바닥만

한 슈퍼는, 1년 365일 쉬는 날이 없다가 2년 만에 작파했다. 잠시 우유를 보급하다가 드디어 '남부앵글'을 인수했다. 서른셋의 나이에 어쩌면 그가 뼈를 묻게 될지도 모르는 최후의 전장에 들어서게 된 것이다. 가게를 인수했으나 기술이 전무했던 그는 아내와 더불어 철재를 자르고 박고 두드려 이 모양 저 모양을 만드는 새에 몇 날 며칠이 가는지 몰랐다. 유치원 아이들 신발장을 만들어달라는 생애 첫 주문을 받던 날, 말로만 듣던 경험(눈물이 핑 돈다, 콧날이 시큰하다)을 했다.

10여 년이 흘러, 그는 땅을 샀고 그 자리에 4층짜리 건물을 올렸다. 자수성가했다는 말을 듣기 시작했다. 앞만 보고 달려왔던 그에게 산이 보였다. 처음엔 건강을 챙기기 위해서 앞산 뒷산 드나드는 정도였다. 그는 자신의 유년을 키운 강원도의 높은 산들을 떠올렸다. 자신이 산을 얼마나 사랑했던가를 기억해냈다. 그는 되찾은 사랑과 열렬한 연애를 시작했다. 혼자서도 가고, 아내와 자식이랑도 가고, 산악회 모임으로 가고, 그는 주말이면 항상 산을 타는 사람이 되었다.

그는 아버지의 묘를 떠나 두릅 땄던 행로를 훑었다. 그는 여러 산을 다녔지만 아버지가 잠들어 있는 산이 가장 포근했다. 한식 때면 아버지를 찾아뵙고 온 가족이 두릅을 땄다. 아버지가 아내와 자식들을 위해 길러놓은 두릅이기라도 하다는 듯이. "아버지, 좀 도와주세요. 아버지 눈에는 뵐 거 아닙니까?" 하도 휴대폰이 뵈질 않자 그는 괜히 아버지 묘를 향해 소리질렀다.

횡성댁은 혼자서 산다. 인근에 집 있는 세 아들이 함께 살자는 말을 하지도 않지만, 횡성댁도 괜히 자식들과 한집에 살며 골치 썩일 마음이 추호도 없다. 가까이 사는 것만으로도 충분한 복이라고 여긴다. 강원도 산골짜기에 처박힌 휴대폰은 횡성댁이 밤새도록 잠 못 자며 훌쩍거리게 한 것도 모자라, 오늘 하루도 종일 안타깝고 아쉬워 한숨짓게 했다.

퉁퉁 부은 눈으로 무거운 가슴으로, 그래도 먹어야지, 저녁밥을 지어 몇 술 뜨고 있는데 초인종이 울렸다. 막내아들이었다. 막내가 프레스에 찍힌 흉터가 선명한 손을 살그머니 폈다. 한 달 보름간 애지중지하다가 하루 못 본 바로 그 앙증맞은 휴대폰이 나타났다. 횡성댁은 자식보다 휴대폰이 더 반가웠다.

횡성댁은 휴대폰을 덥석 뺏어들고 어루만지고 뺨에 비비며 뇌었다. "고맙다, 고맙다, 돌아와줘서 고맙다!" 막내는 방방 뛰며 좋아하는 어머니에게 농쳤다. "아버지가 찾아주시더라고요."

"그는 아버지의 묘를 떠나
두릅 땄던 행로를 훑었다.
그는 여러 산을 다녔지만,
아버지가 잠들어 있는 산이
가장 포근했다."

# 슈퍼아줌마는 대학생이다

친구들(주로 고등학교 동창)은 이러저러한 사정으로 골드미스지만, 그녀(이소희, 33세)는 일찍부터 유부녀로 살았다. 스물한 살에 낳은 큰아들이 초등학교 6학년이다. 그녀는 삼십대라는 걸 믿어주는 사람이 거의 없을 만큼 동안이다. 복잡한 화장 필요 없다. 기미가 잔뜩 내려앉은 얼굴에 뽀얗게 분만 칠해줘도, 언제 어디서나 '아가씨!' 소리를 듣는다.

그녀는 고등학교를 졸업하자마자 취직을 했다. 몇 달 일 해보지도 못하고 남편을 만나 낚이듯 결혼했다. 그후로 아이

셋을 내리 낳고 키우느라 근 8년 동안 집안에서 꼼짝 못했다. 여덟 살 연상의 남편이 미니슈퍼를 차렸다. 그녀도 집을 벗어날 수 있게 되었다. 남편은 투잡스였다. 남편이 유통회사에서 배달을 하는 낮 동안에, 그녀가 슈퍼를 책임졌다. 집과 슈퍼를 왔다갔다하는 단조로운 생활이었지만, 그녀는 직장 다닌고 생각했다. 그렇게 슈퍼아줌마로만 십 년 이십 년 세월아 네월아 보내게 될 줄 알았다.

작년 여름, 남편이 갑자기 말했다. "뭘 좀 배워보지 않을래?"

그녀는 어리둥절했다. 요새 밥 맛 없다는 티 무척 내더니 요리를 배우라는 것인가? 사실 그녀는 요리 솜씨가 형편없었다. 밥도 대충이었고 찌개나 반찬에 열의를 쏟지 않았다. 아이들 기저귀 갈아대고 젖 먹이고 분유 타 먹이고 놀아주는 것만으로 벅찬 하루하루였다.

오히려 요리는 남편이 뛰어났다. 남편은 타고난 요리사 같았다. 기회와 행운이 따랐다면 일급 주방장으로 살았을는지도 모른다. 그녀는 결혼생활 동안 김치 한번 담가본 적이 없다. 여느 주부들 뺨치는 남편의 살림 솜씨 덕분에 그녀는 공주처럼 살아왔다. 남편은 그간 선녀를 사랑한 나무꾼처럼 살았던 것인데, 선녀가 애도 셋이나 출산했겠다, 간이 부어서는 선녀에게 새삼스레 주부로서의 본분을 강요하자는 것일 수도 있었다. '뭘 좀 배워보지 않을래?'가 '이젠 당신이 우렁각시처럼 차려주는 밥을 먹고 싶다. 요리부터 배워라!' 하는 선언처럼 들렸던 것이다.

혹시 운전을 배우라는 얘긴가? 그녀도 운전을 한다면 슈퍼를 더욱 능률적으로 꾸려나갈 수 있을 테다.

"슈퍼 이거, 두 사람이 매달려 있을 만큼 손님이 많은 것도 아니고, 자기는 아직도 창창하잖아? 뭐 하나 정해서 열심히 배우면 취업은 문제가 없대. 미래를 위해 투자하자는 거지. 요새 자격증 많잖아? 아무거라도 한번 따보라는 거야. 아예 대학을 다녀보는 건 어때? 전문대학이라도."

투잡스를 힘겨워하던 남편은 직장을 정리했다. 슈퍼에 전념하겠다는 것이었다. 하여 그녀 혼자 지켜도 충분한 슈퍼를 부부가 얼굴 맞대고 지키던 때였다. 남편은 진심인 모양이었다.

남편도 고등학교 졸업장으로 땡친 사람이었다. 그들 부부는 무슨 모임 가서 학벌 얘기가 나오면 기가 팍 죽었고 그 자리에 없는 사람처럼 입을 다물고 있어야 했다. 학벌 콤플렉스는 나이 적은 그녀가 더 심했다. 남편을 만나지 않았다면, 직장 다니며 전문대학이라도 다녔을 테다. 친구들은 다들 그렇게 자기가 번 돈으로 전문대학도 다니고 4년제 대학도 다녔다. 이십대에 대학을 세 곳 다닌 친구도 있었다. 친구들의 대학타령을 들어주노라면 질투가 날 때도 있었지만, 대학과 무관한 자신의 청춘을 팔자거니 무덤덤하게 여겨 회한 같은 것은 없었다. 남편은 그렇지 않았나보다.

"나 좋자고, 당신의 가장 아름다운 시절을 빼앗아버린 것 같아. 너무 미안해. 미안해죽겠어!"

"역시 당신은 술이 들어가야 옳은 말이 나온다니까. 많이 많이 미안해해!"

"결정적으로 애들이 문제야. 애들이 얼마나 민망하겠어. 당신이라도 대졸 해야 한다고!"

이상한 일이었다. 뭘 배우고자 하는 욕심 같은 거 없이 살았는데, 남편이 먼저 말해주자, 기다렸다는 듯이 배움의 욕망이 불타올랐다. 하지만 아무리 생각해도 가계형편상 대학은 엄두가 나지 않았다. 그녀는 뭘 배우면서도 그것이 미래의 대책이 될 수도 있는 어떤 일을 찾기 위해 정보를 수집했다. 생각 없을 땐 유부녀 주제에 세상에 무슨 할 일이 있겠는가 싶었는데, 찾아보니 세상에 참으로 할 일이 많았다.

마침내 그녀는 요양보호사 자격증을 따보기로 결심했다. 인근 전문대학 평생교육원에서 수강생을 모집한다는 광고지를 받았을 때 이거다 싶었다. 아이들 셋 뒤치다꺼리에 들어가는 돈만 해도 허리가 휠 지경인데, 거금을 들여가며 자격증을 딸 필요가 있을까, 잠시 망설였지만, 지금 저지르지 않으면 평생 이 모양 이 꼴로 살아가야 할지도 몰랐다. 남편이 밀어준다고 할 때 해보자고 마음을 다잡았다.

그녀는 6개월 동안, 평생교육원을 다녔다. 사실 그녀는 학교 다닐 때 공부를 자발적으로 해본 적이 없었기에, 공부하는 재미를 맛본 일이 없었다. 그녀는 깜짝 놀랐다. 공부가 이렇게 재미있는 것일 줄이야. 비로소 나이 많은 이들이 여기저기 배우러 다니는 까닭을 이해했다. 돈 쓰고 노는 짓도 가지가지라고 비웃기도 했었는데, 겪어보니 돈 들여 배우는 즐거움이 얼마나 큰지 깨닫게 된 것이다.

시나브로 욕심이 생겼다. 요양보호사 자격증을 따는 것만으로도, 돈은 벌 수 있을 것 같았다. 경쟁도 치열하고, 보수에 비해 일이 험한 듯도 하고, 파출부 취급을 당하거나 때론 성추행의 위험도 있다지만, 잘해낼 자신이 있었다. 그러나 공부가 더 하고 싶었다. 단지를 열어 꿀맛을 본 소녀처럼, 그녀는 공부의 세계에 매혹되고 말았다.

요양보호사 자격증을 손에 쥔 채 남편에게 말했다. 이왕 공부를 시작한 거, 더 깊게 해보고 싶다. 사회복지 쪽이 전망이 좋단다. 이왕이면 2년제 야간대학에라도 다녀보고 싶다. 그녀는 남편에게 미안했다. 학비도 만만치 않은데. 남편도 엄청 배우고 싶을 텐데. 남편은 흔쾌하게 받아들였다.

"내가 처음부터 우리의 목표는 가방끈이라고 하지 않았나.

적극적으로 밀어줄게. 어디 밤길을 다닌다는 거야. 저녁엔 애들 챙겨야지. 야간 안 돼! 주간으로 가."

그녀는 늦깎이 대학생이 되었다. 남편이 원했던 주간은 아니었다. 대학 문이 넓어졌다고는 해도, 고등학교 적에도 별로 못한 입시 공부, 어린 수험생들하고 경쟁할 자신이 없었다. 어떻게든 입학의 관문을 넘어야만 했고, 찾아보니, 그녀 같은 주부들도 정말이지 공부할 마음만 있다면 얼마든지 받아주는 대학이 있었다.

그녀는 대학에 가서 자신과 마찬가지로 뒤늦게 공부에 흠뻑 빠진 이들을 만났다. 또래와 동병상련을 나누었고 연장자들과도 사귀었고 자기보다 훨씬 나이 적은 젊은이들과도 교류했다. 학과 공부만 공부가 아니었다. 모든 것이 다 공부였다. 집안에 슈퍼에 일상에 갇혀 있던 그녀의 열정은 봄꽃처럼 만개했다.

그녀는 오늘도 학교에 간다. 하루종일 슈퍼에 매여 있으면서, 저녁에는 아이들까지 챙겨야 하는 남편에게 민망하긴 하지만, 딱 2년만, 가족의 전폭적인 지원을 받자! 마음을 다잡고, 아이들의 인사를 받는다.

"엄마, 공부 많이 하고 와!"

슈퍼아줌마가 버스를 기다린다. 버스에 오르면 그녀는 대학생으로 변신한다.

# 저격수와 노동꾼

　　　　　　K시의 시민단체 '시를 사랑하는 사람들'
(약칭 시사사)은 사무실을 갖추고 상근자를 셋이나 둘 정도로
성장했다. 시청이 하는 일에 사사건건 분노하던 여남은 명이
한 달에 한 번 술추렴이나 하는 사랑방 모임 수준에서 출발
했지만, 20년이 흐르는 사이에 5천 명의 회원을 거느린 막강
한 단체로 우뚝 섰다. 인구 백만 명의 K시에서 5천 명이라는
정회원을 가진 민간 단체는 시사사가 유일했다.
　대학 시절 알바로 딱 한 학기만 하려고 했던 학원강사가
장충수(36세)의 직업이었었다. 군복무 시절을 제외하고도

10년간 학원강사만 한 그는 학원을 차렸다가 쫄딱 망했다. 그래도 학원원장을 6개월이나 한 사람으로서 다시 일개 학원강사로 돌아가기는 부끄럽고, 그렇다고 다른 돈벌이 수단은 없어 백수로 지내고 있었다.

장충수는 시사사의 진성 회원이었다. 회비를 밀린 적이 없었고, 모든 회의에 빠짐없이 나갔고, 시청 앞에서 시위할 때도, 1인시위건 천막시위건 꼬박꼬박 참여했다. 시사사의 이사회는 임기 2년에 월급 150만 원의 사무국장 자리에 장충수를 선임했다. 물론 그가 백수였기 때문에 찍힌 것이다. 한 달에 300만 원은 우습게 벌던 학원강사가, 월급 150만 원 받고 종일 사무실을 지키라고? 미쳤냐? 화를 낸 것이 민망하게도, 그는 얼떨결에 사무국장이 되고 말았다.

사무국장 장충수를 힘들게 한 사람은 너무 많았다. 말도 안 되는 일 시키는 것을 임원의 도리로 아는 위원장과 이사, 자꾸 시빗거리를 양산하는 시청과 공무원, 터무니없는 행동을 일삼는 시의원, 툭하면 찾아와 귀찮게 하는 다섯 개나 되는 이 지역 신문 기자……

장충수를 가장 힘들게 한 두 사람은 '저격수'와 '노동꾼'이었다.

대화명도 살벌한 '저격수'는 오래전부터 명성이 자자했다. 시사사 창립멤버인 그는 홈페이지 게시판을 자기 놀이터로 알았다. 그는 별의별 것을 다 게시했다. 수필을 써놓기도 했고, 잠언집을 통째로 베껴 올려놓기도 했고, 파도치는 바닷가 10분짜리 동영상을 첨부하기도 했고, 일일이 언급하기 벅찰 정도로 다양한 내용을 다양한 형식으로 게시했다.

회원 대다수는 한 달에 한 번 '잘들 지내고 있나요?' 인사 말 한마디 적는 것도 힘들어하는데, 저격수는 어쩌다가 올라오는 모든 글에 기다렸다는 듯이 댓글을 달아주기까지 했다. 종일 홈페이지만 쳐다보고 사는 걸까?

저격수는 사소한 불의와 부패도 못 참는 성격인가보았다. 다른 회원들끼리는, 뭐 살다보면 그럴 수도 있는 일이지, 하고 넘어갈 일에 대해서도 꼬치꼬치 따져댔고 때때로 인신공격도 서슴지 않았다.

모든 회원은 어렵더라도 이사 50명과 위원장 및 간사 50명 전원은 필히 참석하는 릴레이 집회를 갖기로 했다. 하루에 다섯 명씩 항의 피켓을 들고 시청 정문 앞에 서 있기로 한 것이다. 어떤 이사가 자기 부하직원을 대신 내보냈다. 저격수는 그 이사를 발가벗기듯 공격했다. 그 이사를 비롯해서, 저격수에게 인신공격을 당하고 시사사를 떠난 회원이 부지기수였다.

이사회에서는 저격수를 몇 번이나 제명하려고 했다. 번번이 실패했는데, 끼리끼리 있을 때는 그런 무서운 사람은 쫓

아내야 한다고 입을 모았지만, 공식석상인 이사회에서는 그를 두려워해서 아무도 말을 못 꺼내는 것이었다. 괜히 저격수를 내쫓는 데 총대를 멨다가는 게시판에 자신의 치부가 드러나는 것은 물론이고, 개인적으로 저격수의 SNS 총공격을 받아 사생활이 엉망이 될 우려가 있었다.

회원들은 사무국에 요구했다. 그를 홈페이지에서 추방할 것을. 그가 아예 접속하지 못하도록 아이디를 처단하라는 것이었다. 장충수는 용감하게 한번 아이디 차단을 시도했고 그 대가로 저격수 선배의 SNS 공격이 얼마나 가공할 만한 것인지 뼈저리게 겪어야 했다. 어렵게 사귀던 여자친구한테 차이기까지 했다. 저격수는 어떻게 알아냈는지 장충수의 여자친구에게도 SNS 공격을 퍼부었던 것이다.

장충수는 비겁해졌다. 게시판을 보다가 저격수가 또 심한 것을 올렸으면 전화를 드려 제발 이것만은 삭제해주십시오, 정 삭제하기 어려우시면 수위를 좀 조절해주세요, 애걸복걸하게 되었다.

'노동꾼'은 정체를 알 수 없었다. 시사사의 정회원인지도 의심스러웠다. 그 어떤 회원도 저격수의 게시물에 시비를 걸지 않았다. 혹시 자기에 대한 욕이 들어 있지 않을까 불안한 마음에 다들 읽어보기는 하는지 조회수는 어마어마했지만, 감히 그 게시물에 댓글 한 토막 다는 회원이 없었다. 그런데 어느 날 나타난 노동꾼이 사고를 쳤다. 저격수가 심혈을 기울여 제작한 듯한, 에세이와 칼럼과 여행기와 동영상이 짬뽕된, '이것이 개 같은 인생이다!'라는 제목의 게시물 밑에 매달린 이 한 마디. '정신병원이네.'

'정신병원이네'가 붙은 지 3분 만에 붙은 저격수의 답글은 우리말 욕이 얼마나 잔인할 수 있는지 보여주었다. 그런 욕을 실제로 듣는다면 그 자리에서 속이 터져버릴지도 모른다. 그런데 누군지는 모르겠지만 노동꾼도 보통 사람이 아니었던 것이다. 노동꾼은 저격수의 욕지거리를 '강아지 고추님, 이구이구 아가씨, 텐 아이, 님의 신발' 같은 말로 바꾸고 '강아지가 예쁘게도 잘 짖네요'를 추가해서 댓글을 올렸다. 이게 저격수를 또 열받게 했나보다. 저격수는 또다시 엄청난 욕을 퍼부었고, 이번엔 노동꾼이 저격수의 정신상태가 얼마나 심각한지를 무슨 수학공식처럼 적어서 응수했다.

두 사람의 전쟁은 그렇게 시작되었다. 착한 회원들도 더는 못 참을 지경이 되었다. 홈페이지를 없애버리든지 두 사람을 추방하든지, 해결하라는 전화가 빗발쳤다.

장충수는 자기 마음대로 할 수 있는 일이라면 홈페이지를 당장 없애버리고 싶었다. 5년 전인가, 그는 게시판에 글을 하나 올렸다. 홈페이지는 우리 시사사의 얼굴이다. 자주 찾고 자주 기록을 남기자. 홈페이지를 사랑으로 알차게 꾸려나가

자. 뭐 이런 닭살스러운 내용이었다. 그가 홈페이지에 유일하게 올린 글이었다. 그는 홈페이지에 아주 가끔 들어갔고 기록은 전혀 남기지 않았다. 관심도 없었고, 귀찮기도 했다. 나 같은 회원만 있다면 홈페이지가 무슨 필요야? 홈페이지가 과연 필요하기는 한 걸까? 이런 의문을 가졌어도, 단체나 조직이라면 홈페이지는 꼭 있어야 한다고 굳게 믿었었는데 이번 일로 완전히 홈페이지 무용론자가 되었다.

장충수는 정체불명의 노동꾼 아이디만 차단했다. 감히 저격수 아이디는 차단하지 못했다. 어쨌든 확실히 시사사의 대선배시니까 대접을 해드려야지, 이것은 구차한 변명이고 SNS 공격에 다시는 시달리고 싶지 않았기 때문이다.

노동꾼이 사무실에 전화를 해왔다. 욕설을 한 번도 안 쓴 사람은 차단하고, 욕설로 도배한 사람은 차단 안 하고, 이런 불공정이 어디 있느냐, 사무실을 방문하여 엄중히 항의하겠다! 노동꾼도 불의를 보면 못 참는 사람인가보다. 장충수는 "마음대로 하십쇼!"라고 대답했다.

저격수를 상대로 맞장을 뜰 수 있는 사람 노동꾼, 그는 얼마나 무서운 사람일까. 장충수는 누군가를 벌벌 떨며 기다리는 자신이 참 불쌍했다.

      **66**저격수가 심혈을 기울여 제작한 듯한,
에세이와 칼럼과 여행기와 동영상이 짬뽕된,
'이것이 개 같은 인생이다!'라는 제목의 게시물
밑에 매달린 이 한마디.
'정신병원이네.'
'정신병원이네'가 붙은 지 3분 만에 붙은
저격수의 답글은 우리말 욕이 얼마나
잔인할 수 있는지 보여주었다.**99**

# 창피한 새벽

홍재(42세)는 직장 근처인 종로에서 영업적인 일로 술을 마셨다. 심야택시를 타고 수원까지 그대로 직행한다면 5만 원 가까이 나올 테다. 그는 불굴의 정신력으로 사당역에서 하차하여 일단 2만 원가량을 아꼈다.

사당역은 승객 서너 사람을 욱여 태우고 수도권 구석까지 시속 130킬로미터 이상으로 질주하는 총알택시로 유명하다. 만 2천 원에 즐길 수 있는 그 속도감을, 그는 애용해왔다. 그런데 불혹 넘어서는, 아이가 초등학교에 들어가고 학원이다 공부방이다 돈이 정신없이 들어가기 시작한 뒤로는, 그 만

2천 원도 아까운 것이다. 새벽 내내 끊이지 않는 버스 요금은 2천 원에 불과했다. 버스를 탈 수만 있다면 또다시 만 원을 절약할 수 있었다.

그는 예전처럼 대책 없이 취하지 않으려고 애썼다. 사당역에서 버스 탑승이 가능한 몸상태를 유지해야 했다. 그의 직업상 한 달에 열다섯 번은 술을 마셔야 했고 술자리는 전철 막차를 놓칠 때까지 이어지기 일쑤다. 총알택시를 성냥갑처럼 보고 심야버스를 탈 수만 있다면, 한 달에 무려 15만 원을 고스란히 저축할 수 있는 것이다. 15만 원이면 둘째아이 공부방 한 과목 값이 아닌가.

오늘은 정말이지 총알택시를 타고 싶었지만, 15만 원을 생각하고 또 생각하며 견뎌냈다. 20분 넘게 쌀쌀한 가을바람을 맞으며 줄 서서 기다렸고, 또다시 20여 분 동안 가지가지 냄새에 찜통 같은 버스에서 손잡이를 발악하듯 붙잡고 견디었고, 한 정류장을 더 가서 내리는 바람에 15분 동안 걸어오면서도 악착같이 견디었다. 도대체 뭘 견디는 것인지 문득문득 허무했지만 그럼에도 불구하고 견디었다.

5만 원에 올 걸 만 2천 원에 왔어. 무려 3만 8천 원을 낭비하지 않았어. 그는 뿌듯한 마음으로 덮개를 열고 번호를 눌렀다. 몇 번은 잘못 눌렀겠거니 했다. 상황이 명확해졌다. 이런 망할 아내야. 번호를 바꿨으면 알려줘야지. 초인종을 눌렀다. 소리가 너무 크다. 고요가 박살나는 소리에 무슨 죄라도 지은 듯 섬뜩하다.

어라? 집안에서 반응이 없다. 아내님 귀가 아주 고장나셨군. 이 큰 소리에 벌떡 못 일어나고 뭐하는 거야. 또 눌렀다. 또 소식이 없다. 이것들이 진짜로! 아내는 그렇다 치고 애새끼들은 뭐야? 잠귀들이 이렇게 갑갑해서야 이 험난한 세상을 어찌 살아가. 말도 안 되는 분노가 치솟는다. 더이상 초인종을 누르기가 두렵다. 옆집 윗집 아랫집 모두 초인종 소리에 잠이 깼을 것 같다.

그는 전화를 한다. 아내의 스마트폰이 집안에서 노래를 부른다. 언제 또 '강남스타일'로 바꿨어. 버스컨가 버스작은가가 부르던 노래는 그래도 좀 조용하드만 아휴! 나이트 같군. 밖에까지 쩌렁쩌렁, 말 백 마리쯤 달리는 듯하다. 역시 말 타고 달리는 건 전 세계 공통인 거지. 근데 이 사람이 정말 귀에 본드를 바르고 자나.

처음엔 장난이 좀 심하다고 생각했다. 집전화로도 해보고 주먹으로 꽝꽝 두드려도 보고 다시 초인종을 눌러보고 또 스마트폰 말소리를 울려보고 20여 분을 더 노력하는 동안, 창자를 뽑아서 흔들어버리고 싶을 정도의 분노에서부터, 집안에 무슨 끔찍한 일이라도 벌어졌을지 모른다는 공포감까지, 그는 완벽히 멘붕이었다.

그는 엘리베이터를 타고 내려왔다. 새벽 세시. 아파트단지에 오아시스처럼 자리잡은 놀이터로 터벅터벅 걸어갔다. 가로등 가까운 벤치에 몸을 부렸다. 그는 사당역에서, 버스에서 너무 오래 서 있었고 좀 걸었고 집밖에서 또다시 오래 서 있었다. 이 다리가 지금까지 어떻게 견뎌냈는지 모르겠군. 그는 제 다리를 칭찬해주고 싶었다. 그가 입을 벌려 "참 대견하다 내 다리……" 하는 순간, 토사물 분수가 솟구쳤다. 그는 웩웩댔다.

문득 자신이 지금 우는 건 아닌가 해서 깜짝 놀랐다. 그는 제 눈가를 손가락으로 훔친 뒤에 꼼꼼히 살펴보았다. 손끝에 반짝이는 것이 눈물인지 토사물의 잔해인지 헛갈렸다. 눈물이든 아니든 구토는 우는 것만큼이나 비참하다.

그는 무엇보다도 아내와 아이들이 무사한지 확인하고 싶었다. 처자가 편안히 잠든 모습을 보고 싶었다. 어떻게 하면 문을 열고 들어갈 수 있을까? 열쇠전문가들은 심야에도 영업을 할까? 그들은 드릴을 사용할 것이다. 드릴 소리는 온 아파트 사람들을 다 깨우겠지?

초인종 소리 전화 소리 문 두드리는 소리 이 모든 소리를 사람의 귀가 무시하고 편안히 잠잘 수 있다는 게 가능한가? 불가능한 것은 아니다. 그는 지난 일요일에 세 집이 동시에 이사를 하는 것도 모르면서 오전 잠을 푹 잤다. 나를 닮은 새끼들이니까 잘 자고 있을 거야. 나랑 닮지 않은 아내는?

혹시 아내가 일부러 문을 안 열어주는 것은 아닐까. 요새 툭하면 바가지였어. 내가 그놈의 돈 버느라고 술 처마시면서 몸 버리는 것도 몰라주면서 뭔가를 의심하는 눈치였어. 내가 바람이라도 피우고 왔다는 건가. 의심해도 좋으니 아무 일만 없어주라, 제발! 아내와 두 아이가 세상모르고 자는 모습을 이토록 간절히 보고 싶을 수가 있다니, 그는 위대한 깨달음이라도 얻은 것처럼 소스라쳤다.

찬바람이 불어왔다. 10월 밤이 이렇게나 차디찼나. 그는 이 놀이터에 자기만 있는 게 아니라는 걸 알았다. 미끄럼틀 저 너머 넝쿨나무 밑에 두 사람이 꼭 붙어 껴안고 있는 게 보였다. 한 쌍의 길고양이처럼 한창 사랑의 밀어를 나누고 있었을 텐데. 그는 연인들에게 미안했다.

그래, 번호가 바뀌었다! 아내가 바꾸고 일부러 알려주지 않은 것이다. 그렇다면 지금도 일부러 문을 안 열어주는 게 확실하다. 남편에게 무슨 억하심정이 발동한 건지는 모르겠지만, 하여튼 집안에 무슨 일이 있는 게 아니라, 아내가 문을 열어주지 않는 것이다. 아내에게 증오심이라도 치솟아야 마땅하겠는데, 안심이 되었다. 안심하려고 억지로 노력하는 것인지도 모른다.

갑자기 서러웠다. 왜 이 모양으로 살고 있는 거야. 마흔둘에 고작 이렇게밖에 못 살아야 하는 거야. 이런 자조를 할 때마다 그의 머릿속에는 저절로 울리는 가사가 있었다. '나보다 더 불행하게 살다간 고흐란 사나이도 있었는데.' 그래, 나보다 더 불행한 얼간이들도 많지. 연인들이 뽀뽀하는 소리가 들렸다. 술 취해서 웩웩대는 한 인간 따위는 개의치 않는 그들의 사랑이 부러웠다. 정말 '모르고 하는 소리지'. 나보다 행복한 사나이들이 얼마나 많은데.

젊은 날엔 야외에서 밤을 꼴딱 새우는 일이 종종 있었다. 사랑하느라 우정을 나누느라 방황하느라. 아무런 이유도 없이 새우는 날도 있었을 테다. 그는 모처럼 야외에서 새벽을 견뎌보기로 결심했다. 그것이 지금 택할 수 있는 유일한 방법이라고 여겼다. 찜질방 같은 데도 돈이 드니까. 세 시간만 참아보자. 그럼 아내가 깨어나줄 거야.

좋았던 일들은 떠오르지가 않았다. 분하고 서럽고 안타깝던 일들도 별로 떠오르지가 않았다. 묘하게도 창피했던 추억만 줄지어 떠올랐다. 창피함이 합쳐져 거대한 수치의 강으로 출렁대었다. 그는 저도 모르게 뇌까렸다. "아, 쪽팔려!"

문자가 왔다. '여보, 처자 먹여 살리느라고 오늘도 고생이 많네. 얼른 말 타고 와! 참 번호 바꿨어. 내 생일로.' 그는 또 토하기라도 하듯 울컥했는데, 아내의 생일이 생각나지 않아서 또 창피했다.

# 얼굴 보니까 참 좋다

그들은 영등포에서 만나기로 했다. 5개월 전에 모였던 영등포역 앞 바로 그 식당이다. 그들은 강북, 강남, 인천, 수원, 천안, 하남 등지에서 각기 출발했다. 이날 차를 가지고 출발한 사람은 아무도 없었다. 금요일 퇴근시간대다. 대중교통수단 속에서 꼼짝달싹 못하고 시달리노라니 내가 뭐하러 가지 괜스레 짜증나고 후회되기도 했다. 그들이 꾹 참고 그곳에 가도록 만드는 뭔가가 있는 모양이다.

가장 먼저 도착한 것은 이 모임의 총무라고 할 수 있는 최영찬(43세)이다. 그가 없었다면 이 모임은 성사되지 못했을 테다. 그는 대학교 다닐 적에도 가장 오랫동안 총무였다. 위로 선배는 많고 밑으로 후배는 한 명밖에 없었기 때문이기도 했지만, 사람과 사람 사이를 잇는 가교 역할은 그의 타고난 능력이다.

사실 후배가 여럿 있었다. 신세대 후배들은 향우회의 깃발 아래 동향의 선배들과 어울리는 것을 즐거워하지 않았다. 한두 번 나오고는 감감무소식이었다. 선배들을 슬슬 피해다녔다. 어수룩하고 덜렁대서 무슨 일 맡기기가 걱정스러운 녀석 하나만 후배로 남았다. 아니나 다를까, 그가 졸업한 이후 C대학교 호구향우회는 흐지부지 없어지고 말았다. 후배 녀석이 아직 졸업 못한 선배들을 챙기지도 않고 새내기를 찾지도 않고 나 몰라라 했던 것이다. 향우회를 말아먹었던 막내(40세)가 두번째로 도착해서 "형님, 애쓰셨습니다!" 공치사를 했다.

8시 30분경, 올 사람은 다 왔다. 먹고사는 일 때문에 도저히 참석할 수 없다고 밝힌 몇몇을 빼고, 연락이 되는 이들 중에 딱 열 명이 모였다. 작은 모임이지만 이나마 꾸려낸 것도 대단한 일이라고 할 수 있다. 최영찬은 십 년 넘게 흩어져 연락 없이 지내던 선배들을 일일이 챙겨 지난봄 한자리에 앉혔었다. 향우회 통장을 만들었고, 일 년에 두세 번은 회합하자고 결의했다. 다섯 달 만에 두번째 모임이 성사된 것이다.

새로 한 사람이 들어올 때마다 수선스러운 인사가 오갔다.

가장 열렬한 환영을 받은 사람은 음대 교수(54세)였다. 향우회의 맏형인 그는 대학 시절엔 조교였다. 고향 후배들 술값을 대느라 주머니가 늘 헐거웠다.

홍일점(42세)도 대단한 환영을 받았다. 홍일점은 대학 시절에도 향우회의 유일한 여성이었다. 다른 여학생들은 '무섭게 생기고 촌티가 좔좔 흐르는' 고향 선배들을 좋아하지 않았다.

일찍 온 이들은 이미 불콰했고, 늦게 온 이들은 빠른 속도로 들이켰다. 처음엔 돈 버는 이야기가 압도적이었다. 하지만 돈 버는 이야기 직업상의 이야기는 공유하기 어려운 법이다. 생업이 다 다르고, 겉사정은 내비쳐도 속사정까지 까발리기 어려운 이런 자리에서는 더더욱.

자식들 얘기도 공유하기가 쉽지 않았다. 벌써 스무 살 넘은 자식을 가진 이도 있었지만 대개 초중등생을 자식으로 두고 있었다. 초중등생 얘기를 해봐야 다 그게 그거인 얘기들일 테고, 이 모임의 남자들은 자식 얘기를 하면 팔불출이라고 생각하는 듯했다.

그들은 모두가 만족할 수 있는 이야기가 가득한 곳, 과거의 세계로 달려갔다. 후배들에게 맥주 한 박스를 사주고 차비가 없어 두 시간 걸어 집에 돌아간 얘기, 치악산에 등산 갔다가 술 마시다 사라진 누구를 찾아 밤새 헤매던 얘기, 떼로

미팅 나갔다가 모조리 퇴짜를 맞았던 얘기, 고스톱 치다 기숙사에서 쫓겨난 후배를 구하기 위해 동분서주했던 얘기, 명절날 고향 마을에서 군기를 잡는다고 몽둥이를 돌렸던 얘기, 다른 향우회와 시비가 붙어 패싸움했던 얘기……

그들은 한때 '386'으로 불렸다. 80년대 학번에 60년대생. 그땐 삼십대여서 386이었는데, 어느덧 사십대도 다 지나가고 있었다. 은행원도 있었고 공무원도 있었다. 건설회사 높은 직급도 있었고 물류회사 체인점장도 있었다. 사장들도 있었다. 각각 식당, 부동산, 인테리어점, 마트를 운영했다.

그들이 이십대 청춘으로 뭉쳐다니던 때, 두어 달에 한두 번 고향 선후배끼리 만나 '지연'이라고 할 만한 것을 나눌 때, 아무도 자신의 20년 후를 내다보지 못했을 테다. 그들은 지금 자신의 모습에 만족하고 있을까?

과거를 추억하다보면 연락이 닿지 않아서 이 자리를 함께 할 수 없는 얼굴들도 떠오르기 마련이다. 최영찬은 수소문한 결과를 보고한다. 추리소설을 방불케 할 만큼 그의 노력은 흥미진진했으나 끝내 이 자리에 나오도록 설득하지는 못한 모양이다. 아마도 그 얼굴들은 옛날 생각하며 아이처럼 좋아하는 만남에 나타나고 싶어하지 않을지도 모른다.

영등포역 주변은 인산인해다. 이 더운 날씨에 이 많은 사람은 무슨 까닭으로 모였을까.

2차는 맥줏집이다. 그들의 과거 회상은 한껏 열기를 띤다. 과거의 한때를 공유하는 모임은 그들이 공유했던 과거 속에서 가장 즐거운 법이다. 저번 모임 때 했던 얘기라도 상관없다. 몇몇만 기억하고 몇몇은 처음 듣는 사건이라도 상관없다. 약간 변형되고 윤색된 얘기라도 상관없다. 향우회라는 깃발 아래 결속했던 대학 시절 얘기라면 그 어떤 얘기라도 좋고, 몇 번을 들어도 질리지가 않는다.

질리더라도 듣는 순간에 웃을 수 있다. 이상하게도 그 시절 얘기를 나누노라면 우습지 않아도 웃음이 나왔고, 사소하고 싱거운 얘기에도 손뼉을 치고 싶을 만큼 신이 났고, 별것 아닌 사연에도 감동이 되었다. 이십대 대학 시절이 그래도 가장 행복했다고 추억하는 사람이 많다. 자신이 가장 행복했다고 믿어 의심치 않는 이십대로 타임머신 여행을 떠난 건지도 모른다.

대학 시절엔 쉽사리 헤어지지 못했다. 한번 뭉치면 끝장을 봤다. 새벽이 밝아올 때까지 헤어지지 못했다. 그로부터 20년이 흘렀고, 쉽사리 헤어질 수 있는 나잇대가 되었다. 가정이, 내일의 업무가, 건강이, 그리고 먼 거리의 집이 귀가를 재촉했다. 어쩌면 '추억 쥐어짜기'는 서너 시간이 한계인지도 모른다.

그런 이들을 위해 노래방이 있는 것일까. 흠뻑 취한 절반은 가고 절반은 노래방으로 들어간다. 흘러간 유행가는 그들의 흘러간 세월을 대변해주는 것 같다. 각기 애창곡이 있기 마련이다. 자신이 부대껴온 인생과 사랑과 열정과 회한을 함축한 것 같은 노래. 그들의 애창곡들은 닮았다. 마치 그 세대의 대표 노래처럼. 하여 노래들은 추억을 공유하는 것처럼 합창되기 일쑤다.

"이렇게라도 얼굴 보니까 참 좋다! 안 그러냐?"

이 말을, 누군가 몇 번이나 되풀이했다. 그 단순한 말에 모든 진정이 담겨 있는지도 모른다. 그들은 서로 얼굴을 보아서 좋았던 것이다. 그 얼굴들은 내 '빛나는 청춘'을 되살려주는 신비한 거울일는지도 모른다.

그들의 노래가 절정으로 치닫고 있다.

**"** "이렇게라도 얼굴 보니까 참 좋다! 안 그러냐?"
이 말을, 누군가 몇 번이나 되풀이했다.
그 단순한 말에 모든 진정이 담겨 있는지도
모른다. 그들은 서로 얼굴을 보아서
좋았던 것이다. **"**

# 꿈속의 인구조사

휴대폰이 진동한다. 낯선 번호다. 툭하면 걸려오는 각종 광고 전화(땅 사세요! 돈 빌려드릴게요! 보험 드세요! 카드 신청하세요!)이겠거니 하면서도 습관적으로 받았다.

"안녕하세요? 이상큼님 되시죠? 정자3동 주민센터입니다. 얼마 전에 인구주택총조사원 신청하셨었죠?"

했었다. 무더위가 한창일 무렵, 인구주택조사원을 모집한다는 안내문을 보았다. 조사요원의 업무에 따라 조금씩 다르긴 하지만, 보름 동안 일하면 60여 만 원을 주겠다는 것이었다. 뭐라도 해서 돈을 벌어야겠다는 생각을 간절히 하고 있을 때였다. 상큼은 로또 꼬리라도 붙잡은 기분이었다. 신청서를 접수하고 동주민센터를 나오는데, 십여 년 만에 무슨 일인가를 해볼 수 있다는 기대감 때문인지 한순간 '커리어우먼'으로 변신한 듯 황홀했다.

남편에게 큰소리 땅땅 쳤다. 인구조사 그게 쉽겠나. 여자의 몸으로 집집을 찾아다녀야 한다. 차가 있다 하더라도 계단을 오르내리려면 다리품깨나 팔아야 할 테다. 장사치나 구걸인으로 오인받아 문전박대를 당할 수도 있다. 게다가 세상이 좀 험한가, 얄궂은 일을 당할 수도 있다. 그럼에도 불구하고 나는 하겠다. 나도 돈 좀 벌어보겠다. 아이 영어학원비 두 달 치는 된다!

남편은 김칫국 마시는 아내에게 미리 축하해주기는커녕 재수없는 소리만 해댔다. "신청만 하면 다 뽑히는 건가? 경쟁이 치열할 것 같은데." "나는, 되겠지." 글쎄, 뭘 믿고 그런 말이 자연스럽고도 단호하게 나왔는지 모르겠다. "그거 시험 봐서 뽑나?" "그런 걸 뭐 시험까지 봐?" "그럼, 선착순인가?" "선착순도 아냐. 선착순이라면 안내문에 '선착순'이라고 적어놔야지. 신청기간이 있다는 건 신청기간 안에 접수하기만 하면 된다는 거잖아." "시험도 아니고 선착순도 아니면 무슨 기준으로 선발한다는 건가? 학벌? 빽?" "그러니까 자기가 하고 싶은 말은 내가 될 리가 없다 이거네? 남편이란 작자가 꼭 이렇게 재수없는 소리나 해대요." "내 생각엔 빽으로 뽑을 것 같아. 담당자랑 가까운 순서로. 뭐 우리 사회는 발끝부터 머리끝까지 빽이니까."

마침내 발표일, 아침부터 휴대폰만 붙잡고 있었다. 아이가 학교에서 돌아올 때까지 소식이 없었다. 발표 되게 늦게 하네, 군시렁거리며 계속 기다렸다. 초조했다. 애가 탔다. 오후 여섯시가 넘어갔다. 떨어진 게 확실했다. 저녁을 먹으면서 속으로 울었다. 아하, 내가 인구조사원도 못 되는 그런 여자란 말인가? 그러면서도 기대를 버리지 못했다. 동사무소 홈페이지를 들락거리고 다음날 오전에도 휴대폰만 주물럭거리고 있었으니. 열두시 사십분, 일말의 기대감 때문에 애간장이 녹아나는 주부의 마음을 헤아린 듯 자상한 메시지가 날아왔다.

　　죄송합니다. 이번 인구주택총조사에 선발되지 못하셨습니다.
　　(경쟁률 4:1) 죄송합니다.

죄송하기는 되게 죄송했나보다. 죄송하다는 말을 두 번씩이나 쓰다니.

상큼은 자신이 왜 경쟁에서 밀렸는지, 네 명 중의 한 명이 되지 못했는지 곰곰이 따져보았다. 합격을 기다릴 때는 한 번도 따져보지 않은 문제였다. 빽이나 학벌 때문이 아니라면, 무엇 때문인가? 나이일 수 있겠다. 조사원이 되기에 유리한 연령대가 따로 있는지는 모르겠지만, 한 살이라도 더 젊은 사람을 쓰려고 하지 않을까? 상큼의 나이 40, 많은 건지 적은 건지 헷갈리는 나이다.

으아하, 자격증 때문인가보다! 신청서에 컴퓨터를 활용할 수 있는지 묻는 항목이 있었다. 물론 상큼은 컴퓨터를 잘 활용한다고 써넣었다. 컴퓨터 관련 자격증을 무엇무엇 소지하고 있느냐는 물음에는 아무 데에도 체크를 할 수 없었다. 이 첨단 세상에 자격증이 뭔 소용이냐 하면서 체크 난을 째려보기만 했었다.

상큼은 주산 부기 타자 서예 자격증을 가지고 있었다. 그녀가 상업고 다닐 때에는 그런 자격증이 취직을 위한 필수였다. 쓸모없는 자격증이 된 지 오래였다. 그녀가 졸업한 후로는 컴퓨터 관련 자격증이 취직을 위한 필수가 되었다. 그녀는 지난 20년 동안 컴퓨터를 열 번은 교체해가면서 활용능력을 키웠지만 자격증을 필요로 해본 적은 없었다.

상큼은 여러 아줌마에게 전화를 걸어보고서야, 요즘 아줌마 취업시장에서도 컴퓨터 관련 자격증이 없으면 도전해볼 수 있는 일이 거의 없다는 것을 알았다. 전업주부로 십여 년을 집에만 처박혀 사느라 세상이 어떻게 돌아가고 있는지도 몰랐다. 부끄럽고 화가 나기도 했지만 굳은 결심을 했다. 워드프로세서나 컴퓨터 활용능력 관련 자격증을 따겠노라! 세상이 원하는 자격을 갖추겠노라. 그리고 일자리를 알아보겠노라! 뿐만 아니었다. 공무원시험도 준비하겠노라, 라는 포부까지 품었다.

그녀는 간절히 일을 하고 싶었다. 중소기업 월급쟁이 남편이 혼자 벌어오는 돈으로는 점점 벅찬 가계였다. 하지만 돈을 벌고 싶은 욕구보다 사회생활을 하고 싶은 욕구가 더 큰 것인지도 몰랐다.

인구조사원 신청은 그녀에게 너는 인구조사원도 될 수 없는 한심한 아줌마야, 라는 참담한 열패감을 안긴 동시에, 승부욕을 선사한 것일 수도 있었다. 난 그렇게 한심한 아줌마가 아니야, 나도 할 수 있는 여자라고! 나도 자격증 딸 수 있어. 나도 공무원 될 수 있어. 내가 할 수 있다는 걸 증명해 보일 거야! 흔한 말대로 제대로 절망했기에 희망을 찾은 것이고, 밑바닥을 쳤기에 상승할 수 있는 밧줄을 잡은 것이다.

그러나 상큼의 결심은 갈대와 같았다. 그녀의 뿌리가 부실해서가 아니다. 그녀의 줄기가 연약해서가 아니다. 결혼생활 십여 년 동안 늘 그랬듯이 그녀를 흔드는 바람이 너무 거세었다. 여러 가지 집안일이 겹쳐서 그녀를 뒤흔들었다. 심지어 집주인이 집을 비워달라고 했다. 차라리 전세금을 올려달라고 했으면 편했을 테다. 집을 알아보러 다니는 새에 명절이 왔다. 명절 연휴가 끝나고 새 주가 시작되었지만 그녀는 무기력에서 헤어나지 못하고 있었다.

"다름이 아니라, 이번 인구주택총조사에 예비조사원으로 활동을 하시는 게 어떨까 해서요? 이미 선발된 조사원에 혹시 결원이 생기면, 그 자리를 채우는 거예요. 하실 수 있겠어요?"

"예, 할게요! 하겠습니다." 상큼의 얼굴에는 '급' 화색이 돌았다. 수화기 저편의 공무원은 당장 내일모레 구청 회의실로 아침 아홉시까지 나오라고 했다. 혹여 교육만 받고 조사원이 되지 못하더라도 하루치의 급여가 나온다며 통장사본을 지참하란다. 저녁 무렵에는 동주민센터로부터 문자를 받았다. 밤 열두시 전까지 사이버교육을 이수하라는 것이었다. 흰 종이 위에 메모까지 해가며 수강했다. 뭔가 큰일을 하는 듯했다.

사실 예비조사원은 아무것도 아니었다. 정식 조사원이 갑자기 그만두는 일이 생길 경우에 투입된다는 것뿐이었다. 교육 하루 받는 게 전부일 수 있었다. 그런데도 상큼은 한없이 기분이 좋았다. 무기력의 수렁에서 휙 빠져나온 듯했다.

그녀는 지금, 꿈속에서 인구조사를 다닌다. 그녀는 일을 한다. 십 년 만에 처음 해보는 사회적인 일이다. 앞으로도 계속했으면 좋겠다고 잠꼬대를 한다.

# 이별하지 않고 살기!

보통 사람이 그렇듯이, 그도 12월이면 참회록을 쓰고, 1월이면 희망가를 불렀다. 그저 하루하루가 가는 것뿐이다. 인간들이 편의로 정한 날짜, 달, 해가 바뀌는 것뿐이다. 망년이니 송년이니 시끌벅적한 것도 다 우스운 짓거리고, 새해를 시작하는 떠들썩한 풍경도 다 객쩍은 짓거리다, 아무리 무시하려고 해도, 12월이 되면 한없이 반성하고, 1월이 되면 억지로라도 꿈같은 성취를 그려보는 것이었다.

이대업(43세)은 일곱 살 때 아버지를 여의었다. 사업을 했었다는 아버지 기억은 희미하다. 어머니 기억은 아픈 장면들

뿐이다. 심신이 망가진 어머니는 몹시 앓았다. 어머니가 병을 고치러 멀리 떠나고 삼남매는 뿔뿔이 흩어져야 했다. 큰아버지네로, 고모네로, 외가로. 큰아버지네는 책이 많았다. 그는 책 속에서 놀았다. 학교에서도 동네에서도 외톨이였지만 책 속에서는 홍길동이었다.

신부님이 성당 옆 작은 집을 그들 가족에게 베풀었을 때, 그는 하늘에 누가 계신다고 믿었다. 지금은 안 믿지만, 그때는 정말로 믿었다. 그 신부님은 하늘에 계신 분이 보내준 천사인 줄 알았다. 어머니와 삼남매는 부둥켜안고 처절히 울었다. "우리, 다시는 헤어지지 말자(말아요)!" 하지만 어머니는 곧 아버지가 있는 곳으로 가버렸다. 그는 어머니 장례 때 생애에 할당받은 눈물을 다 흘렸는지, 그 이후로는 눈물을 흘려본 적이 없다. 일가친척은 삼남매를 또 갈라놓으려고 했지만, 삼남매는 완강히 저항했다. 신부님이 갸륵히 여겨 성당 옆집에서 계속 살 수 있게 되었다.

세 살 터울의 누나는 중학교도 다 마치지 못한 채 공장노동자가 되었다. 그는 죽어라고 공부했다. 명문 실업고에 진학한다면, 실업고에서 우수한 성적을 유지한다면, 고3 초부터 취업이 가능하다고 했다. 빨리 돈을 벌어야 한다. 가장이 되어야 한다. 누나를 공장에서 구출하고 여동생을 대학에 보내야 한다! 청소년에게 천국 같은 80년대였다. 사교육이 법으로 금지되었던, 교복자율화였던, 민주화의 열기로 가득했던, 나라 경제는 좋았던, 그래서 청소년이 자유를 만끽할 수 있었던. 그는 예외였다. 그는 오로지 공부만 했다. 70년대 청소년처럼 공장에서 열몇 시간씩 일하는 누나를 떠올리면 잠이 확 달아났다.

그는 명문 실업고에 진학했고, 항상 우등을 했다. 고3 초에 최고로 꼽히는 대기업에 입사했다. 하지만 누나를 공장에서 구출하지 못했고, 여동생을 대학에 보내지 못했다. 아무리 대기업이라지만, 대졸도 아닌 고졸 예정의 햇병아리 월급으로 가능한 일이 아니었다. 어쨌거나 열아홉 나이에 한 집안을 책임지기까지는 못하더라도 중심은 잡아줄 수 있는 가장이 된 것이다.

그로부터 이십몇 년이 흘렀다. 이십몇 년간 줄곧 대기업 사원이었다. 그는 늦게 대리가 되었고 늦게 과장이 되었다. 혈연도 지연도 학연도 태부족한 그는 그 대기업 인간군에서 희귀종이었다.

그는 오로지 실력으로 버텨내야만 했다. 뒷배가 아무것도 없는 자에게 실력이란, 남보다 더 성실하게 남보다 더 굉장한 시간을 바쳐야 가까스로 인정받을 수 있는 거대한 것이었다. 누군가는 배경 덕분에 조금만 잘해도 대단한 실력을 인정받았지만, 그는 눈부시게 잘해도 약간의 실력을 인정받았을 뿐이다.

명문대학 나온 이들이 갑작스레 내동댕이쳐지거나 알아서 떠나던 아이엠에프 후 구조조정 때에도 그는 살아남았다. 대신 해외로 나가야 했다. 명예퇴직 후 개업이나 다른 회사로 옮기는 것을 심각히 고려해봤지만, 결국 그는 비행기를 탔다. 사실 그는 주식으로 큰 실패를 했다. 선택의 여지가 없었는지도 모른다. 암튼 어렸을 때 어느 점쟁이의 예언대로 되고 말았다. 점쟁이는 역마살이 끼었다고 했었다.

2000년대 초반은 대만에서 보냈고, 후반은 중동에서 보냈다. 대만에서는 발전소를 건설했고, 아랍에미리트에서는 화학공장을 지었다. 그의 주요 업무는 현지에서 인부들을 고용하고 관리하는 일이었다. 대만에서는 산속 깊은 데였고, 아랍에미리트에서는 아부다비와 두바이의 경계인 사막 한복판이었다. 대만은 작은 섬나라라 산속이라 해도 민간인 사는 곳과 멀지 않았다. 사막에서는 얘기가 달랐다. 기본적으로 두세 시간은 차로 달려야 겨우 사람 사는 데에 다다를 수 있었다. 남자들만 있는 현장이었다. 다만 '여자'가 보고 싶어, 두 시간 이상 달려 호텔 레스토랑에 가기도 했다. 서빙하는 웨이트리스를 멍하니 바라보다 오는 것이었다.

그가 어렸을 때부터 책을 좋아한 것은 확실히 오지 생활에 도움이 되었다. 그는 독서가 취미라고 말할 정도는 아니었지만 꾸준한 독서가였다. 동료들이 돈 드는 거로 여가를 때울 때, 그는 돈이 가장 적게 드는 책으로 시간을 때웠던 것이다. 해외 공사현장에서는 시간이 무진장 남았다. 특히 밤이 자지리 길었다. 그는 밤을 책과 함께 뒹굴었다.

그는 십여 년 동안, 새해를 해외에서 맞이했다. 한국과는 너무 먼, 중동의 사막에서 맞이하는 새해는 자못 쓰라렸다. 단체로 차례를 지내고 와글와글 기분을 내보지만, 틈만 나면 울가망했다. 화상통화로 얼굴 보고 목소리 듣는 것으로는 절대로 채워질 수 없을 만큼, 아내와 자식들이 간절히 그리웠다. 날마다 그리웠지만 새해 첫날은 유독 심했다. 새해 일출을 보겠다고 고생 여행을 가는 가족들도 흔하다는데, 새해 첫날부터 갈라져 있어야 하는 것이다. 어린 시절 어머니와 삼남매가 생이별하던 때가 새삼스레 겹쳐 떠오르는 것이었다.

그의 12월 참회록은 왜 이 나이에 가족과 생이별하고 있는가, 왜 이렇게 못났는가, 나는 왜 이 사막에 있는가, 하는 질문과 그 해답을 찾는 것으로 채워지고는 했다. 1월의 희망가는 여일했다. 물론 한국경제에 크게 기여하는 해외산업 일꾼으로서, 공사를 완벽하게 진행하여 한국인의 공사 우수성을 자랑하리라는 거국적인 바람도 있었고, 체력단련을 게을리하지 않고 더욱 꾸준한 독서로 심신을 단련하여 휴가 때 "당신, 몸짱 되었네!" "아빠는 역시 모르는 게 없네!" 같은 소

리 들어보자는 바람도 있었지만, 역시 무엇보다 큰 바람은
아내와 아이들과 함께 살았으면 하는 것이었다.

드디어 작년, 그는 오랜 해외생활을 마무리하고 고국에서
살았다. 보름에서 한 달짜리 해외출장을 다섯 차례나 다녀오
느라 홍길동이 따로 없었지만 아내와 자식들과 마음껏 한 해
를 보낼 수 있었다. 서로 간절히 그리워했던 세월이 무색하
게 다투기도 많이 했지만, 가정의 소중함과 고마움을 깨닫기
에 충분한 한 해였다

“뒷배가 아무것도 없는 자에게
실력이란, 남보다 더 성실하게
남보다 더 핑장한 시간을 바쳐야
가까스로 인정받을 수 있는
거대한 것이었다.”

# 벽돌 한 장의 무게

　　벽돌공으로 30년을 살았다는 사내(55세,
이명훈)가 말했다. "오늘은 쌓자고요." 지게차가 한꺼번에 옮
길 수 있도록, 커다란 나무 받침대에 벽돌 백 장씩을 모아쌓
는 일이었다. 청년(23세, 박경수)이 어제 했던, 기계가 찍어
낸 벽돌을 나르는 일보다 최소한 열 배는 더 힘들다고 생각
하는 데에는 10분도 걸리지 않았다. 사내는 일률적인 빠르기
와 조절된 동작으로 벽돌을 옮겨 쌓았다. 청년은 사내의 반
만큼도 못했다.

　　"그렇게 해서 언제 돈 벌어요?" 사내의 조롱에도 불구하고,

청년은 더욱더 느려졌다. 땀만 들입다 흘러대고 있었다. 원래 사내는 두 시간 반을 내쳐 일하고서, 잠깐 쉰 뒤에, 점심 먹을 때까지 멈추지 않고 일했다. 그런 그가 한 시간 반 만에 휴식에 들어갔다. 물론 그냥 놔두었다가는 죽어 나자빠질 것처럼 위태로워 보이는 청년 때문이었다.

저세상이라도 구경하고 돌아온 것 같은 얼굴로 구겨져 있는 청년에게, 사내가 죠스바를 내밀었다. 아무리 무더운 계절이라지만 사내가 오전 아홉시도 되기 전에 하드를 사본 것은 처음이었다.

청년은 이렇게 맛난 하드를 먹어본 적이 없었다. 죠스바를 야금야금 핥아먹었다. 삽시간에 제 하드를 먹어치운 사내가 벽돌을 들어올리고 있었다. 저 사람은 인간이 아니야. 청년은 남은 죠스바를 한입에 꿀떡한다는 것이 그만 통째로 흘리고 말았다. 땅바닥을 만나자 스르르 녹아버리는 죠스바가 아까워 환장할 것 같았다.

고꾸라질 듯 비치적거리는 것도 벅찼던가, 이제 청년은 벽돌 한 장 옮겨놓고 한 1분여 허리를 꺾고 엉겨붙은 호흡을 연신 토해낸 뒤에, 겨우 바동거릴 수 있게 되었다. 어제, 처음에는 3킬로나 될까 말까 하게 여겨졌던 벽돌 한 장의 무게는, 오후에 들어서는 10킬로, 20킬로로 느껴졌고, 오늘은 거의 100킬로로 느껴지고 있었다.

청년이 '이제 나는 쓰러져 죽는다' 아찔했을 때, 사내가 또 쉬자고 했다. 청년의 귀에 사내의 그 무뚝뚝한 말 한마디는 천사의 속삭임과도 같았다. 그들은 15분쯤 쉬었다. 청년은 페트병 하나를 비우고도 모자라, 호스를 입에 대고 약 10초 간 물을 빨아들였다. 사내는 막걸리를 두어 잔 비우면서 청 년이 주접떠는 꼬락서니를 딱하다는 듯 바라보고 있었다.

"처음에는 다 그려요. 나도 한 이틀간은 죽는 줄 알았죠. 같이 일하던 고참들이 비웃으니까 오기가 생기데요. 이를 깡 물었죠. 악으로, 깡으로, 버텨냈단 말이죠. 한 열흘쯤 하니까 일이 몸에 붙더라고요. 그런 거요, 일이란 게." 사내의 악 타 령 깡 타령이 청년에게 약발로 먹힐 것 같지는 않았다.

그들은 다시 벽돌의 숲으로 들어갔다. 청년은 휴식에도 불 구하고 나아진 바가 없었다. 청년은 5분여를 무아지경으로 버르적거린 후, 10여 분간 정신 나간 짐승의 안색으로 헉헉 대야만 겨우겨우 움직일 수가 있었다.

청년은 라면발을 삼키면서, 바로 이런 게 기적이라고 생각 했다. '내가 한시까지 어쨌든 버텨냈다는 것.' 사실 청년은 점 심이고 뭐고, 어서 야외경로당 같은 초등학교 나무그늘로 가 뻗어버리고 싶었다. 오늘은 눕자마자 사내처럼 코를 드렁드 렁 골아댈 수 있을 것 같았다.

"나 혼자 할 때는 쉬지도 않았죠. 점심 먹자마자 바로 일했단 말예요. 어제는 청년이 하도 힘들어해서 잠시 쉰 거죠. 틈나는 대로 쉬면 돈 벌 수 있겠어요?" 말은 그렇게 했지만, 사내는 오늘도 청년을 초등학교로 인도해서 한 시간쯤 잤다.

그 오아시스 같은 휴식도 청년의 상태를 호전시켜주지는 못했다. 오후 작업이 시작된 지 5분이나 지났을까, 청년은 자신이 더는 어찌해볼 수 없는 한계에 도달했음을 절감했다. '혹시 내가 지금까지 오기와 깡다구로 버틴 것이라면, 그 오기와 깡다구가 이제 한 방울도 남김없이 증발해버렸구나.' 청년은 자신이 벽돌을 드는 것이 아니라, 벽돌이 자신을 드는 것 같았다. 벽돌이 뚝 떨어지며 청년의 발뒤꿈치를 찧었다. 청년은 주저앉았다. 발보다 마음이 더 아팠다.

"아무나 못한다니께요. 거, 몇 푼 벌려다 약값이 더 나오죠. 정 못하겠으면 그만둬요." 사내의 본심은 그렇지 않은데 일부러 고른 말투인 양 야박했다. 다쳤냐고 쳐다보지도 않았다. 열심히 벽돌을 들어올릴 뿐이었다. 청년은 20여 분쯤 오도카니 떨었다. 부끄럽고 화가 났다.

갑자기 죽은 줄만 알았던 오기와 깡다구가 용솟음쳤다. '이렇게 허무하게 쓰러져서는 안 돼. 이건 내 자존심에 관한, 줏대에 관한 위대한 시험이야. 이따위로 형편없이 쓰러질 내가 아니다.' 그리하여 청년은 벌떡 일어났다.

청년은, 사내가 이 작것이 산삼 녹용이라도 주워먹었나 어리둥절해할 만큼 놀라운 속도로 움직이기 시작했다. 오히려 사내보다 더 빠르고 힘차 보였다. 귀신의 장난질 같은 힘도 서른 장째에서 바닥이 났다. 청년은 다만 귀신에게 잠시 흘렸을 뿐이었나보다. 제정신이 돌아오자 다시금 푹 고꾸라진 것이다.

"그만두라니까요. 아무나 할 수 있는 일이 아녜요. 노가다는 나 같은 놈이나 허는 거니께." "죄송합니다. 도저히 못하겠습니다. 열심히 해보려고 했는데. 도저히."

나흘 후, 청년은 벽돌공장 근처 슈퍼에서 막걸리 두 병을 샀다. 사내는 변함없이 벽돌을 찍어내고 있었다. 사내는 보자마자 화를 냈다. "몹쓸 사람이네요. 그날 그냥 가버리면 어떡해. 난 좀 쉬었다 하라는 얘기였는데, 삐쳐가지고서는 그냥 가버려? 아무리 찾아봐도 보여야 말이지. 한참 찾았소." 어떻게 보면 사내는 화를 내는 게 아니라, 반가워서 어쩔 줄 모르는 것 같았다.

"죄송합니다. 능력이 안 돼서 도저히 일을 할 수가 없었어요." "정 일을 못하겠으면 그만두더라도 일한 대가는 받아가야 될 것 아니요?" "뭐한 게 있다고요." "어라, 참 인심도 좋네. 왜 한 게 없소. 하루 반나절 했잖소? 그렇게 지 밥도 못 챙겨 먹으면서 뭔 놈의 세상을 살겠다는 건지, 원."

사내는 막걸리 한 사발을 쭉 들이키기 무섭게 지갑을 열었다. "돈 계산은 정확히 해야죠. 자, 학생이 받아야 할 게 총 5만 원인데……" 사내는 어떻게 5만 원이 되었는가 길게 또 박또박 설명했지만, 청년은 주의깊게 듣지 않았다.

　"청년도 알았겠지만, 아무나 몸뚱이로 벌어먹는 게 아뇨. 더 늦기 전에 공부허라고요. 내가 벽돌 찍어서 애들 가르치고 집 사고 그랬지만 사람이 헐 짓이 아니거든. 몸뚱이로 밥 벌어먹는다는 것은 제 살을 깎아 먹고산다는 말이거든요." 자조하는 내용과 달리 의기양양한 말투였다. "한눈팔지 말고 열심히 공부해서 펜대 굴리는 사람이 되란 말이오." 청년은 한평생 육체노동으로 돈벌이한 아버지를 떠올렸다. 사내가 한 말은, 청년의 아버지가 늘 하던 말과 흡사했다.

　청년은 살아가면서 가끔, 라면과 막걸리로 버티는 벽돌공 사내와, 5만 원을 기억하게 될 것이 틀림없었다. 그런데 그 벽돌 한 장의 무게는 실제로 몇 킬로였을까? 3킬로처럼 가볍기도 했고, 10킬로나 20킬로처럼 묵직하기도 했고, 100킬로처럼 너무나도 무거웠던 그것은, 청년의 가슴에 화석처럼 자리잡을 듯했다.

"청년도 알았겠지만,
아무나 몸뚱이로 벌어먹는 게 아뇨.
더 늦기 전에 공부허라고요.
내가 벽돌 찍어서 애들 가르치고
집 사고 그랬지만 사람이 헐 짓이 아니거든.
몸뚱이로 밥 벌어먹는다는 것은 제 살을
깎아 먹고산다는 말이거든요."

# 돼지저금통과 표창장

　　　　　　　　　판범(38세)은 모모 지청 사무과 사건계 소속 9급이다.

　우리나라 국민 중에 검찰을 좋게 말하는 이가 몇이나 되겠는가? 지난 5년간 검찰이 비판받을 때마다, 판범도 덩달아 혼이 났다. 아버지에게 친구에게 심지어 소개팅에서 만난 여자에게까지도 검찰 대표라도 되는 양 혼나야 하는 것이다. 검찰 조직에서 9급은 자잘한 부속품에 지나지 않는데도 말이다.

　판범은 표창장을 받았다. 부모님은 검찰청 마크가 찍힌 표창장을 자랑스럽게 들여다보았다. 검찰 욕하는 게 취미인 아버지도 검찰이 준 상은 대견한가보다. 판범은 모처럼 효도를 한 것 같아 뿌듯했다. 쑥스럽기도 해서 대수롭지 않다는 듯이 한마디했다. "5년 충성해서 이거 하나 받았네요."

판범은 서른두 살에 합격했다. 그때까지만 해도 공무원시험에 나이 제한이 있었다. 그는 8년 동안 각종 공무원시험에서 낙방했고, 나이 제한 상한선이던 서른두 살에 어렵사리 턱걸이했다.

형이라는 작자가 초를 쳤다. "근데 이거, 너만 받은 거냐?" 판범은 솔직히 말했다. "내 동기들은 거의 다 받았어. 때 되면 주는 표창장이야." 형은 정말 나쁘다. 내가 받은 표창장이 '1등'급의 상이 아니라 평범한 상이라는 것을 들춰낸 것으로 부족하단 말인가. 상처 후벼파는 소리를 했다. "하긴 네가 충성 많이 했지. 어린이 돼지저금통까지 빼앗고……" 아물지 않은 상처에 소금 뿌린 것 같은 말이다.

1년차 때의 일이다.

1년차는 대개 집행과에 배속된다. 벌금 미납자를 추적해서 벌금을 징수했다. 전화로 해결되는 경우는 거의 없다. 미납자에게 전화를 걸어 "벌금 내셔야지요!" 했을 때, "낼게요!" 착하게 대답하고 내는 경우는 극히 드물다. 나름대로 수사를 해서 미납자가 숨어 있는 곳을 찾아내야 했다. 찾아가서 "벌금 주세요!"하면 "잘 찾아오셨군요. 여기 있습니다"하는 경우도 거의 없다. 돈 없다고 배 째라거나 저항하거나 달아난다.

악성 미납자는 검찰청으로 데리고 와야 했고 수배된 이도 흔해서 무예가 뛰어난 경찰관과 함께 다녔다. 수갑을 채우거나 격투를 벌이거나 하는 일도 곧잘 벌어지는데 그런 궂은일은 경찰관이 도맡았다.

그날도 실적을 채워보려고 서류 더미를 뒤져 '잔챙이'를 골랐다. 월척, 그러니까 일반인들이 들었을 때도 그런 못된 사람이 있나 인정할 만한 범법행위로 고액의 벌금을 내야 하는데 안 내고 버티거나 숨어 사는 이들을 찾아내서 데려오려면, 집행과 수십 명이 며칠 동안 합동작전을 펴야 한다. 그렇지만 날마다 실적은 올려야 한다. 그러니 평상시에는 고액벌금자는 엄두를 못 내고 만만한 소액벌금자를 점찍을 수밖에 없다.

그날 찾은 소액벌금자는 39세로 홀로 초등학생을 키우는 여인이었다. 오토바이로 떡볶이 배달을 가다가 가벼운 접촉사고를 냈는데, 무면허에 헬멧 미착용이었다. 벌금 20만 원을 내야 했는데, 3년째 안 내고 버티고 있었다. 두 시간이나 떨어진 도시에 살았다. 사실 전화통화 할 때 여인이 이런 말만 안 했어도 아무 일 없었을 테다.

"니들은 참 나쁘다. 잘 먹고 잘사는 부자들 벌금은 못 받아내면서, 나처럼 찢어지게 가난한 서민 벌금은 악착같이 받으려고 하냐? 그러는 거 아니다." 늘 통화가 안 되다가 되었는데 "벌금 내셔야죠?" 했더니 대뜸 훈계하는 것이었다. 틀린 말이 아니었다. 그렇지만 기분이 나빴다. 벌금이나 받으러 다니는 9급이 왜 그런 소리를 들어야 하는 건가?

스트레스도 풀 겸 실적도 챙길 겸 시원한 바람이라도 쐴 겸 굳이 그 먼 도시까지 찾아갔다.

여인의 13평 전셋집에 들어섰을 때 잘못 왔다는 느낌이 팍 들었다. 집안 꼴을 보니 딱 알 것 같았다. 이 여인은 20만 원이 있는데도 안 내는 경우가 아니었다. 20만 원의 여윳돈이 있어본 일이 없는 경우였다. 하지만 여인의 말이 판범을 꼭지 돌게 했다. "진짜로 찾아왔네? 검찰 참 독하네. 한번 찾아보셔. 돈 같은 게 있나. 나 같은 서민한테 돈 뜯어내려고 공부했냐?" "이 아줌마가 정말! 아줌마는 벌금을 내셔야 하고 나는 받으러 온 것뿐입니다. 알아서 하셔. 줄 때까지 안 갈 테니까."

판범은 소파에 몸을 던졌다. 동행한 경찰관이 그냥 나가자는 눈짓을 했다. 원래 인정이 두터운 사람이었다. 누가 말리면 더 엇나간다고 판범은 더욱 세게 나갔다. "아줌마, 우리랑 같이 가실래요. 돈을 가져오실래요." 여인이 사정조로 변했다. "참말 돈이 없어요. 빌릴 데도 없고. 제발 부탁인데 조금 있으면 아이가 돌아와요. 아이한테 이런 꼴 보여주고 싶지 않아. 우리 애가 내가 무슨 죄지은 줄 알 거 아냐." "죄는 죄죠!" "그런 게 무슨 죄예요? 먹고살라고 배달 가는 사람한테 딱지 끊고 그러는 게 더 죄 아니에요?" 판범의 속마음은 그냥 가자, 어서 이 집을 나가자, 였는데, 이상하게 몸은 소파에 붙어 꼼짝을 하지 않았다.

자꾸만 시계를 쳐다보던 여인이 아이 방으로 들어가더니 묵직한 돼지저금통을 낑낑대며 들고 왔다. 여인이 돼지저금통을 의자 위에 올려놓더니 말했다. "미안해, 우리 딸! 엄마가 새 돼지에다 다시 채워줄게!" 돼지저금통이 딸이라도 된다는 투였다. 여인이 부엌칼로 저금통의 등을 갈랐다. 여인은 등 갈라진 저금통을 쏟아부으며 "가져갈 테면 가져가!" 소리질렀다. 방바닥에 동전 산이 생겼다.

판범은 자기 자신에게 너무 화가 났다. 그는 분노를 참으면서 동전을 한 개 한 개 세었다. 20만 원이 될 때까지. 경찰관은 도와주지 않았다. 여인과 함께, 참 징헌 놈이다 하는 눈빛으로 판범이 동전 줍는 것을 지켜보았다. 판범은 검은 비닐봉지에 20만 원어치의 동전을 담았다. 무척 무거웠다. 그 집을 나오는데 여인이 등에 비수 같은 말을 박았다. "그렇게 충성하면 좋냐?"

벌금징수라는 맡은 바 일을 충실히 수행했으니 누가 뭐래도 자랑스러운데, 한없이 부끄럽기도 했다. 그렇게 벌금을 받아왔지만 칭찬을 받기는커녕 하루아침에 피도 눈물도 없는 나쁜 놈이 돼버렸다. 지청에 소문이 좍 퍼졌고 모두가 뜨악하게 쳐다보는 것이었다. 법대로 하고도, 검찰청에서조차 인정받을 수 없는 잘못을 저지른 게 틀림없었다.

지금 생각해도 그날 왜 그랬는지 알 수가 없었다. 그 일은 두고두고 생각이 났다. 검찰청 9급은 잘난 죄인을 만날 일이 없었다. 9급이 만나는 죄인들은 가난했고 억울했고 안쓰러웠다. 판범은 수사과에 있을 때, 돼지저금통 여인을 생각하면서 죄인들의 말을 조서에 최대한 잘 옮겨주려고 애썼다. 가난한 죄인께 밥을 사주기도 했다. 한번은 숙직을 서고 있는데 누가 왔다. 밖이 너무 춥고 배가 고파서, 유치장이 훨씬 나을 것 같아서 자수했단다. 마침 그때 판범이 시킨 밥이 왔다. 밥을 본 죄인은 애처로운 눈빛으로 침을 꿀꺽꿀꺽 삼켰다. 판범이 양보한 밥을 죄인은 허겁지겁 먹었다. 한 그릇 더 시켜주었다.

판범은 검찰청에서 받은 표창장이 자랑스러우면서도 어쩐지 낯뜨거웠다.

"너들은 참 나쁘다.
잘 먹고 잘 사는 부자들
벌금은 못 받아내면서,
나처럼 찢어지게 가난한
서민 벌금은 악착같이
받으려고 하냐?
그러는 거 아니다."

# 인생 최대의 시험

　　　결전의 날이 밝았다. 양명순(65세)은 새
벽 두시까지 문제집을 풀었다. 잠자리에 들었지만 전전반측
했다. 반면에 손자(조양철, 13세)는 티브이 보고 스마트폰 게
임 하고 컴퓨터 커뮤니티 관리 하고 자정까지 펑펑 놀다가
제 아빠(조백남, 42세)한테 지청구를 먹고서야 겨우 잠들었지
만 코 골면서 잘 자고 있다. 지난 한 달 동안 명순은 틈틈이
열심히 공부했지만, 손자는 천하태평이었다. 그럴 만도 했다.
손자는 걱정이 없었다. 손자는 문제집을 세 번인가 풀었는데
그때마다 80점 이상을 가뿐히 맞았다. "껌이네, 껌!"이라며

우쭐댔다.

아들은 택시운전사였다. 아들의 택시에 탔다. "정말 보시려고? 그냥 사주고 말지." "그래요, 괜히 창피 당하지 말고!" 아들과 손자가 걱정해주는 척했다. 명순은 단호히 말했다. "만 2천 원이 아깝잖냐." '한국사능력시험 초급' 응시원서 접수료가 만 2천 원이었다. 시험을 안 치면 그 돈을 그냥 날리는 것 아닌가. 아들은 콧방귀를 뀌었다. "돈이 중요해요? 괜히 쪽팔림 당할까봐 그러지." 아들은 제 어미가 결코 60점을 맞을 수 없다고 확신하고 있었다. 솔직히 그녀도 자신이 없었다. 실전모의고사 문제집을 풀 때 단 한 번만이라도 60점을 넘겨보았다면 자신이 있었을 테다. 그녀는 한 번도 60점을 넘기지 못했다. 굳은 머리로 아무리 외워도 암기가 되지 않았다. 문제를 이해하기가 벅찼다. 가장 높았던 점수가 48점이었다. 허나 그녀는 포기하고 싶지 않았다. 그동안 공부한 게 아까워서라도. 정말 열심히 공부했단 말이다!

손자는 저만 스마트폰이 없다고 무던히도 졸랐다. 며느리가 일찍 하늘나라로 가는 바람에 손자의 엄마나 다름없이 살아온 명순은 절대로 용납할 수 없었다. "네 아빠 스마트폰 갖고도 그렇게 많이 하는데, 네 스마트폰이 생기면 얼마나 더 하려고? 안 된다, 안 돼. 내 눈에 흙이 들어가도 안 돼." 그녀는 손자와 스마트폰 문제로 툭하면 다퉜다. 아들이 중재안을 내놓았다. 손자가 어디서 무슨 소리를 듣고 왔는지 한국사능력시험을 보겠다고 했는데 그 시험에서 90점 이상 맞으면 사주겠다고 한 것이다. 손자의 영리함을 아는 그녀는 결사반대했는데, 손자가 사람 열받게 하는 제의를 했다. "할머니도 그 시험 봐. 할머니가 60점 이상 맞으면 나 스마트폰 사달라고 안 할게. 대신 할머니가 60점 못 맞으면 사줘."

네가 할머니를 멍텅구리로 아는구나. 그래, 내가 가난한 집에 태어나서 중학교 졸업장밖에 없다. 공장에 딸린 산업체 학교라고 있었지. 거기 다닐 때 노사분규만 없었어도 고등학교 졸업장까지 따는 거였는데. 그렇지만 내가 책을 좋아한 사람이었다고. 상식과 교양 있는 아줌마였다고. 너 키우느라고 생고생하기 전에는 일주일에 서너 권씩 읽고 그랬어. 역사책도 무던히 읽었지. 한국사라면 나도 자신 있다. 고급 중급도 아니고 초급에서 60점? 할머니 깔본 것을 후회하게 만들어주마. 그녀는 손자가 내건 제의에 당당히 합의했다. 문제집을 풀어보고서야 60점이 중국여행 때 보았던 만리장성보다 높다는 걸 깨달았다.

시험장은 무슨 고등학교였다. 건물 앞은 어린이날 행사장 같았다. 삼사십대 부모와 그 자녀가 버글버글했다. 다행히 명순 또래의 노인도 더러 보였다. "엄마, 포기하시지? 3할도 못 맞힐까봐 걱정되네." 아들은 끝까지 재수없는 소리를 했다.

그녀는 불뚝해서 아들 염장을 질러줬다. "이놈아, 너나 좀 어디 가서 여자 좀 구해와라. 내가 언제까지 네 새끼를 키워줘야 되니?"

경쟁자인 손자와 교실이 달랐다. "네 교실부터 가자." "아냐, 할머니 교실부터 가요." "너부터." "할머니부터." 그들은 별것 아닌 일로 실랑이하는 게 일이어서 도저히 결론이 안 날 때 전가의 보도로 활용하는 방법이 있었으니 묵찌빠였다. 늘 그렇듯이 손자가 이겼다. 손자는 앞장서서 할머니의 교실로 향했다. 손자는 할머니 자리까지 찾아주었다. "여기예요, 여기. 주민등록증 가져왔지? 돋보기는? 아후, 걱정된다. 하다가 어지럽고 막 그러면 감독 선생님께 얘기하고 나와요! 무리하지 말란 말야." "너나 잘해 이것아." 손자가 진지한 얼굴로 주먹을 불끈 쥐고는 "화이팅!" 한다. 그녀는 얼떨결에 오른손바닥을 들고 "화이팅!" 했다.

10시 5분 전. 빈자리가 모두 채워졌다. 명순은 당황했다. 그 교실에 있는 40명 중 그녀만 어른이었다. 나머지 39명은 다 초등학생이었다. 중고등학생 하나 없이 모조리 어린이였다. 참으로 쑥스러웠다. 얼굴에 불이 난 듯 화끈거렸다. 차츰 진정이 되었다. 부끄러워할 일이 아니다. 대한민국 어린이 똑똑한 건 전 세계가 알아준다. 대한민국에서 책을 가장 많이 읽는 세대도 어린이다. 그런 어린이들과 함께 시험을 치는 할머니, 멋지지 않은가? 다른 할머니들을 보아라. 만날 몰려다니면서 수다나 떨잖는가. 텔레비전에 어린것들 사이에서 학교 다니는 노인네들이 나오는 걸 보고, "참 대단한 분들이구먼. 그렇게 배우고 싶나. 나는 누가 돈 주고 배우래도 거시기해서 못 다니겠구먼" 중얼거리곤 했는데, 그 노인네들 학교 다니는 기분이 꼭 이랬을 것 같다. 겸연쩍지만 은근히 자랑스러운.

진짜 자랑스러우려면 기필코 60점을 맞아서 6급 능력증을 따야 한다. 그녀랑 상종하는 노인네들은 별것 아닌 거로도 엄청 자랑을 했다. 운전면허시험 2종오토를 땄다고, 전국노래자랑도 아니고 아파트단지 주민단합대회에서 장려상 받았다고, 마트에서 세탁기 경품을 받았다고, 노인윷놀이대회에서 5등을 했다고, 몇 달을 자랑했다. 한국사능력검정시험 6급이면 그따위 자랑 같지도 않은 자랑 다 평정할 수 있다. 이렇게 숱한 어린이가 도전하는 거로 봐서 어린이에게는 껌 같은 6급일지 몰라도 노인 사이에선 '짱' 아니겠어! 허나 무슨 수로 60점을 맞는단 말인가. 돋보기 쓰고도 간신히 보는 주제에 커닝도 어림없고 까마득했다.

시험이 시작되었다. 명순은 부들부들 떨렸다. 머리가 터질 듯했다. 가슴이 푹 가라앉는 듯했다. 50년 만에 보는 시험. 집에서 모의고사 문제집을 푸는 것과 완전히 달랐다. 시험은 이렇게 무서운 것이었구나. 그녀는 한 10분을 멍멍한 상태로 있었다. 감독관이 답안지에 체크를 해주면서 말했다. "수험번호도 안 쓰셨네요." 그녀는 큰 죄라도 지은 표정으로 얼른 수험번호를 적었다. 감독관이 속삭이듯 말했다. "할머니, 놀러 왔다고 생각하세요!"

이제 10분 남았다. 어린이들은 벌써 다 풀고 법석을 떨었다. 명순만 아직 다 못 푼 것을 확인한 감독관이 아이들을 모두 내보냈다. 그녀는 혼자 남았다. '혼신을 다 바쳐' 35문제를 풀었다. 아직도 다섯 개나 남았다! 세상에 이렇게 어려운 시험을 학생들은 시도 때도 없이 본단 말이지. 할 만큼 했다. 더는 못해. 눈알이 튀어나올 지경이야! 머릿속은 삭아버렸어. 그녀는 문제지에 체크해놓았던 답을 답안지에 정성스럽게 마킹했다. 그리고 나머지 다섯 문제는 모조리 2번에 마킹했다.

명순은 은근히 자신 있었다. 그가 풀었던 모의고사문제집보다 훨씬 쉽게 느껴졌다. 문제가 쉽게 나온 건지 공부한 보람이 있는 건지 만만한 문제가 20개도 넘었다. 머리를 너무 써서 그랬는지 그녀는 휘청휘청하다가 쓰러지고 말았다. 그녀가 기력을 되찾은 후에 손자가 말했다. "스마트폰 안 사줘도 되니까 편찮지 마요." 그녀는 활짝 웃었다. "시험, 껌 같았지?"

# 그대여, 잠 깨어 오라! 뻥!

    밤꽃마을의 삼사십대 남자들은 일찌감치 집을 나섰다. 5년 전에 완공된 아파트 단지 열 몇 개 동에서 쏟아져나오고, 20년 전에 지어진 낡은 아파트 몇 개 동에서도 빠져나오고, 단독주택가 골목길에서도 쏟아져나온 사내들이 성큼성큼 뚜벅뚜벅 걸어간다. 가는 비가 흩뿌린다. 모두가 우산을 쓰고 있다.

    출근길 풍경인가? 드문드문 양복차림이 눈에 뜨이긴 한다. 7시 5분 전인데 양복차림이라면, 조금 부지런하게 출근하는 이들인가보다. 대개는 트레이닝복 차림이거나, 절대로 출근

복장일 수 없는 옷차림이다. 게다가 대부분 슬리퍼를 신고 있다.

사내들의 얼굴에 불만이 가득하다. 누가 입술을 톡 건드려주기만 하면 불평을 바가지로 퍼부을 듯하다.

잠을 거의 못 잔 사내들도 있다. 밤샘근무를 했거나, 새벽녘에 심야버스나 총알택시를 타고 귀가했거나 사이버세계를 쏘다니다가 동틀 무렵에야 겨우 잠들었거나.

빗발이 좀더 굵어졌다. 밤꽃마을 구석구석에서 방울방울 흘러나온 사내들은 초등학교 정문과 후문 앞에서 각양각색의 우산으로 시냇물이 되었다. 두 줄기 시냇물은 학교 안으로 들어가 스탠드를 점령했다. 사내들은 우산을 접었다.

사내들 앞에는 푸른 잔디밭이 펼쳐져 있었다. 인조잔디였다. 이 학교 인조잔디 운동장은 밤꽃마을의 남녀노소가 애용하는 공원 같은 곳이었다.

두 갈래 소리가 묘한 화음을 이루고 있었다.

하나는 '뻥, 빡!'이었다. 한 사내가 운동장 한복판에서 축구공을 차고 있었다. 스탠드 밑은 2미터 높이의 하얀 벽이었다. 운동장의 사내는 양쪽 골대를 놔두고, 스탠드 벽에다 공을 차댔다. 사내가 힘껏 내지를 때 '뻥' 소리가 났고, 스탠드에 맞고 튕길 때 '빡' 소리가 났다.

그는 오백여 명이나 되는 사내들이—절반 이상이 세수도

안 한—지켜보고 있음에도 아랑곳없이 공차기를 계속해댔다. 홀로 수만 군대를 물리쳤다는 익덕 장비처럼, 오백여 명의 사내들을 향해 포탄을 쏘아대는 듯했다.

또다른 소리는 "사랑하는 그대여, 잠 깨어 오라!'였다.

인조잔디 운동장을 둘러싸고 각종 운동기구가 설치되어 있었다. 저쪽 맞은편에, 그러니까 스탠드의 오백여 명의 사나이들이 눈을 돌리거나 할 필요 없이 그냥 뜨고 있으면 보이는 위치의 운동기구에 한 여인이 타고 있었다. 한 팔과 한 다리가 올라가면 다른 한 팔과 한 다리는 내려가게 돼 있는 기구였다.

그녀가 힘껏 움직여대며, "사랑하는, 그대여, 잠 깨어 오라!"는 구절만을, '하나둘셋, 둘둘셋넷' 구령 붙이듯이, 끊임없이 불러댔다. 여인의 목소리는 웅장해서 멀리 떨어진 스탠드의 사내들에게도 명징하게 들렸다.

축구 남자와 운동 여자가 각각 내는 소리가 절묘하게 어울려 그라운드를 꽝꽝 울려댔던 것이다.

"사랑하는, 뻥, 그대여, 빡, 잠 깨어 오라! 뻥!"

물론 두 사람(혹시 부부일까?)은 운동중이었으므로 우산을 쓰고 있지 않았다. 두 사람의 힘차고도 격렬한 운동을, 맥없는 얼굴로 감상하고 있던 오백여 명의 사내는 왜 모인 걸까? 하고 보니 전부 사내는 아니었다.

꼬부랑 할머니 두어 명, 사오십대로 뵈는 여인 세 명, 삼십대로 보이는 여자 대여섯 명, 그리고 사내는 사내지만 스무 살도 안 된 게 확실한 고등학생 두엇.

사람들은 절묘한 화음 속에서 조용하다.

7시 10분, 한 사내가 메가폰을 잡고 스탠드 맨 하단에 섰다. 오백여 명의 눈초리가 일제히 그에게로 쏠렸다.

"예, 그럼 지금부터 민방위 비상소집 훈련을 실시하겠습니다. 예, 다들 바쁘신데 나오시느라고 고생 많이 하셨습니다. 시국이 시국이니만큼 많이들 나와주신 것 같네요. 스탠드 맨 상단에 각 통장님이 통 숫자 쓰인 팻말을 들고 서 계십니다. 소집증, 통장님에게 제출하고 귀가하시면 되겠습니다……"

메가폰 소리는 더이상 사내들의 귀에 들리지 않았다. 사내들은 자신의 통장님을 찾아서 이합집산하고 있었다. 벌집 터진 듯했다. 하지만 불미스러운 신체 접촉사고는 서로 참을 만한 정도에 그쳤고, 스탠드에서 엎어지거나 넘어지는 이는 거의 없었다. 모두들 빈손도 아니고 우산을 들고 있었는데도 무사고였다.

질서가 있는 한편, 무질서하기도 한 아슬아슬한 균형의 나라에서 30년, 40년씩 살다보니, 또 어릴 적부터 각종 훈련을 받아오다보니, 자연스럽게 터득할 수밖에 없었던, 이합집산의 기술과 지혜를 고도로 발휘했기 때문이리라.

그런데 민방위 비상소집훈련이 처음인 사내들은 약간 당황했다. 그들은 최소 한 시간 정도의 어떤 교육을 각오하고 나왔던 탓이다. 소집증만 내고 가라니. 그들은 믿을 수 없어 소집증 받느라고 정신없는 통장을 성가시게 했다. "진짜 집에 가도 돼요?"라고 몇 번을 되풀이하며 묻는 것이다. 심지어 이게 무슨 훈련이냐고 투덜대는 이도 있었지만, "그럼 저 운동하시는 분들이랑 놀다 가시든가" 통장이 대꾸하자 "말이 그렇다는 거지요" 하고 잽싸게 가버렸다.

우산 든 사내들은 무지개색 시냇물 두 줄기가 되어 정문과 후문으로 흘러나갔다. 그들은 곧 방울방울 흩어질 것이다. 양복차림은 곧장 역으로 갈 것이다. 대부분의 사내는 집으로 돌아가 출근준비를 서두를 테다. 잠자리에 드는 사내들도 있을 테다. 누군가는 아침을 먹기도 할 테다.

사내들이―대리 출석한 할머니와 아낙네와 청소년들도―뿔뿔이 흩어지는 동안에도, "사랑하는, 뺑, 그대여, 빡, 잠 깨어 오라! 뺑!"은 계속되고 있었다.

"세상에 이렇게 어려운 시험을
학생들은 시도 때도 없이
본단 말이지. 할 만큼 했다.
더는 못해.
눈알이 튀어나올 지경이야!
머릿속은 삭아버렸어."

# 어린이를 울리는 배구공

아들(초등3, 10세)은 결사적인 표정이다.
나(농협 직원, 41세)는 무섭다.

두 달 전 녀석은 "확 죽어버리겠다!"고 했다. 그깟 배구공을 못 잡으면 확 죽어버리겠다는 것이다. 심하게 나무랐다. 어린 게 벌써 그런 무서운 말을 배운 것도 모자라 서슴없이 내뱉는단 말인가. 속으로는 찔렸다. 녀석이 좋아하는 예능프로그램에서도 툭하면 나오는 말이 아니던가. 어이없는 게임을 하면서 그거 졌다고 확 죽어버리고 싶다는 말을 아무렇지 않게 내뱉던 예능스타들의 입! 사실 우리 부부도 그 말을 곧

잘 사용했잖은가. 애가 듣거나 말거나 내질렀던 우리의 입! 네가 어른들에게서 그따위 말을 배운 건 알겠는데, 그래도 그런 말을 쓰면 안 돼! 심하게 야단쳤더니, 녀석은 순화했다.

"오늘도 허탕 치면 학원 안 다닐 거야!"

우리는 두 달 동안 여덟 번이나 허탕을 쳤다. 이럴 수는 없다! 녀석의 좌절감은 너무나도 컸다. 경기 끝나고 며칠 동안은 마음의 상처를 치유하지 못해 끙끙 앓았고, 잘 놀다가도 배구장에서의 쓰라린 기억이 되살아나면 한바탕 처절하게 분노하는 것이었다. 정말로 학원 안 가겠다고 떼쓰는 걸 어르고 위협해서 보내느라 방학 내내 힘겨웠다.

직장인 전용 출입구에 기다란 줄이 서 있었다. 평상시보다 세 배는 긴 줄이다. 주말이고 정규리그 경기가 아니라 챔피언결정전이니 당연한 현상이다. 매표소 쪽 줄은 짧다. 30분이나 일찍 온 보람이 있다. 나는 표 두 장을 끊었다. 표 끊을 때마다 하는 생각(어린이에게도 입장료를 받는 건 너무한 거 아닌가)을 또 했다.

프로배구는 이른바 직장인 동원이 많다. 내 직장인 농협은 프로배구단을 가지고 있었고, 배구단의 연고지인 이 도시의 각 농협과 거래처 직원들에게 티켓이 주어졌다. 처음 티켓을 받았을 때 짜증이 났다. 배구에 특별한 관심이 있는 것도 아니었으니, 직장인의 유일한 낙이 주말에 늘어지게 쉬는 건데 왜 남들 공 쳐대는 걸 구경하라는 거야, 불평불만이었다.

그런데 생각해보니 이거야말로 가정봉사 기회가 아닌가. 아내와 아이를 데리고 배구장에 갔다. 유니폼도 받고, 과자와 음료수도 받았다. 나는 괜히 자랑스러워 우쭐댔다. "아들, 아빠가 좋은 직장 다니니까 이런 구경도 하는 거야, 알겠어?" "아빠, 최고야!" 녀석은 엄지손가락을 치켜세워주었다. 아빠 노릇 훌륭히 하는 것 같아 더욱 자랑스러웠다. 그게 불행의 시작일 줄은 몰랐다.

농협 배구단은 플레이오프에서 탈락했다. 하지만 이 도시를 연고로 하는 여자배구팀이 결승전에 진출했다. 우리 부자에게 마지막 기회가 온 것이다. 기회가 아니라 불행일 수도 있다. 공을 못 잡는다면, 아들은 정말로 학교에 안 갈지도 모른다. 녀석은 학기중에 맞게, 학원이 아니라 학교 안 가겠다고 위협 수위를 높였다.

체육관은 귀청이 터져나갈 듯 시끄러웠다. 또 한번 일찍 온 보람이 있어, '명당'을 차지할 수 있었다. 홈팀 응원석 앞에서도 오른쪽이 명당이었다. 사회자가 선수 소개를 할 때 선수들은 증정배구공을 하나씩 던져준다. 선수가 열서넛이니 모두 열서너 개의 공이 응원석으로 날아오게 되는데, 대부분 명당으로 떨어지게 돼 있다. 하지만 명당이면 뭐하는가. 우리 부자는 첫날만 빼놓고 매번 명당에 앉아 있었지만,

한 번도 공을 잡지 못했다. 여섯 번은 하루에 두 게임(남자경기와 여자경기)을 연속으로 했다. 우리는 두 게임을 다 보고도 공 하나를 못 차지했다.

직장에서 준 티켓으로 가족에게 프로배구 구경이라는 신선한 문화를 체험시켜주겠다는 갸륵한 생각을 나만 한 게 아니다. 거의 모두가 다 했다. 즉 아이를 둔 직장인 총집합이었다. 내 아들만 배구공에 뿅간 게 아니다. 배구공이 날아오는 순간 모든 아이가 배구공에 뿅가버린다. 아빠, 엄마! 나, 공 줘! 나만 내 자식에게 저 공을 꼭 잡아주고 말리라 각오하는 게 아니다. 모든 아빠 엄마가 내 예쁜 새끼한테 저 공을 잡아주겠다는 각오를 한다. 청소년과 청년이라고 왜 배구공에 욕심이 없겠는가. 할아버지 할머니도 혹시 공을 잡으면 손자 손녀에게 줘야지, 강렬한 야망을 숨기지 않는다.

열서너 명의 선수가 차례로 소개되고, 선수들이 차례로 던지거나 스파이크한 배구공은 응원석으로 떨어져 쟁탈전을 유발한다. 선수들은 가능하면 어린이를 겨냥한다. 내 아들도 몇 번이나 손에 공이 닿아보기는 했다. 하지만 어린이가 공을 잡아서 품에 안는 일은 거의 일어나지 않는다. 어른이 인정사정없이 채가기 때문이다. 어른은 자기 자식에게 공을 잡아주겠다는 일념으로 타인의 자식에게는 무지막지하다. 그러니 어린이는 다치지나 않으면 다행이다. 어른인 내가 쟁탈

전에서 승리해야 했다. 나는 한 번도 승리하지 못했고, 아들을 매번 꺼이꺼이 울화통 터지게 했다.

오늘은 제발 긍휼히 살피소서! 나는 믿지도 않는 모든 신에게 비손했다. 명당은 사방에서 공을 차지하겠다는 일념으로 몰려온 사람으로 복닥거렸다. 오늘따라 특별관중석 쪽으로 대부분 날아간다. 선수들이 의도적으로 그쪽으로 보내고 있다. 배구단은 장애인이나 소외된 이웃계층을 특별 초청할 때가 있고 그럴 때면 공은 여지없이 그쪽으로 집중된다. 선수들도 어떤 사람들에게 배구공이 더 소중한 추억이 될지 잘 아는 것이다.

명당 쪽 사람들은 몇 개 날아온 공을 두고 박 터지게 경쟁했다. 아들이 내게 발길질을 했다. "아빠, 대체 뭐한 거야? 아빠, 바보야?" 나름대로 잘 훈육했다고 자부했는데, 공 앞에서 아비도 몰라보는 싸가지 없는 놈아. 너만 속 쓰린 게 아니다. 이 아빠도 미치고 환장하겠다. 공 하나 때문에 이게 뭐냐.

아직 희망이 있다. 2세트 중간에 치어리더와 함께 응원하는 시간. 치어리더 여덟 명이 배구공 하나씩 들고 춤을 추다가, 눈에 띄는 관중에게 직접 전해주는 것이다. 치어리더 또한 배구공이 어른보다는 어린이에게 더 큰 기쁨이 된다는 걸 알고 있다. 어린이는 너무 많으니, 치어리더 눈에 어떻게든 들어야 한다. 타고난 외모나 행운과 상관없이 개인의 노력으로 가능한 일이 있다면 치어리더 눈에 들도록 죽어라고 응원해보는 것이다. 내 아들은 그동안 그렇게 했다. 비닐방망이를 흔들며 종이부채를 저으며 열렬히 춤추고 부르짖었다. 공 하나 얻겠다고 그래야만 하니, 안쓰러울 정도였다.

어린이는 너무 많았고, 내 아들만큼 열심히 응원한 어린이가 숱했다. 모든 어린이가 똑같이 최선을 다해 노력해도 승자는 딱 여덟 명, 나머지는 다 패배자가 되어야만 한다. 세상에 이런 비극이 어디 있단 말인가. 제발 오늘만은, 그 딱 여덟 명의 승자 중에 내 아들이 속하기를 간절히 바랐다.

오늘도 내 아들은 치어리더의 간택을 받지 못했다. 녀석이 운다. 챔피언결정전답게 여자선수들의 배구는 흥미진진한데 나도 덩달아 울가망하다. 울음을 참고 열정적으로 홈팀을 응원하던 녀석이 문득 말한다. "아빠, 내일도 경기 있지? 내일도 공 못 잡으면 진짜 학교 안 다닐 거야." 나는 내일이 진짜 무섭다.

# 일하는 그녀는 환했다

　　　　　　60여 년의 역사를 자랑하는 J신학대 총
동문회는 가난했다. 교육이념에 '사랑으로 실천한다'는 구절
이 들어 있는 대학답게 타인을 위해 봉사하는 인재는 숱하게
배출했지만, 동문회에 뭉칫돈을 기부할 만큼 경제적으로 성
공한 동문은 드물었다. 돈과는 거리가 먼 동문들이어서 동문
회비 연 12만 원을 꼬박꼬박 내는 이도 얼마 되지 않았다.
　작년 동문회 겨울회의에서 '간사'를 없애버리자는 안건이
올랐다. "동문회 1년 예산이 고작 3~4천만 원이에요! 그런데
간사한테 들어가는 돈이 1500만 원이 넘어요. 사무실 운영비

까지 더하면 2천만 원이에요. 이게 말이 되는 거냐고요? 돈이 사무실하고 간사한테 다 들어가니까 아무 일도 할 수 없는 거잖아요!" 발의 임원들은 단호했고 주장을 굽히지 않았다. 얼떨결에 간사 없애는 것은 당연하고 동문회 사무실까지 폐쇄하는 것으로 결정이 나버렸다.

사무총장(50세)은 자동차대리점을 운영했다. 차 팔아서 먹고사는 사람이었다. 그토록 고단한 생업을 갖고 있음에도 불구하고, 남들이 다 못 맡겠다고 거부하는 무보수 사무총장 자리를 5년째 지켜왔다. 오로지 봉사정신으로! 동문회의 발전을 위해 내 시간 내 돈 써가며 말품 발품 차품 전화품 있는 대로 다 팔았다. 뭐, 겸사겸사 차도 팔아보자는 거 아니냐고 숙덕대는 인간들이 있다는 거 안다. 전혀 안 그렇다고는 할 수 없지만, 차 파는 건 둘째 문제고, 동문회의 내실 있는 운영을 위해 최선을 다해왔다.

회비를 꼬박꼬박 내는 동문을 늘리고, 수익사업도 좀 해서 돈 좀 있는 동문회로 바꾸자는 청사진을 걸고 또다시 연임하게 된 총장은, 간사도 없이 일하려니 답답하고 환장할 것 같았다. 다 그만두고, 아주 간단한 일 하나를 처리하려고 해도 여러 임원에게 메일을 띄우고 전화연락을 해야 하는데, 명색이 사무총장이 생업까지 팽개치고 그런 자잘한 일까지 챙기고 있어야 되는가 말이다. 간사의 소중함을 절실히 깨달았다.

결국 겨울회의에서 다시 결정이 되었다. 사무총장은 "나도 한창 돈 벌어서 애들 키워야 되는 사람입니다. 간사 없이는 봉사 못합니다. 저도 사임하겠습니다"라고 배수진을 쳤다. 임원들은 현 사무총장만큼 헌신적인 일꾼을 기대할 수 없었다. 사무총장 말을 들어보니 간사 없으면 일이 안 될 것도 같았다. 임원들과 사무총장은 다음과 같이 합의했다.

동문회 사무실을 그대로 유지한다. 닷새 출근 100만 원이었던 간사월급을, 사흘 출근 50만 원으로 줄인다.

월급 100만 원을 받던 간사는 자기는 이미 새 직장을 구했다며, 그 돈에 일할 사람을 추천했다. 그리하여 새로이 J대 동문회 간사로 일하게 된 여인이 이상큼씨(41세)다. 국어사전에 따르면 간사(幹事)는 '일을 맡아 처리하는 사람' 또는 '단체의 사무를 주장으로 맡아 처리하는 직임. 또는 그 사람'이라고 나와 있는데, 그녀는 '간사'가 그저 전화나 받고 경리나 보는 자리인 줄 알았다.

그녀가 흔쾌히 간사가 된 것은 사무실 때문이었다. 그녀는 젊었을 적에 작가지망생이었다. 넓고 한적한 사무실을 작업실 삼아, '전화나 받고 경리나 보는' 틈틈이 글을 써볼 작정이었다. 4대보험 같은 것은 당연히 안 되고 밥값도 따로 주지 않는 월급 50만 원짜리 자리에 기꺼워하고 감사할 수 있었던 것은 바로 그 꿈 때문이었다.

하지만 그녀는 취직하고 석 달 동안 일만 했다. 글은 한 줄도 못 썼다. 한가하게 글 쓸 겨를이 없었다. 물론 전화나 받고 경리를 보았다. 문제는 그 외에도 할 일이 엄청 많다는 것이었다.

때마침 동문회에서는 없어진 거나 마찬가지였던 홈페이지를 새로 단장해서 오픈했다. 그녀가 세세한 것까지 챙겨야 했고 관리도 맡아야 했다. 한글파일에 스캔 받은 사진 끼워 넣는 것도 모르던 그녀는 보름 만에 홈페이지에 동영상도 올릴 만큼 진보했다. 동문회지도 그녀가 만들어야 했다. 편집위원회 분들은 회의에서 좋은 의견만 제시했다. 그녀가 청탁도 하고 인터뷰도 다니고 글도 쓰고 사진도 찍고 디자인도 했다. 제법 기자 흉내를 낸 것이다. 동문회 통장 문제로 은행도 여러 날을 들락거려야 했다. 가난한 동문회라 조화를 보내지 못하고 동문회 조기를 전달해주었다가 장례 후 찾아오는 얄궂은 문상도 했다. 때때로 찾아오는 동문을 친절히 맞고 정중히 다과를 대접하고 말씀을 경청해야 했다. 그 밖에도……

하루에 손님 세 명만 와도 서너 시간, 전화 걸고 받고 메일 받고 보내고 하는 데 두어 시간, 그 나머지 시간에 중요한 일들을 처리하려니 시간이 부족할 수밖에 없었다. 일주일에 사흘만 출근하기로 했지만 닷새 내내 출근했고, 심지어 남편의 눈총을 받아가며 퇴근 후 집에서 잔무를 처리하기도 했다.

남편(43세)은 비웃었다. "50만 원짜리면 50만 원어치만 일해야지! 아니다, 기름값 밥값 20만 원 빼면 30만 원 받는 거잖아. 그럼 30만 원짜리네. 30만 원짜리가 30만 원어치만 일해야지, 왜 300만 원짜리처럼 일해? 그거 욕먹을 짓이야!"

그녀는 괜히 욱해서 고상하게 늘어놓았다. "돈이 안 중요한 건 아니지만, 이왕 맡은 일이니 일단 최선을 다해야지. 일이 있는데 월급이 적다고 피하거나 게으르게 굴고 싶지는 않아. 홈페이지 정리되고 소식지만 끝내면 한가해질 거야. 그때까지만 참아줘. 집안이 엉망이어도 내조를 못해줘도 화내지 마앙." 남편은 피식 웃으며 비아냥댔다. "대단한 직장인 나셨구먼!"

석 달 사이에 그녀는 달라졌다. 우선 몸무게가 5킬로나 빠졌다. 안 하던 출퇴근 일에 적응하느라 몸고생 마음고생 한 덕분일 테다. 꾸준히 뭘 해본 적이 없는 그녀가 초등학교 운동장을 밤마다 뺑뺑 돌기 시작한 것도 출근하고부터다. 10년 동안 집에만 틀어박혀 있던 여자, 시간밖에 없는 것 같지만 사소하고 번잡한 것에 신경쓰느라 시간이 너무 없었던 여자, 밥하고 빨래하고 청소하고 애 닦달하고 남편 입혀 보내고 맞이하고 돈도 안 나오고 보람도 안 느껴지는 재미없는 일만 반복했던 여자, 그래서 곧잘 우울했던 여자, "누구한테 보일 몸뚱이도 아닌데" 몸관리에 관심 없던 여자, 그녀가 변한 것이다.

그녀가 운동장에서 모처럼 만난 여인네들과 수다를 떨었다. "자기, 요새 무슨 좋은 일 있어? 얼굴이 확 폈어." "직장 다니잖어." "어쩐지! 여자는 집밖으로 나가야 된다니까. 부럽다야." "정말, 나 달라 보여?" "그럼, 활기차고 날씬해지고 삼십대 처녀 같어." "지난주에 시골 갔었는데 시어머니도 놀라시더라고. 밝아졌다고. 내가 많이 어두웠었나봐." "앞으로 계속 밝게 살면 되지."

출근한 그녀는 대학생들과 뒤섞인다. 존재 자체만으로도 활력을 내뿜는 싱싱한 청년들. 88만원세대니 이태백이니 아무리 겁주는 말을 해도, 두려움 없이 밝고 밝은 얼굴들. 저것이 바로 젊음이구나. 그녀 또한 스무 살쯤 젊어지는 기분이다. 그녀는 사무총장에게 전화를 건다. "저, 출근했습니다, 오늘도 열심히 일하겠습니다." "간사님, 열심히 일하지 좀 마세요. 내가 너무 미안하잖아요."

일하는 그녀는 활짝 핀 꽃처럼 환했다.

# 전철의 기타맨

"먹고사느라고 힘들지? 술 한잔씩들 했구나? 잘했다. 술도 마셔가면서 일해야지. 일만 하다가는 골병들어." 기타맨(55세)이 털썩 주저앉아 주절댔다. 주위의 승객들은 놀라서 그를 쳐다보았다. 그는 기타를 무릎 위에 올려놓았다. "기분 나빠도 까불지 마라. 나 무서운 사람이다." 그의 위압적이고 날카로운 목소리는 객차 구석구석까지 퍼졌다. 객차가 일시에 조용해졌다. 그의 엄포가 이어졌다. "내가 오늘 기분이 더럽다. 고까워도 참아라. 괜히 나대다가 다친다."

고행숙(26세)은 '드디어 왔구나!' 신이 나서 스마트폰의 초

점을 기타맨에게 맞췄다. 그녀는 이런 기회가 꼭 한 번은 올 줄 알았다. '공경'이란 개념 따위는 머리속에 없는 듯 노인을 향해 욕설을 서슴지 않고 때로는 폭력까지 불사하는 젊은이든, 공중도덕은 들어본 적이 없다는 듯 막돼먹은 작태를 보이는 승객이든, 암튼 누구든 걸려만 봐라. 내가 찍은 동영상이 사이버에 널리널리 퍼져나가고 급기야 공중파뉴스에도 나온다. 상상만 해도 짜릿했다. 나한테는 전철의 난폭자가 왜 안 걸리나, 늘 안타까워했는데 마침내 딱 걸렸다. 저, 아저씨 하는 짓으로 보아 대박 틀림없다.

기타맨이 얼굴을 우그러뜨리더니 버럭 소리를 질렀다. "찍지 마라! 경고했다. 걸리면 뽀뽀한다." 그의 목소리가 어찌나 살벌하게 들렸던지, 고행숙은 스마트폰을 떨어뜨리고 말았다. 그녀 말고도 예닐곱 명의 승객이 휴대폰 촬영을 포기했다. 나광철(30세)은 사이버에 흥미로운 동영상을 올린 촬영자들에게 경의를 표하고 싶었다. 어찌 그리 용감하게 찍을 수 있었을까.

흔히 잡상인이라고 불리는 홍상해(43세)는 호객행위의 최전선, 객차의 중앙으로 다가갔는데, 누가 그 자리를 선점하고 있었다. 기타맨이 선수를 쳤다. "많이 팔았냐?" "예? 뭐, 그냥저냥……" "너희들은 그렇게 장사하지 말라고 해도 들어먹지를 않냐? 너희들이 떠들어대니 승객들이 얼마나 시끄럽겠냐." "먹고살려다보니……" "그냥 가라. 내가 연주를 좀 해야 겠다. 방해하지 말고 썩 꺼져." 홍상해는 '똥이 무서워서 피 하냐, 더러워서 피하지'를 주문처럼 외며 다음 칸으로 멀어 져갔다.

"하루종일 힘들었지? 여러분들을 위해 내가 노래 한 곡 불 러줄게. 노래만큼 좋은 게 어딨냐? 그렇지? 그럼 잘들 들어 봐. 곡목은 〈여러분〉이다." 기타맨의 연주와 노래는 열정적이 었다. '나는 가수다'에 나오는 가수들 못지않았다. 그가 노래 하는 사이에 전철은 두 번 정차했다. 밤 열한시경, 천안이 종 착지인 1호선, 내리는 사람만 있고 타는 사람은 없었다. "노 래 끝났다. 손뼉들 좀 쳐라. 내 노래가 영 아니었어? 괜찮았 지? 그러면 박수 좀 줘. 뭐, 이렇게들 예의가 없어?" 기타맨 옆에 있던 사람들 몇이 마지못해 손뼉을 쳤다.

김철수(26세)와 양영주(23세)는 같은 대학 같은 학과에 다니는데 닷새 전에 사랑을 맹세했다. 반값등록금 시위를 갔 다가 선후배 관계를 넘어 연인 관계로 발전한 것이다. 기타 맨이 나타나기 전, 그러니까 승객들이 저마다의 행위로 따로 따로였을 때, 연인은 남이 보거나 말거나 껴안은 채로 딱 붙 어서 키스를 주고받았다. 기타맨이 나타나자 연인은 왠지 엄 숙해져서 키스를 멈췄지만 여전히 껴안은 채였다. 기타맨이 연인에게 소리쳤다. "안 덥냐?" 철수는 여자친구 앞에서 사내다움을 과시하기 위해 기타맨에게 대거리를 할까 말까 엄청 갈등했다. 기타맨은 제 아들에게 말하듯 나불댔다. "좋을 때다. 사랑은 너희들처럼 화끈하게 해야지. 평생 아껴줘라. 요새 젊은것들은 너무 쉽게 붙고 너무 쉽게 깨지더라. 그러면 안 된다. 일부종사는 못하더라도 서로에게 최선을 다해야지."

조수홍(34세)은 기타맨을 노골적으로 째려보았다. 그는 의협심이 충만했다. 싹수머리 없는 인간들과 과감히 맞서 격렬한 전투를 치른 것이 열 번도 넘었다. 당장에라도 기타맨에게 외치고 싶었다. '어이, 아저씨 전철 전세 냈어?' 하지만 먼저 시비를 걸고 싶지는 않았다. 상대가 먼저 시비를 걸게 해야 한다. 눈빛만 마주쳐봐라. 그러면 기타맨은 '왜, 째려봐?' 하겠지. '어떤 물건이 남들 잠도 못 자게 시끄럽게 구나 봤다' 라고 하면 자연스레 싸움이 붙을 테다. 기대했던 대로 눈빛이 마주쳤다. 기타맨이 말했다. "너, 싸움 좀 하게 생겼다. 나랑 한번 붙고 싶냐?" 수홍은 갑자기 가슴이 얼어붙는 듯했다. 술에 취한 상태였다면 기꺼이 붙었겠지만, 맨정신으로는 감당하기 벅찬 상대라는 것을 느꼈다. 그때 전철이 섰고, 수홍은 획 내리고 말았다. 수홍은 이날 일이 수치스러워 평생을 괴로워할 테다.

승객은 대부분 겁먹고 움츠러들어 있었다. 앉았든 섰든 자는 체하거나 뭔가에 몰두하는 척하거나 엉뚱한 데를 보고 있었다. 그래도 가끔 용감하게 기타맨을 힐끗거리는 이들이 있었는데, 기타맨은 여지없이 그런 눈초리를 잡아내서는 칼질했다. "눈 깔아라!"

기타맨은 문득 생각났다는 듯 읊조렸다. "요새 젊은것들은 참 싸가지가 없어요. 니들 키워주고 가르쳐준 게 누구냐? 노인네들을 보면 내 어버이다 하고 대접을 해드려야 할 것 아녀. 뭔 말인지 몰라?" 여섯 명의 젊은이가 일어섰다. 그 젊은이들 앞에 있던 이들은 자신이 '노인네'라고 생각하지 않았다. 그러나 기타맨이 "거, 체면 차리냐. 젊은애들 성의를 봐서라도 좀 앉지" 하자 얼른 앉았다.

종교적인 음악이 울려퍼지며 맹인이 바구니를 들고 나타났다. 맹인은 너무나 고요해서 잘못 들어왔나 싶었다. 기타맨이 명령하듯 말했다. "좀 돕고 살자. 어째 아무도 적선을 안 하니? 속을까봐? 좀 속으면 어떠냐. 너희들보다는 가난할 것 아냐." 여남은 명이 동전 혹은 지폐를 바구니에 넣어주었다. 기타맨은 벌떡 일어서서 맹인이 지나갈 수 있도록 비켜주었지만 적선을 베풀지는 않았다. 누가 묻지도 않았는데 대답했다. "야, 음악가가 뭔 돈이 있겠냐." 맹인은 뜻밖의 고수입에 입이 쩍 벌어졌다.

"니들이 시를 알라나 모르겠다만 이런 시가 있다. '인생이 아무리 힘들어도 슬퍼하거나 노여워하지 말라.' 참 좋은 말이잖아? 살 만큼 살아보니, 참말로 그렇더라. 힘든 일을 잘 겪어내면 행운이 오더라. 행운이 벅차면 여지없이 불행이 오더라. 인생은 새옹지마다. 그런 의미에서 이번엔 '쨍하고 해 뜰 날' 그거 한번 해볼게. 자, 박수!" 아무도 손뼉을 치지 않았지만 다시 바닥에 편히 앉은 기타맨은 기타 뜯으며 흥겹게 노래했다.

이지훈(65세)은 환장하는 줄 알았다. 자기보다 한참 어린 것이 인생 다 산 것처럼 떠들고 있지 않은가. 전철엔 참 별놈이 다 있다. 고등학생이나 대학생은 남자든 여자든 서넛만 모이면 상상을 초월한 막말과 욕설로 승객들을 놀라게 했다. 하지만 그건 지들끼리 하는 말이다. 이렇게 한 놈이 전체를 상대로 반말을 해대는 건 처음 봤다. 그러나 참아야지 어쩌겠어. 내가 무슨 힘이 있다고.

노래를 끝낸 기타맨은 "여기가 무슨 역이지? 벌써 금정역이네" 하고는 작별인사도 없이 하차했다. 승객들은 일제히 한숨을 길게 내쉬었다. 기타맨은 도둑처럼 왔다가 도둑처럼 갔다. 제각각 마음을 강탈당한 승객들은 쓸쓸히 웃었다.

"힘든 일을 잘 겪어내면
행운이 오더라.
행운이 벅차면 여지없이
불행이 오더라.
인생은 새옹지마다.
그런 의미에서 이번엔
'쨍하고 해 뜰 날' 그거 한번 해볼게.
자, 박수!"

# 첫날이 제일 힘들었어

엄마 속을 뒤집어놓고 올라와서 여기저기 일자리를 구하러 다녔어. 피시방, 편의점, 찜질방, 호프집, 마트, 피자가게…… 10시간을 꼬박 일해도 하루에 5만 원 벌기가 힘든 데뿐이었고. 400만 원이나 되는 등록금을 두 달 안에 벌어야 하는데!

학교 식당에서 밥을 먹다가 도서관 짓는 아저씨들 한 패거리를 만났지. 두목 같아 뵈는 아저씨가 성질을 냈어. "겨우 한 시간 일하고 도망가버리면 어쩌라는 겨. 하여간 대학생 것들은 문제야, 문제." 다른 아저씨들이 맞장구를 치며 대학생을 성토했어. 우연히 아저씨들 옆 식탁에서 홀로 밥 먹고 있던 나(노동근, 25세)는 괜히 화가 났지.

학교는 내내 공사판이었어. 아주 크고 때깔 나는 도서관을 새로 짓는다나. 무엇보다도 강의 시간이 괴로웠어. 소음 때문에 공부를 할 수가 없었으니까. 학교 욕을 되우 했지. 비싼 등록금 받았으면 최적의 교육 환경을 제공하고 최선으로 교육해줘야지, 도대체 이게 뭐하는 짓이냐고. 후배들을 위해 우리가 왜 손해를 봐야 되냐고.

"아저씨들 너무 막말하시네요. 일이 힘들면 그만두고 갈수도 있는 거죠. 아무 말도 않고 간 것은 쪽팔리니까 그랬겠죠. 도망간다고 얘기하고 도망가는 사람이 어딨어요." "그 학생 하나가 빵꾸 내는 바람에 된통 차질이 생겼으니까 그러는 거지." "그 학생은 그렇다 쳐요, 왜 다른 대학생까지 싸잡아서 욕하시냐고요. 아저씨들도 우리 대학생 때문에 돈 버는 거 아닙니까? 대학교가 얼마나 공사를 많이 합니까?"

두목 아저씨가 사람 좋게 웃으며 말했어. "말 잘하는 학생! 몸도 괜찮아 뵈는데, 혹시 노가다 뛸 생각 없나? 사람 하나가 꼭 필요한데." "돈 주시나요?" "요새 누가 돈도 안 주고 일을 시키나. 5만 원 줄게. 반나절에 5만 원이면 엄청 주는 거야."

사실 노가다도 생각했어. 하지만 무서웠지. 25년 동안한 게 뭐냐. 학교에서 공부한 거밖에 없잖아. 군대도 행정병

이어서 자판만 치다가 왔고. 한마디로 몸뚱이를 써서 뭘 해본 적이 없잖아. 일당은 노가다가 제일 세다는 걸 누가 몰라. 팔다리 부러질 걱정보다 일 못한다고 욕먹을 걱정 때문에 감히 욕심을 못 냈었거든. 못해. 내 주제에 무슨 노가다야. 그렇게 겁을 먹고 있었어.

그런데 5만 원이라니! 내가 아무리 일을 못해도 반나절을 못 견디랴!

공사판에는 골조패, 목수패, 미장이패, 전기패, 수도패 등등 여러 팀이 있는데, 시공회사가 고용한 전문가들이었어. 이 전문가들 말고, 그때그때 상황에 맞게 전문가들이 일할 수 있도록 준비를 하고, 전문가들이 일을 하고 나면 뒤치다꺼리 등을 할 사람들이 필요해. 잡스러운 일을 한다고 해서 잡부라고 불려. 오빠가 만난 아저씨들은 시공회사에 직접 고용된 잡부들이었어.

다음날 미장이패가 들어가기로 예정된 구역을 깨끗이 치워놓아야 했지. 일 자체는 간단했어. 뜯어낸 자재를 밖으로 옮기는 거니까. 자재들은 무겁고도 무거웠어. 덥기는 오죽이나 덥냐. 30분 만에 도망쳐버리고 싶었어. 시간이 이토록 안 가는 것이었나. 1시간쯤 되자 곧 쓰러져 사망할 것 같았어. "한 대 빨지." 두목 아저씨의 말 한마디가 사람을 살렸지. "학생, 할 만해? 도망치고 싶지 않아?" "도망갈 힘도 없어요." 또

한 시간을 죽기 아니면 까무러치기로 버텼어. 아, 이제는 더 못해. 내가 살아 있기는 한 건가! 아, 살려주세요, 차라리 절 죽여주세요! 어깨에 메고 있던 합판을 집어던지고 도망갈 각오를 한 순간, 구세주의 목소리가 들려왔어. "벌써 참 먹을 때가 됐구먼!"

참을 먹고 나서도, 오빠는 몇 번이나 사경을 헤맸단다. 하지만 그만둘 수 없었어. 그때까지 버틴 게 아까워서라도 포기할 수가 없었어. 아니, 도망치면 너무 쪽팔리잖아. 아저씨들 또 뒷말할 거 아냐. 요새 대학생은 나약하고 끈기도 없고, 그래서 공부인들 올바로 하겠느냐. 아빠 엄마 생각도 나더라. 공장에서 차 조립하는 아빠, 청소하는 엄마! 너는 착하니까 안 그랬겠지만 오빠는 부모님 원망 많이 했어. 자식을 대학에 보냈으면 등록금 걱정 생활비 걱정 안 하고 공부에 전념하게 해줘야지, 감당도 못하시면서 왜 대학생으로 만들었냐고! 스물다섯 해 동안 힘들었던 모든 것을 합한 것보다 더 힘든 반나절을 보내면서, 숙연해지는 거야. 막 죄송한 거야.

마침내 일이 끝났을 때, 그대로 뻗어버리고 싶었지만 그놈의 뽀다구 때문에 아무렇지 않은 척 폼을 잡았어. 아저씨들은 다 환갑 무렵이었지. 나보다 35년이나 나이 많은 분들 앞에서 힘 빠진 모습을 보일 수는 없잖아. 반나절을 버틴 진정한 원동력은 돈 욕심이 아니라 뽀다구 때문인 게 확실해! "아저씨, 돈 주셔야죠?" 돈 받자마자 어디 안 보이는 데 숨어서 한 시간만 죽은 듯 뻗자.

두목 아저씨가 능글거렸다. "이걸 어쩌나! 돈이 없네. 카드밖에 없어." "뭐하자는 겁니까?" "일 잘하던데! 어때? 계속 해보지 않겠어? 방학 동안만이라도." 일을 잘한다고요? 제가요? 정말요? "일 잘 못하는 것 같은데요. 그저 악으로 깡으로 견딘 것뿐이죠." "그게 잘하는 거지. 요령이야 금방 생기는 거고, 중요한 건 자세야, 자세!"

지난 6월에 엄마가 우리 둘을 앉혀놓고 말씀하셨어. "미안하구나. 다음 학기엔 도저히 안 되겠다. 한꺼번에 둘을 동시에 대학에 다니게 할 수는 없어. 누가 양보를 좀 해다오." 당연히 오빠인 내가 양보 선언을 하려고 했는데, 네가 선수를 쳤지. "내가 양보할게. 오빠 막 복학해서 공부에 재미 붙였는데 휴학하면 리듬 끊기잖아. 나는 알바도 좀 하면서 인생 스펙 좀 쌓지 뭐."

나보다 세 살이나 어린 동생아. 내가 너를 왜 재수없어하는 줄 아니? 네가 말을 너무 잘해서 그렇단다. 그때도 그랬어. 네가 한 말은, 내가 날려야 할 대사였어. 네가 먼저 멋지게 말하는 바람에, 나는 갑자기 못된 오빠가 돼버렸잖아. 소갈머리 좁은 나는 마구 지껄였지. "누가 양보를 하라는 게 말이 되는 소리예요? 그러지 말고 엄마도 좀 속 시원히 말해보세요. 너는 어째 장학금도 한번 못 받아오냐. 텔레비전 보면 대학생은 죄 알바한다고 하던데 너는 네 힘으로 천 원짜리 한 장 벌어본 적 있냐? 그놈의 공부는 만날 한다면서 자격증도 하나 못 따고, 대학 때려쳐! 이게 엄마가 진짜로 하고 싶은 소리 아녜요? 둘 중 하나가 휴학을 하면 당연히 내가 하는 거지, 왜, 누가 양보를 하라니 마라니 그러시는 거냐고요, 쪽팔리게!"

그러고 집을 뛰쳐나왔지. 기차를 타고 상경해 다시 학교 앞 원룸으로 돌아왔어. 그러고는 두 달 동안 노가다를 한 거야. 첫날이 가장 힘들었어. 이후로는 재밌었고. 보람찬 하루하루를 보냈지. 처음엔 내 등록금을 마련하려고 벌었어. 잡부생활을 좀더 하고 싶구나. 도서관이 완공될 때까지 아저씨들에게 인생을 배우고 싶구나. 부디, 이 돈을 이번 학기 등록금으로 써다오. 동생아, 제발 나에게 빚 좀 져라. 잘난 체하지 말고. 대신 엄마한테 얘기 좀 잘해다오. 엄마께 너무너무 죄송하다. 엄마를 정말로 속상하게 만들었어. 죄송하다는 말로 풀리지 않을 만큼. 어떻게 용서를 빌어야 할지 모르겠다. 노가다 계속하면서 깨달아볼게.

# 아버지를 용서하다

　　　　　내비가 열심히 가르쳐주었는데도 좀 헤
맸어요. 엄마가 중삼씨 집은 마을의 맨 꼭대기라고 했습니다.
문패를 확인하니, 현중삼씨 댁이 맞았어요. 아주 옛날에는 마
을에서 제일가는 집이었다는데 쇠락해 보였어요. 아, 지저분
하고 부서지고 그랬다는 게 아녜요. 지어진 지 얼마 안 된 전
원주택들과 비교하니 상대적으로 초라해 보였다는 거죠.

　대문은 훤히 열려 있었어요. 안마당도 깨끗하고 마루도 깨
끗하고, 부지런히 쓸고 닦는 사람이 있다는 얘기죠. 중삼씨가
그런 사람은 아니겠지요. 중삼씨의 아내 춘자씨가 부지런뱅

이겠지요. 엄마만큼 청소를 잘하는 아줌마일 겁니다.

엄마는 참 웃기는 여자입니다. 죽을 때가 돼서야 과거를 털어놓다니요. 아주 신파드라마를 찍고 갔습니다. 죽음이란 건 그런 건지도 모르겠습니다. 마음속의 짐을 모두 내려놓아야 갈 수 있는 곳. 엄마는 병원에서 한 달을 살았습니다. 평생 청소해서 번 돈을 병원에 바치고 간 셈이네요. 용역회사와 아파트관리회사를 열심히 찾아다니고 있지만, 산재처리가 될는지 모르겠습니다.

"계세요? 아무도 안 계세요?" 여러 번 불렀는데, 나와보는 사람이 없었어요. 난 시골 사람들이 대문을 활짝 열어놓고 다닌다는 걸 몰랐었지요. 집안에 분명히 누군가 있을 거라고 생각했어요.

혹시 중삼씨가 자리보전하고 있는 것은 아닐까. 고생을 해도 싸죠. 시난고난 살았다니 그나마 덜 미운 거죠. 마루로 올라가 방문들을 죄 열어보았어요.

춘자씨가 대문에서 들어오더니 귀신이라도 보는 듯 놀라더군요. 나도 당황해서 어쩔 바를 모르고 멍하니 있었지요. 춘자씨가 소리치며 뛰쳐나갔어요. "도둑이야!" 나는 깜짝 놀라서 마루에서 뛰어내렸지요. "아주머니, 아녜요, 저 도둑 아녜요!" 바깥마당으로 나가니, 춘자씨는 낫을 들고 있더군요.

나는 조심조심 차로 갔어요. 트렁크에서 한우갈비 세트를 꺼냈어요.

"이것 제가 중삼 아저씨 드리려고 가져온 거거든요!" 나도 미쳤지요. 뭐가 예쁘다고 한우갈비를 사 가지고 갔을까요. 하지만 뭐라도 들고 가야 할 것 같았어요! 빈손으로 갈 수가 없었어요. 옷도 그렇습니다. 동사무소 출근할 때도 안 입는 정장 차림이라니요. 왠지 정장을 입어야만 할 것 같았습니다.

춘자씨가 뭔가 깨달은 사람처럼 낫을 뚝 떨어뜨렸어요. 내가 누구인지 짐작한 거죠. "아가씨, 뭐하려고 온 거래요?" "전, 그냥 한번 뵙고 싶어서 온 거예요! 다른 뜻은 아무것도 없어요!"

춘자씨가 두충나무 숲으로 가는 길을 가르쳐주었어요. 물론 난 두충나무가 어떻게 생겼는지 몰랐지요. 난 서울에서만 살았고 놀러다니는 걸 좋아하지 않아서, '이름 모를 나무'밖에 몰랐어요.

바싹 늙은 노인네 하나가 잔뜩 베어놓은 나뭇가지 사이에 있었어요. 예순 넷 중삼씨는 칠순도 훨씬 넘어 보였어요! "안녕하세요!"

"누구시랴?" 중삼씨가 나뭇가지 하나를 들고 멍한 눈빛으로 물었지요. 중삼씨는 나뭇가지에서 껍데기를 벗겨내고 있었던가봐요. 한쪽에는 껍질이 수북하고, 또 한쪽에는 발가벗은 나뭇가지들이 쌓여 있더군요. 중삼씨 손에 낀 장갑은 온

통 까맸어요. 두충나무를 벗기면 검은 진액으로 시커멓게 된다는 걸, 그때는 몰랐지요.

"누군 누구겠어요?" 나는 웃으며 되물었어요. 중삼씨는 별로 놀라지도 궁금해하지도 않았어요. 내 말이 무슨 뜻인지를 모르는 것도 같았어요.

"내 이름은 다채예요. 현다채! 아빠는 내 얼굴을 쳐다보지도 않았지만 이름은 지어주었다더군요." "자당은 뭐하시는가?" "엄마 말인가요? 돌아가셨어요. 한 달 전에요. 췌장암이었어요. 걸리면 못 고친다는. 돌아가시기 전에야 말씀해주더군요. 아빠에 대해서!" "원망을 많이 했겠구먼!" "원망이요? 많이 했지요! 하지만 제 나이가 벌써 서른일곱인데요."

엄마는 쓰러지던 날도 아파트 계단을 닦고 있었지요. 엄마에게선 늘 세제 냄새가 났죠. 나는 빨리 성공하고 싶었습니다. 아버지를 원망하는 마음은 제가 힘들 때마다 큰 힘이 되었습니다.

"뭐하러 찾아왔단가!" "그냥요, 한번 보고 싶어서요." "내가 죄 많은 인생이네. 반성해봐야 뭐하겠나. 다 지난 일인 걸." "그럼요, 다 지난 일이지요. ……이게 두충나무인가요? 돈 되나요?" "돈 안 돼. 벌써 20년 전인가? 농협이서 면이서 두충나무 심으라고 야단, 야단하데. 일본사람들이 두충껍질에 환장을 해서, 떼돈을 벌 거라고 그랬지. 남아 있던 밭뙈기에다가 죄 심었는데, 떼돈을 벌기는 고사하고, 품값도 안 나와!"

"그런데 왜 하세요? 싹 베어버리지 않고?""베는 것으로 되나. 갈아엎어야지. 그런디 갈아엎는 것도 보통 일이 아니구."

"농사 많이 지으세요?""많이 지었었지 옛날에는. 지금은 간당간당 먹고살 거나 짓지. 혹시 좋은 세상이 와서, 이 두충나무가 진짜 값나가는 것이 되면, 그래서 내가 돈을 왕창 벌면, 처자한테도 한몫 챙겨줄 거여."

"나한테요? 왜요?""아가씨가 예뻐서. 곱게 자라서.""서른일곱 노처녀한테 곱게 자랐다니요.""미안허네, 미안혀! 미안하다는 말밖에 할 말이 없구먼!""미안한 건 아세요?""미안허네, 미안혀! 내가 쥑일 놈이네."

"그럼 한번 껴안아주세요.""내가 무슨 자격으로다.""괜찮아요. 저는, 용서했어요!" 그래요, 중삼씨는 나를 껴안아주었어요. 사실 나는 조그맣고 날카로운 칼을 준비해가지고 갔어요. 중삼씨가 나를 안고 있는 동안 한없이 갈등했지요.

열네 살 때 자전거로 신문 배달을 했지요. 그때부터 안 해본 알바가 없어요. 3년 전 공무원시험에 합격하기 전까지, 알바인생이었어요. 공무원이 된 날, 엄마랑 펑펑 울었죠. 엄마, 고생 끝났어. 내일 당장 환경미화 은퇴하삼! 내 말을 들었으면 엄마는 그토록 허망하게 먼길을 가지 않았을 텐데 말이죠. 지지리도 궁상맞은 가족사죠. 우리 세대에겐 진부한 설정

입니다. 내가 돈 벌면서 만난 애들은 거의 나랑 비슷한 환경이었어요. 어머니는 눈물과 한숨으로 참을 수 있었을지 몰라도, 나는 참을 수가 없었어요. 돈 벌면서 억울하고 분했던 순간들이 길고 긴 영화처럼 흘러가더라고요.

중삼씨의 품안이 너무 따뜻했어요. 난 눈물을 증오하는 사람이었는데, 눈물이 나왔어요.

춘자씨는 그새 닭 삶고, 보쌈 하고, 갈비찜 해서 한상 떡벌어지게 차려놓았더군요. 내 생애 최대의 진수성찬이었어요. 나는 낯짝 두껍게도 두 사람과 밥을 먹었어요. 목이 메어서 밥이 잘 안 넘어갔지만 꾸역꾸역 먹었어요!

내가 떠나려는데, 중삼씨가 잠깐만 기다리라면서 허둥지둥하더군요. 두충나무 껍질을 잔뜩 실어주는 거예요. 어떻게 먹는 건 줄 몰라서 필요 없다고 해도, 막무가내로 실어주었어요. "이게 여자 몸에 참 좋은 약재여!"라면서요.

나는 돌아오는 길에 자꾸만 울었답니다.

# 광장시장이 고향인 사람

나(56세, 오동석)는 '광장'이라는 말만 들어도 가슴이 벅차오른다. 최인훈의 소설 『광장』 때문이 아니다. 촛불집회로 유명한 서울광장 때문도 아니다. 내 청춘을 보낸 '광장시장' 때문이다. 넓을 광(廣)에 곳집 장(藏), 해석하기 나름이겠지만, 나는 넓은 곳집(곡식창고)을 갖고 싶은 사람들이 모이는 시장이라고 되새기고는 했다.

대통령도 가끔 찾는 광장시장이 전국적으로 유명해진 것은 인기개그맨 강호동이 찾은 뒤부터였다. '1박2일' 팀은 먹자골목을 찾았고, 국민 개그맨 소리를 듣는 이가 순대 떡볶이 빈대떡 등을 맛나게 먹는 동영상이 쫙 퍼졌다. 먹자골목 음식은 내 청춘의 주식이었다. 아침에 비빔밥 한 그릇, 저녁 늦게는 순대와 빈대떡으로 배를 채웠다.

먹자골목 아주머니들은 40여 년간 수도 없이 바뀌었다. 나를 알뜰히 챙겨주던 아주머니들은 이제 아무도 뵈지 않는다. 다들 많이 늙으셨을 테다. 돌아가신 분도 꽤 될 테고. 아주머니들은 내게 어머니 같은 분들이었다. 언제나 음식 인심이 후하셨고, 돈이 없을 때는 공짜로 주셨다. 하늘에 계신 아주머니들 감사합니다!

"교수님, 또 오셨구먼! 교수가 됐으면 좀 좋은 데 가서 먹지 만날 이런 데서 먹는디야. 돼지머리하고 막걸리 한잔 줄까?" 동갑내기 미자가 반갑게 맞아준다.

미자는 엄마가 바쁠 때 도와주러 나오곤 했던 효녀 아가씨였는데, 내가 군복무를 마치고 돌아오니 시집을 갔다는 것이었다. 미자를 짝사랑하고 있었던 터라 가슴이 미어지는 것 같았다. 미자는 20년 전에 시장으로 돌아와 어머니의 대를 이었다. 내가 교수가 되어 시장에 나타났을 때 미자는 자기 일처럼 기뻐해주었다. 요새 세상에 흔해빠진 게 교수다. 그게 뭐 자랑이라고 공공연히 떠벌렸겠느냐마는 광장시장에 소문이 쫙 퍼졌다. 특히 내 어버이 같은 광장상가 어르신들은 자기 자식이 장원급제라도 한 것처럼 환영해주었다. 못 배운

한이 큰 분들이라 '교수'라는 직업을 여전히 우러러보는 듯
했다.

미자가 막걸리 한 잔을 따라주며 묻는다. "오늘도 한 바퀴
돌아봤남? 손님들 없지?"

"그러게 다들 큰 걱정이시더라. 요새 사람들이 한복을 너
무 안 입는다고."

"그렇다니까. 먹자골목하고 구제옷만 장사가 된다니까. 한
복도 같이 잘돼야 될 텐데."

광장시장은 거대한 미로와도 같다. 40여 개의 상가건물이
다닥다닥 연결되어 있다. 상가건물 하나하나의 내부 또한 크
고 작은 가게들이 촘촘히 붙어 있다. 여러 번 오고도 가게를
못 찾아 헤매는 손님들이 있을 정도다. 뭐니뭐니해도 최고
상가는 광장상가다. 광장회사가 운영하는 상가인데 가장 먼
저 지어졌고 가장 규모가 컸다. 내가 일하던 시절엔 '광장백
화점'이라고 부르는 사람도 많았다.

광장상가에 가게 하나 갖고 있다면 큰 부자 소리를 듣는
시절에, 나는 포목점 점원이었다. 지금의 광장상가는 명주와
양단을 취급하는 주단점이 가장 많고, 원단을 파는 가게들은
조금밖에 없지만 그때는 포목점이 대세였다. 소매도 했지만,
대개는 서울 변두리나 지방의 공장들을 단골로 도매를 했다.
점포마다 삼단으로 된 진열대를 양쪽 벽에 세워놓았고, 앞에

는 좌판을 두었다. 천들은 둥글게 말려서 육중하게 서 있거나, 나 참 때깔나지 않으냐고 외치는 듯이 펼쳐져 있었다.

사장님의 말을 기억한다. "그저 열심히 일하고 성실히 배우면 되는 거다. 여기서 부자 된 분이 한둘이 아니다. 나도 네 나이 때 이 시장에 들어와서 밑바닥부터 기었느니라. 여기 장사하시는 분들 다 그래. 부모님 거 물려받은 사람도 있지만, 거의 다 자수성가한 사람들이야. 일을 배우라는 게 아니라, 삶을 배우라는 거다."

사장님이 포목 자르는 것을 처음 구경했을 때 참 신기했다. 포목을 재는 자는 중간 부분이 볼록하고 가장자리가 매끄러운데다가 옻칠이 되어 있었다. 아름답게 보였다. 그 자로 잰 포목을 큰 가위를 대어 죽 찢듯이 단숨에 잘라내는 것이었다. 포목점의 가위와 자! 그것은 사장님의 손에서 마술사의 것처럼 빛났다. 광장상가 포목점의 주인들은 모두가 가위와 자의 달인이었다.

야간대학과 대학원을 다닐 때에도 이곳의 일을 그만두지 않았다. 10여 년 동안 일곱 가게에서 일했다. '새벽시장'이라 불리는 곳에서 밤새 구제옷을 팔기도 했고, 1층 식품가게에서 배달도 했고, 혼수 침구 파는 점포에도 있었고, 광장회사의 경비원도 했다. 학업 때문에 한 군데 진득하게 붙어 있지를 못했다. 어디에서도 달인급 기술을 배우거나 경지를 이룰

수는 없었다. 하지만 광장상가의 거의 모든 분을 한두 번씩은 만났고, 다양한 경험을 쌓았다.

나는 사회학 교수인데, 광장 경험은 내 교재나 다름없었다. 내 제자들 몇몇도 학비와 생활비를 버느라 헉헉댄다. 그 학생들에게 꼭 말해준다. "경험만큼 소중한 공부는 없네. 큰 공부 한다 여기고 즐겨야지 어쩌겠나." 학생들에게는 그저 꼰대 소리로 들릴지 모르겠지만, 인생은 길고, 몸으로 돈을 벌어본 청춘이 오래오래 굵게 살아간다는 게 내 믿음이다.

교수 노릇에 게을러질 때 내가 일했던 광장상가 구석구석을 한 바퀴 싹 돌고 나면, 반성이 된다. 물건 하나 팔기 위해서 저토록 착실히 준비하고 장사에 임해서는 한없이 말품을 파는 분들도 있는데, 교육도 장사이거늘, 나는 준비에 불성실하고 강의에 성의가 없는 게 아닌지 뜨끔뜨끔한 것이었다. 그러니까 광장시장은 나를 가르치는 진짜 교수다.

"미자 누나 저도 왔어요! 교수 형님, 잘 지내셨소." 광장상가 1층에서 폐백점을 하는 동규가 왔다.

"자수성가, 요새 경기는 좀 어때?"

열 살 아래인 동규는 배달만 전문으로 했었다. 광장상가에서 팔린 물건을 오토바이로 배달해주는 일을 10년 넘게 했다. 양재동이나 봉천동 같은 곳은 만 5천 원에, 양주처럼 먼 곳은 3만 9천 원에 다녔다. 수도권이라면 오토바이로 안 가본 곳이 없다. 동규도 달인이다. 그 큰 오토바이를 몰아대는 솜씨야 선수급이고, 짐을 산더미로 싣고 쌓기 또한 가히 예술적 경지다. 내가 배달을 그만둔 이후에도 동규는 나를 친형처럼 따랐다.

"난 말이요, 대학생이라면 배가 아파서 아주 짜증나는 사람이라니께. 근디 형은 참 마음에 들어. 배운 티를 안 내서 그럴란가?"

동규는 광장상가에서 만난 여인과 연애를 하고 결혼을 했다.

"인생 뭐 있어? 있는 돈 없는 돈 박박 긁어 개업해부렀어. 폐백점이 가장 만만하겠더라고. 아무런 세상이 되더라도 사람이 결혼은 하지 않겠남. 양복을 입고 결혼해도 폐백은 하지 않겠남. 근디 처음엔 무지하게 힘들었어. 다시 오토바이 배달을 했지 뭐. 가게 월세를 배달로 메꾼 거야. 쌍춘년 때, 정말 장사 잘됐지. 너도나도 결혼하느라고 정신없었으니까……"

나는 활력 덩어리인 동규와 인심 넘치는 미자를 만나면 고향에 온 것처럼 푸근했다. 하기는 나에게 광장시장 말고 또 어디가 고향일 수 있겠는가. 내 청춘을 담금질한 이곳이야말로 진짜 고향이다.

"자식을 대학에 보냈으면
등록금 걱정 생활비 걱정
안 하고 공부에 전념하게 해줘야지,
감당도 못하시면서
왜 대학생으로 만들었냐고!"

## 사람을 공부하고 너를 생각한다

　　　　　　너는 벌써 봄 이야기를 하는구나. 네가 고주알미주알 늘어놓은 편지가 큰 힘이 된다.

　나는 나라 지키러 온 건지 눈 치우러 온 건지 모르겠다. 내일은 제발 화이트데이 해주세요, 밤하늘에 빌고 자는 사람도 있겠지. 하지만 우리는 제발 내일은 안 화이트데이 해주세요, 빌고 잔다. 1223미터 고지. 이곳은 언제나 눈 나라다. 선임들 말로는 5월까지 눈이 안 녹고 3월까지 무시로 눈이 퍼붓는다고 한다. 시커멓게 찌푸렸던 하늘이 싸대기 시작하면, 전 중대원이 뛰쳐나간다. 총이 아니라 빗자루를 들고.

평지에서 우리 부대까지 오르는 길은 굼벵이 꿈틀거리듯 한없는 꼬불꼬불 도로다. 신병으로 부대 처음 오던 날 생각하면 지금도 눈물이 난다. 이건 뭐 올라가도 올라가도 끝이 없는 거라. 인솔자는 "경치 참 좋지, 이런 데서 군생활 하게 됐으니 니들은 행운아인기라!" 하면서 염장을 질렀다. 저승사자와 함께 지옥으로 올라가는 심정인데, 행운은 개코. 그 무더운 여름날에도 힘 좋은 지프차로 한 시간이 걸렸던 길이다. 겨울에는 몇 시간이 걸릴지 모른다. 도로사정에 달렸다. 도로에 눈이 얼어붙어서 빙판길이 되고, 그래서 부식차가 올라오지 못하면 우리는 끝장이다. 우리는 먹기 위해 눈과 싸운다.

한 달 전, 서울이 대폭설이었을 때 여기는 오죽했겠나. 대폭설 곱빼기였다. 우리는 목숨을 걸고 눈을 쓸고 또 쓸었지만 불가항력이었다. 길은 깨끗하게 덮이고 말았다. 눈이 그친 뒤에, 50센티 넘게 쌓인 눈을 전쟁하듯 치워냈지만, 바닥을 드러내는 데 열흘이 걸렸다. 빙판이 된 도로를 녹이고 모래와 염화칼슘 뿌려서 부식차 올라올 만하게 만드는 데 또 닷새가 걸렸다. 사흘에 한 번씩 오던 부식차가 보름이나 오지 못했다. 우리는 일주일 가까이 부실하기 짝이 없는 비상식량으로 버티면서 오로지 눈과 싸운 것이다. 내가 눈을 이토록 미워하게 될 줄 몰랐다. 네 편지를 한 달이나 늦게 받은 까닭도 대폭설 때문이다. 평상시는 눈 쏟아질 때 전 중대원이 죽기 살기로 쓸어대면 부식차가 못 올라올 정도는 아니다. 그래서 눈만 내리면 전원 눈 치우러 뛰쳐나가는 것이다.

능선을 따라 곳곳에 초소가 있다. 산봉우리 두 개를 넘어가면 휴전선이다. 휴전선을 넘어 조금만 더 가면 금강산이란다. 산 여기저기에 초소가 있다. 가을에는 단풍이 말 그대로 핏빛처럼 타올랐다. 그래서 피의 능선인 줄 알았지만 철없는 생각이었다. 60년 전 한국전쟁 때, 내가 늘 바라보는 저 능선에서 한국군 인민군 미국군 중공군 유엔군이 무수히 죽었다고 한다. 그분들의 피로 물들었던 능선이었던 거다. '매우 슬퍼 창자가 끊어지는 듯한' '단장의 능선'도 보인다. 한밤중에 초소를 지키고 있노라면, 총을 들고 있는데도 오싹했다. 아직도 수습하지 못한 유골이 무수하다는데, 그 옛날 돌아가신 장병들의 원혼이 배회라도 하는 듯 섬쩍지근했다. 그랬는데 11월부터 허연 눈 빼고는 아무것도 보이지 않는 거다. 낮이나 밤이나 온 세상이 허옇다.

저번 편지에는 죽는소리 꽤나 했지. 일병 계급장을 달아서 그런가 나는 좀 의젓해진 것 같다. 이왕 온 군대 재미나게 살아보려고 노력한다. 생각해보니까, 여기야말로 민주주의 학교다. 황당하지, 군바리가 민주주의 어쩌고 하니까. 민주주의, 복잡하게들 이야기하지만 결국 자기랑 생각과 행동이 다른 사람을 존중하고 배려하자는 것 아닌가.

우리 소대는 말 그대로 '팔도사나이'다. 서울 출신이 다수지만, 각 도에서 한두 명씩은 다 왔다. 다니다 온 대학교도 아주 다양하다. 스카이에서 지잡대까지 각색이다. 나는 '어중간대'로 불린다. 대학 구경도 못한 사람도 셋이나 되는데 '사회대'라고 불린다. 취업준비기관이나 마찬가지인 대학교 다닌 우리들보다 사회생활 하다 온 사람들이 훨씬 빠릿빠릿하다. 눈 치울 때도 보면 사회대 사람들은 슈퍼맨이고 취업대 것들은 오합지졸이라니까.

뿐인가. 재벌4세부터 불우한 이웃까지 각계각층이 다 모였다. 재벌4세 녀석은 지 아버지가 상위 1%가 아니라 0.1% 안에 든다는 거다. 그 녀석 돈 쓰던 얘기를 들으면 얄미워서 환장한다. 나는 너한테 일편단심 민들레잖아. 근데 녀석은 돈으로 사귄 여자가 스무 명도 넘어. 최고로 '불우한 이웃' 녀석은 돈 벌었던 얘기만 하는데 눈물 없이 못 듣겠더라. 영안실 시체 닦는 일도 해봤단다. 시체 닦은 얘기 듣고 새벽근무 서는데 진짜 무서웠다.

다들 한 사연 있어. '세상에 이런 일이' 30편은 찍겠더라. 고작 20년 남짓 산 인생들이지만 그 나이에 쌓인 사연들이 그렇게나 많더라고. 성격도 얼마나 제각각인데. 참말로 별의별 성격이 다 있다. 그토록 모래알처럼 서로 다른 우리들이 한데 모여 살아가고 있다고. 우리가 이토록 잘 지내는 것은, 계급과 군율 때문이겠지만, 서로 민주적으로 잘 챙겨주기 때문이기도 하지 않을까. 뭐 어쨌거나 사람 공부 제대로 한다. 이토록 다양한 사람과 동고동락하는 일은 다시는 없을 테니까.

군대생활은 생각하고 또 생각하는 것이다. 엄동설한의 1223미터 고지. 삼엄한 경계, 지독한 추위를 뚫고 내 눈앞에 적이 나타날지도 모르니, 내 눈은 어떠한 적의 침입도 놓치지 않을 만큼 예리하게 빛나고 있다. 간만에 군바리처럼 지껄였지?

여름 가을에는 정말 예리하게 빛났다. 약초꾼들 때문이다. 강원도 높은 산꼭대기에는 진귀한 약초가 하 많다. 산삼도 있는 모양이다. 약초꾼들은 겁도 없이 이 삼엄한 산에까지 올라오는 거다. 그분들이 간첩일까봐 걱정하는 게 아니다. 한국전쟁 때 뿌려놓은 지뢰가 숱하다. 겁 없이 들쑤시고 다니다 밟기라도 하면 큰일 아닌가. 걸리면 북쪽에서 넘어온 것으로 오해받아 각종 조사 받느라고 고생이 자심할 수도 있는데, 약초꾼은 늘어만 간다. 겨울에 그거 하나는 좋다. 약초꾼인가 단순한 등산객인가 적인가 눈을 부릅뜨고 경계할 필요가 없다는 것. 몇 년 전에는 우리 부대가 있는 산도 민통선 안에 있었다. 민통선에서 해제되면서, 군생활이 흥미로워진 것이다. 어쨌거나 민간인을 만나는 건 재미있다는 거야.

눈은 빛나지만, 머릿속은 생각이란 걸 하지 않을 수 없다.

나라를 지킨다는 건 생각을 하는 거다. 과장해서 말하자면 화두 하나 붙잡고 용맹정진 한다는 스님이나 마찬가지다. 짧은 생애지만 생각하려고 드니 무궁무진하다. 아버지께는 같은 남자여서 그런지 조금만 죄송한데, 엄마께는 무진장 죄송하다. 유치원부터 대학2학년 때까지 학창시절을 에피소드 콘셉트로 혹은 친구 열전으로 회상한다. 물론 네 생각을 가장 많이 하지. 너를 처음 만나던 순간부터 너랑 처음으로…… 휴가 나가서 너를 즐겁게 해줄 101가지 방법을 세운다.

이제 군대생활 1년밖에 안 했지만, 절반은 한 셈이다. 대학에 돌아가 무엇을 어떻게 할 것인가. 미래 계획을 수백 번 수천 번 고친다. 생각, 생각, 또 생각한다. 입대 전에는 군대는 사람을 석두(돌머리)로 만드는 곳인 줄 알았다. 아니었다. 생각하는 인간으로 만들어준다.

너한테 무척 미안하다. 너한테 너무 못되게 굴었다. 다시 처음으로 돌아갈 수 있다면 너에게 그 숱한 상처를 주지 않았을 텐데. 앞으로는 잘할게. 믿어달라는 말은 하지 않겠어. 달라진 나를 겪어보면 알 거야.

# 이웃을 지키는 사람

          그(박옥두, 1942년생)는 새벽밥을 먹는다. 아내는 엄청나게 바쁜 사람이다. 계모임, 친목회, 동창회 등등이 두세 건 없는 주가 없고, 동사무소나 무슨 센터로 배우러 다니는 바도 가지가지고, 당일치기 소풍도 잦다. '인생은 60부터'를 맹렬히 실천중이다. 그 분주한 사람이 꼬박꼬박 새벽밥 지어주는 것도 모자라 마주앉아 먹어주기까지 하니, 그저 감사할 따름이다.

   언젠가 속내를 "그려도 임자가 최고여!" 낯간지럽게 표현했다가, "아침도 안 챙겨주고 출근시켜봐! 당장 그만둔다고 드러눕지. 늙어도 그저 벌어야 대우받는다는 정신으로 성실하게 굴란 말이요!" 소리나 들었지만 말이다.

그는 푸른빛의 미명길을 달린다. 날이 밝아오고 있다. 그의 차는 엘란트라 94년식이다. 한일합섬이라고 한때는 대단히 유명했던 기업에서 기술교육 담당일 때 장만한 애마다. 엘란트라, 준중형차로서 당시엔 국내 최고의 베스트셀러카였다. 그는 '엘란(ELAN)'이라는 말이 참 좋았다. 기력, 비약, 약진, 활기! 50대 중반, 그는 엘란을 타고 멋지게 비상하고 싶었다.

퇴직하고 사업을 벌였지만, 사업과는 궁합이 맞지 않았다. 쫄딱 망했다. "거의 노숙자로 나앉을 뻔했었지." 자신보다 더 심하게 망한 사람들을 생각하면 엄살이기는 했다. 빚도 지지 않고 마무리를 할 수 있었으니까. 게다가 엘란도 지켜냈다.

아내 자식 손자 다음으로 소중한, 똥차. 똥차지만 아직 쌩쌩하다. 그는 자기 몸을 관리하는 것만큼이나 엘란을 정성스레 챙겨왔다. 그러니까 열여섯 살이나 먹고도 붕붕 잘도 달리는 것이다. 나름대로 자리잡은 자식들은 제발 차 좀 바꾸라고 성화지만, 심지어는 기특하게도 사주겠다고 야단이지만, 그는 한사코 사양했다. '워낭소리'만 있는 게 아니다. '부르릉소리'도 있다. 갈 데까지 함께 가볼 작정이다.

6시 정각에 일터에 도착한다. 백설마을(아파트단지)이 그의 일터다. 그는 8동 108세대, 6동 64세대를 책임진다. 대개 '경비 아저씨'라고 불리지만, '선생님'이라고 부르는 주민도 있다. 1일 근무, 1일 휴식이다. 전날 근무자가 푸석푸석한 낯꼴로 전달사항을 인계하고 퇴근한다.

그도 사람인 이상 사업 실패 후 마음을 혹독하게 앓았다. 그에게는 젊은 시절에 따놓은 2급 정교사자격증이 있었다. 그의 지인 중 하나가 그를 취직시켜주었다. 실업계 고등학교 기술교사로 청소년과 상종하면서 그는 '엘란'을 회복했다. 아직도 긴 인생이 남아 있다는 걸 깨달았다.

"남 가르치는 게 내 체질이야!"라고 자부할 만큼 딴에는 성실히 가르쳤다. 그가 가르친 학생들은 자격증을 무난히 땄고 고3 때 무난히 취직했다. 지금은 실업계 고교생도 대개 대학에 진학하지만, 당시는 고3 때 취직이 최고의 목표였다.

그 시절의 제자 하나가 8동의 주민이었다. 제자는 한 번 스승은 영원한 스승이라면서 꼭꼭 선생님이라고 칭했고, 경비실에 곧잘 문안차 들렀다. 몇 년간이나마 선생 했던 보람을 새록새록 되살려주는 젊은이였다.

월요일은 분리수거날이다. 오전 8~10시에만 분리수거물을 내놓게 되어 있지만 말 되기 힘든 얘기다. 맞벌이 부부도 많고 오전에 공사다망한 주민도 많다. 시간 딱딱 지키거나 분리수거지침에 맞출 형편 되는 주민, 드물다. 주민은 일요일 저녁때부터 잡다하게 무턱대고 내놓는다. 분리는 애오라지 경비 책임이다. 출근해서부터 대여섯 시간 꼬박 '분리' 전투를 치러야 한다.

오전과 오후 한 차례씩 환경미화를 한다. 다른 동에는 어린이 놀이터만 딸렸지만, 6동과 8동은 놀이터 말고도 농구장과 배드민턴장이 딸려 있다. 또 6동은 하천둑길 사이에, 8동은 2차선 도로 사이에 각각 오솔길 푼수는 되는 뒤란까지 있다. 한마디로 다른 동들에 비해 청소 범위가 무척 넓다. 꽃잎이나 낙엽을 쓸어도 서너 배나 품이 더 들고, 꽁초나 휴지를 주워도 두어 양동이는 더 줍는다. 덕분에 다른 동 경비들한테, 우리가 일 가장 많다고 큰소리는 친다.

새해 초 폭설 때는 눈 치우다가 허리 부러지는 줄 알았다. 한두어 시간 도와준 주민이 없었던 것은 아니지만, 나머지 눈을 근 두어 주에 걸쳐 둘이 다 치워야 했다. 평소 경비가 하는 일이 뭐냐고 눈꼴이 사납던 주민도 그땐 뭔가 느꼈는지 도와주지는 않더라도 미안해하고 치하를 아끼지 않았다. 고생하신다, 애쓰신다, 수고하신다는 말을 그토록 왕창 들어보기는 처음이었다.

다른 경비는 어떤지 모르겠지만, 그는 경비실에 가만히 틀어박혀 있는 걸 못 견디었다. 일하지 않고 돈 버는 것 같았기 때문이다. 다행스레 백설마을은 경비가 경비실에 가만히 틀어박혀 있는 꼴을 못 보는 매력이 있었다.

　관리사무소는 드넓은 단지에 하나밖에 없지만, 경비실은 두어 동에 하나씩 있다. 평소에도 경비실은 관리사무소와 주민의 중계소 역할을 한다. 주민은 위층이 소란스럽다든가, 주차싸움이 벌어진다든가, 보일러가 고장난다든가, 하여간 무슨 일이 생기면 일단 경비부터 찾는다. 관리사무소는 멀고 경비실이 가까우니 그럴 수밖에 없겠지만, 관리사무소 사람들은 공무원 대하듯 어렵게 여기고 경비는 이웃집 아저씨처럼 편하게 여기는 탓도 있을 게다.

　하여 때로는 연락병도 되고, 아래층 주민을 대신하여 조용히 해달라고 사정하는 방송인도 되고, 택배 전달인도 되고, 사소한 싸움을 말리는 심판도 되고, 돌발사고 처리반도 되고, 쩔쩔매는 노인이나 여인네가 있으면 엘리베이터까지 들어다 주는 짐꾼도 되고, 이사 간 사람이 버린 대형폐기물(장롱, 책장, 냉장고, 책상 등)을 원하는 주민이 있으면 거실까지 운반을 도와주는 인부도 된다.

　백설마을은 전형적인, 수도권 소시민이 거주하는 아파트 단지라 그런지 이사가 잦았다. 이사를 가는 이나 오는 이나 이러저러한 일로 경비실을 대여섯 번은 방문할 수밖에 없고, 또 경비 된 자로서 이사하는 집에 인사 겸 전반적인 사항 전달 겸 해서 몇 차례 들르지 않을 수 없으니, 이사하는 집 하나만 있어도 하루가 보람찼다.

그가 경비업계에 첫발을 디딘 것은 환갑 넘어서였다. 첫 직장은 오피스텔이 가득 들어찬 빌딩이었다. 말 그대로 성냥갑 속에 갇혀 있는 것 같았다. 빌딩 소유자가 바뀌었고, 새로운 소유자는 성냥갑 문지기를 자기가 아는 사람으로 교체하고픈 눈치였다. 만만하게 보았던 경비자리에서마저 쫓겨나다시피 하니, 까마득히 남은 인생이 막막했다.

전화위복이랄지 새옹지마랄지 벼룩시장을 보고 원서를 넣었는데, 사흘 만에 연락이 왔고, 경비용역업체로부터 여기 백설마을로 발령을 받았다. 물론 비정규직이었다. 2년마다 계약을 새로 맺었다. 백설마을에서만 벌써 7년째다. 경비라기보다는 잡부나 심부름꾼 같을 때가 더 많지만, 그는 만족했다.

그는 나름대로 사교적인 성격이어서 이해와 욕구가 다종다양한 주민들과 이래저래 부대끼는 일을 즐겼다. 스스로 그만둘 생각은 결코 없다. 젊은이들 일자리 없는 사정은 알지만, 어차피 아파트 경비는 늙은이들의 일자리일 수밖에 없다고 생각한다. 어떤 젊은이가 한 달에 104만 원 받고 이런 잡부 겸 심부름꾼 겸 지킴이 노릇을 하겠는가.

자신처럼 건강하며 양심과 정직을 두루 보증받은 늙은이들이 책임질 수밖에 없는 자리라고 믿었다. 무엇보다도 건강을 유지해야 일을 계속할 수 있을 테다. 휴일에 베짱이처럼 쉬지 못하고, 헬스클럽까지 다니면서 악착을 부리는 까닭이다. 제자인 주민이 언젠가 물었다. 선생님은 취미가 뭐냐고. 이렇게 대답했다. 이 나이에 취미가 있을 수 있다면 건강을 지키는 게 바로 취미지.

애로랄 것까지는 없고, 스스로 신세가 가엾다는 생각이 들 때가 왜 없을까. 경비실 그 좁은 구석에 웅크리고 앉아 홀로 끼니를 해결할 때, 사방을 거대한 장벽처럼 둘러친 아파트 사람들이 창문으로 자신만을 쳐다보고 있는 것 같다는 착각에 빠질 때, 인생 후배인 주민들이나 관리소 사람들과 억울한 시비가 붙었을 때…… 남의 돈 벌어먹고 사는 사람이라면 누구나 견뎌야 할 우울일 테다.

밤을 꼴딱 새우면 145만 원까지 받을 수 있다는데, 그토록 무리할 나이도 아닌데다가 관리소가 밤 11시까지는 경비실을 소등하고 저어기 5동 경비숙직실에서 자는 것으로 지침을 정해놓았다. 대개의 직장인이 그렇듯이 경비도 칼퇴근은 쉽지 않다. 야간순찰도 해줘야 하고, 1~2시까지는 경비실을 꾸벅꾸벅 지킨다.

숙직실에 가서도 자는 둥 마는 둥이다. 경비 본연의 임무, 만일을 염려하여 미리 경계하고 방비하는 책임이 그의 단잠을 방해하는 탓이다.

" 그는 경비실에 가만히
틀어박혀 있는 걸 못 견디었다.
일하지 않고 돈 버는 것
같았기 때문이다. "

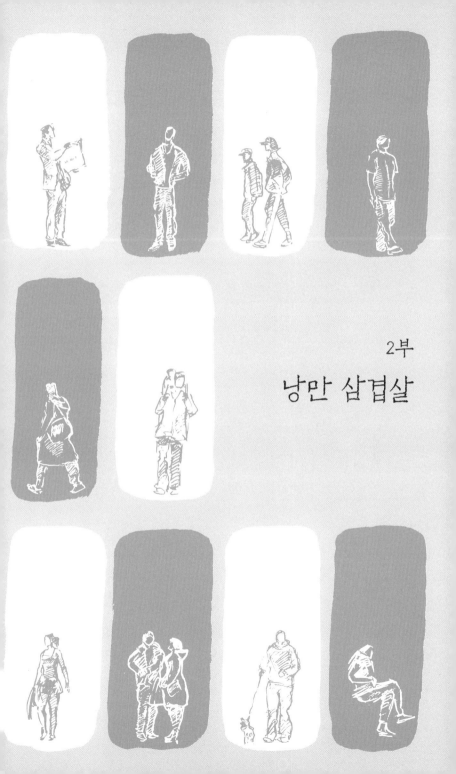

2부

낭만 삼겹살

## 최초의 선발 출장

드디어 1회 말이다. 쿵쾅쿵쾅! 심장이 뛰는 엄청난 소리를 그 자신만이 듣고 있다. 그는 유격수다. 2루와 3루 사이. 공이 가장 많이 날아오는 위치. 팀은 유격수 불안으로 내내 어려움을 겪어왔다. 작년 부동의 유격수였던 K는 잦은 실책으로 고전하다가 2군으로 내려갔다. 올해 입단한 열아홉 살짜리 H도 매 경기 실책을 범했다. 닷새 전에 1군으로 올라온 그는 이틀 전 경기에서 인상적인 활약을 펼쳤다. 막판 대타로 투입되어 결승타를 친 것이다. 어제는 7회 말부터 유격수 수비에 투입되어 실책 없이 경기를 마쳤다.

그리고 오늘, 마침내 선발 출장의 기회를 잡은 것이다.

그는 울고 있었다. 나에게도 이런 기회가 오긴 왔구나! 이 선발 출장이 처음이자 마지막이 될지도 모른다. 두 번 다시 오지 않을 기회. 나는 절대로 실책하지 않을 것이다. 내 근처로 오는 모든 공을 잡아낼 것이다. 떠서 오면 새처럼 날아 잡을 것이다. 땅볼로 오면 호랑이처럼 낚아채서 1루에 광속으로 뿌려 아웃을 잡고야 말 테다. 나는 절대로 실책하지 않을 것이다. 처음이자 마지막일 수도 있는 선발 유격수 출장을 무실책으로 기록하고야 말 것이다. 불타는 전의로 무장한 그가 무서웠는지 공은 그에게 좀처럼 날아오지 않았다.

대개 그렇듯이 초등학교 4학년 때부터 야구를 시작했다. 그는 한 번도 빛나는 존재인 적이 없었다. 중학교 때도 고등학교 때도 스타가 되지 못했다. 그에게서 천재적인 야구실력을 발견한 지도자는 없었다. 게다가 그의 팀은 매년 성적이 좋지 않았다. 당연히 그를 눈여겨본 프로구단은 없었다. 그는 운좋게 대학에라도 갈 수 있었지만, 대학에서도 받아주지 않아 야구를 그만둘 수밖에 없었던 친구들을 떠올리면 늘 가슴이 아팠다. 대학에서도 그저 그런 선수였다. 그는 자신의 실력이 남 못지않다고 자신했지만, 뛰어난 기록으로 입증하지는 못했다.

야구만 해온 그는 미래가 너무도 두려웠다. 야구를 그만두게 된다면 도대체 무엇을 하며 살 수 있단 말인가. 야구를 계속할 수 있는 방법은 프로에 지명되는 것뿐이었다. 그는 목숨을 걸고 연습했다. 그만 목숨을 걸고 연습하는 게 아니었다. 그와 비슷한 처지인 무수한 학생이 목숨을 걸고 연습했다. 모두가 목숨을 거니, 목숨을 걸어도 실패자는 필연적으로 나올 수밖에 없었다.

그는 그해 드래프트를 기억한다. 50명까지 호명되었다. 그때까지 호명되지 못한 그는 한순간 절망의 구렁텅이로 푹 꺼지는 듯했다. 아버지 어머니께 너무 죄송했다. 그는 주저앉아 고개를 무릎 사이에 처박았다. 그대로 숨이 막혀 죽었으면 싶었다. 문득 하늘에서 내려온 동아줄처럼 어떤 소리가 들렸다. 그의 이름 석 자를 부르는 소리였다. 그는 53번째로 호명되고야 말았다.

어느새 6회 말이 되었다. 이게 무슨 조화인지 그에게 한 번도 공이 오지 않았다. 하늘로도 땅으로도 무소식이었다. 유격수가 공 한 번 못 잡아보고 6회까지 오는 일은 야구에서 픽 드문 일이다. 작년 골든글러브까지 탔던 팀의 주전과 메이저리그에서도 탐낸 팀이 미래를 거는 신인을 그토록 괴롭혔던 타구들이, 그를 외면하고 있었다.

타격에서 모자라는 면은 보이지 않았다. 이틀 전에 때린 결승타처럼 비수 같은 안타를 날리지는 못했지만, 첫 타석에서는 자신 있게 휘둘러 담장 근처까지 띄웠다. 3루에 주자가 있었다면 홈에 들어오기에 충분했다. 9번 타자가 주자 없는 상황에서 그 정도 쳤으면 못한 것은 아니다. 두번째 타석에서는 변화구는 잘 골라내고 속구는 파울로 걷어내며 투수에게 8구나 던지게 했다. 8구째를 몸에 맞았는데 하나도 아프지 않았다. 사실 피할 수도 있었고 피해도 포볼이었겠지만 확실히 살아나가기 위해서 피하지 않았다. 후속타자가 못 쳐서 득점주자가 되지는 못했지만, 스스로 생각하기에 안타 못지않은 사구를 얻어냈다.

이제 수비에서도 뭔가 보여주고 싶은데, 공이 오지 않는, 아, 기다리던 공이 온다. 본능적으로 움직여 공을 잡았고 1루로 던졌다. 공은 다소 엉뚱하게 날아갔지만 1루수가 잘 잡아주었다. 까딱하면 실책을 저지를 뻔했다. 등골에서 식은땀이 주르륵 흘렀다. 다음 타자가 친 공이 또 날아왔다. 그토록 기다려도 안 오던 공이 연달아 오는 것이다. 이번에 산뜻하게 잡고 잘 던져주었다. 능력을 보여주기엔 너무 쉬운 타구였다.

그는 연봉 3000만 원짜리 선수다. 최저 연봉 2400만 원에서 600만 원 더 받는다. 서른 살에 연봉 3000만 원을 받으면서도 버티는 선수는 드물다. 서른 살에 야구를 하고 있다는 것은 어느 정도 성공해서 그에 합당한 연봉을 받고 있다는 것을 말한다. 아무것도 보여주지 못한 선수는 혹은 아무것도 보여줄 기회를 얻지 못한 선수는 이십대 후반에 '해고'된다. 팀에서 쓸모없으니 나가라고 하기도 하고, 스스로 '나는 절대로 안 되는구나' 포기하기도 한다. 나이 어린 후배들 보기 창피해서 그만두기도 한다. 팀에서 나가라고까지는 안 했지만, 그는 스스로 나간다고 해도 붙잡을 사람이 없을 만큼 별 볼일 없는 선수였다.

그러나 그에게는 600만 원어치의 희망이 있었다. 줄곧 2군에만 있던 그는 시즌 막바지에 불려올라가 몇 경기 출장 기회를 얻었다. 선발 출장은 한 번도 없었지만 대수비로 대주자로 대타로 뛸 수 있었다. 그래서 600만 원 더 받는 것이다. 600만 원은 언젠가 또다시 올 기회를 상징했다. 무엇보다도 그는 단 한 번만이라도 좋으니 선발 출장을 해보고 싶었다. 팀에서 그보다 나이 어린 선수가 절반이 넘었다. 1군에서 그보다 연봉이 적은 선수는 딱 한 명 있었지만 선발 출장을 못해본 것은 그가 유일했다. 서른 살에, 처음으로 선발 출장을 한다는 것이 참말 부끄러웠지만 한편 뿌듯하기도 했다. 꿈을 이룬 것이다.

9회 말 투아웃 상황. 그는 여전히 유격수의 자리에 서 있다. 그는 세번째 타석에서 삼진을 당했고 마지막 네번째 타석에서는 땅볼을 쳐 아웃되었다. 주자가 있었다면 대타를 썼을 테고 그는 교체되었을 것이다. 주자가 없었기 때문에 그는 교체되지 않았다. 행운일까, 불운일까. 팀이 한 점을 이기고 있다. 이상한 일이다. 6회에 연속으로 두 번 공이 온 이후, 지금까지 또 공이 오지를 않았다. 그토록 팀의 유격수들을 괴롭혔던 공이 오늘은 낯가림을 하듯 드물었다.

상대팀 타자가 쳤다. 땅을 퉁긴 공이 빠르게 날아온다. 저 공을 못 잡거나 빠트리거나 잘못 던져, 그 실책 한 개로 역전당한 경기가 열 번에 가까웠다. 무난히 처리하면 아무도 그를 기억하지 않을 것이다. 하지만 실책을 범한다면 그는 강렬하게 기억될 것이다. 그는 기억되지 않아야만 한다. 공은 그의 글러브에 살포시 들어왔다. 그는 부드럽게 빼서 빠르고 어여쁜 포물선을 그렸다. 아나운서의 멘트는 이러했다. "선발 유격수 임취빈이 경기를 마무리짓습니다!" 그는 경기가 시작될 때부터 끝날 때까지 그의 자리를 지켰고, 그에게 날아온 세 차례의 공을 깔끔하게 처리했다. 그는 황홀했다.

# 새로운 세상

                  내(지순설, 40세) 별명은 붕어장군이다. 머리는 붕어 수준인데 하는 짓은 장군감이었다. 붕어장군으로 잘나가던 학창 시절 얘기는 생략하겠다.

    엄마는 상고를 나오면 무조건 경리는 되는 거로 알았다. 상고 여학생이 재학중에 기필코 따야만 하는 4대 자격증이 있었다. 주산, 부기, 타자, 펜글씨. 제아무리 덜 떨어지고 게으른 학생이라도, 선생들이 3년간 성의껏 패고 괴롭히면 네 개 모두 3급은 땄다. 학원까지 다닌 친구들은 2급까지 수월히 땄다. 나는 단 한 개의 3급 자격증도 못 따고 졸업했다. 선생들은 1학년 때 한 석 달 패대더니만 "국보급 머리를 가졌구나. 그려, 너는 무사히 졸업만 해도 성공이구나!" 감탄했다. 그후로는 전혀 괴롭히지 않았다.

스물한 살 때, 내 직장은 짚공장이었다. 아저씨들이 짚단을 기계에 잔뜩 쑤셔넣으면 깔끔하고 때깔 나는 명석이 탄생했다. 땅바닥에 깔아놓고 벼 말리거나 콩 타작할 때 쓰는 그 명석이 아니었다. 일본 사람들이 다다미방에 깔고 자는 거라고 했다. 내 일터는 자랑스럽게도 수출업체였다. 나는 종일 짚단을 날랐다.

언니는 치과 간호사였는데, 화력발전소 전기기사와 결혼했다. 맞벌이로 악착같이 돈을 모으더니 호프집을 차렸다. 사내애를 낳고서 두 달 만에 다시 카운터를 지키러 나갔다. 애는 누가 보나?

내가 보게 되었다. 애를 본다는 것은 끔찍한 일이었다. 누워 있을 때는 볼 만했는데, 기어다니기 시작하자 커다란 구렁이를 키우는 것처럼 징그럽고 벅찼다. 내가 성실성 빼면 시체다. 내 새끼처럼 보살폈다. 보람도 없이 자나깨나 지청구를 먹었다. 애가 기침 조금 한다고, 아토피가 생겼다고, 애 똥 색깔이 안 좋다고, 애가 엄마를 봐도 웃지를 않는다고, 나한테 지랄을 했다.

"빙신아, 애 하나 똑바로 못 보냐? 먹여주고 재워주면 밥값을 해야 될 것 아냐. 너 애 팽개쳐두고 싸돌아댕겼지? 바람났니?"

언니만 아니면 패버렸을 테다. 먹여주고 재워줬다고? 짚공장에서 돈 잘 벌고 있는 사람 불러다 아파트에 처박아놓고서 염장을 질렀다.

굴착기 한 대로 출발했던 오빠는 중장비 기사 다섯 명을 부리는 사장님이 됐다. 오빠는 초등학교 교사와 결혼했다. 교사는 고추 쌍둥이를 낳았다. 오빠 역시 나를 애보기로 불렀다. 오빠도 사장님, 언니도 사장님인데, 나는 사장님 애새끼들 똥기저귀나 갈아대는 인생이었다.

오빠네 집에는 책이란 게 있었다. 우리집 식구들은 하나같이 1년에 책 한 권도 안 읽는 걸 자랑으로 알았다. 그러니 오빠네 책은 교사 것이었다.

새언니는 마음이 넉넉했다.

"젊은 사람을 집에 가둬놔서 정말 미안하다! 아가씨, 책이라도 읽어봐요. 시간 때우는 데는 책이 최고라니까."

"언니는 농담두 참…… 지 같은 게 무슨 책을 읽는대유."

"잘 찾아보면 아가씨 수준에 맞는 책도 있을 거예요. 내가 찾아줄게."

기절초풍하게 내 수준에 맞는 책이 있었다. 새언니가 추천해준 책은 금방 졸리지가 않았고 무슨 말인지 알쏭달쏭하면서도 재미 같은 게 느껴졌다. 표지는 되게 두껍고 글자는 큼직하고 그림으로 도배한 책이었다. 이틀 만에 다 읽었다. 책 한 권을 처음부터 끝까지 읽어본 것은 생짜 첫 경험이었다. 독서가 나도 할 수 있는 일이었다니. 오빠네서 3년을 사는 동안 전래동화책 125권을 읽었다. 혹시 누구라도 만나게 되면 책 읽은 자랑을 했다.

언니가 다시 나를 불렀다. 이번엔 딸이었다. 딸은 아들보다 훨씬 보기 편했다. 문제는 벌써 일곱 살이 된 조카놈이었다. 조카는 나를 격투기 연습 상대로 알았다. 녀석한테 너무 맞아 늘 파스를 덕지덕지 붙이고 살았다. 언니 딸이 세 살이 되자, 오빠가 또 불렀다. 그들도 딸을 하나 더 낳은 것이다.

친언니와 새언니가 동시에 더이상 애를 낳지 않겠다고 선언했을 때, 원없이 좋아서 한참을 울었다. 나보다 더 위대했던 사람도 있었다. 큰어머니는 환갑 때부터 다섯 집을 왔다 갔다하면서 열한 명의 손자손녀와 두 명의 증손자를 키웠다. 무려 30년 동안 애보기로 사셨다. 존경합니다, 큰어머니!

노가다를 다녔다. 저수지 방죽을 더 높게 쌓았다. 온 들판의 수로도 잼처 꾸며내야 했다. 콘크리트 부을 자리에 쇠말뚝을 박고 철근을 엮어놓았다. 콘크리트가 다 굳으면 판자를 떼어냈고 못을 뽑아냈다. 돌도 날랐다. 십몇 년 세월을 아파트에서 갇혀 살다가 들판에서 일하니 몸도 마음도 가벼웠다.

나도 시집가고 싶었다. 나한테는 아무도 맞선이나 소개팅을 주선하지 않았다. 스스로 노력해볼 수밖에. 나이를 가리지 않고 총각이나 이혼남을 만나게 되면 나름대로 애썼다. 교태도 부리고 아양도 떨고 옷도 텔레비전에 나오는 걸그룹처럼 입고. 다 부질없었다. "얼간이년이 미치기까지 했구먼!" 같은 악담이나 들어먹었다.

나랑 언제나 한 팀으로 일했던 안골댁은 내 마음을 잘 알아주었다.

"세상이 참 웃겨야. 시골에 결혼 못해서 환장한 노총각이 좀 많으냐. 오죽하면 베트남 캄보디아 우즈벡 이런 데서까지 여자를 데려오겠냐. 그런디 너는 왜 안 된다는 겨? 남정네처럼 힘쓰는 일 잘해. 설거지도 잘해. 책도 잘 읽어. 노래도, 신명나게는 해……"

"애도 잘봐유. 10년 동안 애만 봤슈."

"그려. 그렇게 잘하는 게 많은 여자인데 왜 네 말만 꺼내면 다들 성질을 내고 지랄인 겨. 네가 좀 덜떨어지긴 했지만 외국여자보다는 날 거 아니냐. 읽고 쓸 줄도 알잖여."

"외국여자는 영계잖유. 지는 이미 많이 늙었슈."

"돈 많이 벌어라. 나이 먹고 못생기고 못 배웠어도 돈만 많아봐라. 고추 달린 것들이 줄을 설 거다. 네가 돈이 없으니께 시집을 못 가는 겨."

서른여섯, 제대로 돈독이 올랐다. 밤에는 24시간 감자탕집에서 설거지를 했다. 낮에는 환경미화를 했다. 환경미화원 선발시험에서 우수한 체력으로 아줌마 부문 1등을 했다. 잠은 틈틈이 잤다. 바닥에 뒤통수만 닿으면 잠이 쏟아지는 체질 덕을 보았다.

근 20년 만에 만난 상철은 운전학원 기사였다. 내 첫사랑이었다. 아직 노총각이라고 했다.

"너, 운전할 줄 아냐?"

"나 같은 게 워칙히 운전을."

"운전은 금붕어도 배울 수 있어. 내가 쌈박하게 가르쳐줄게."

운전, 그것은 새로운 세상이었다. 심봉사가 눈 떴을 때가 이런 기분이었을까. 로또 맞으면 이처럼 신이 날까. 애를 가지면 이토록 황홀할까. 운전은 분명 과학적인 것이었다. 과학적인 게 나도 가능하다니. 운전면허를 딴 날, 내가 술을 사준다고 해도 늘 핑계를 대고 거절하던 상철이 축하주를 사주었다. 상철은 겨우 한 병 먹고 해롱댔다.

"……야, 내가 미쳤는갑다. 네가 여자로 보인다……"

그날 밤 우리는 사랑을 했다.

나는 수출업체 짚공장 다닐 때 하나 챙겼던 멍석을 깔고 빌고 또 빌었다. '……상철씨 대를 이을 아들을 점지해주십

쇼. 딸도 괜찮아요. 사랑하는 상철씨와 열심히 잘 키우겠어요……'

마침내 나도 시집가게 되었다고 동네방네 광고를 했다. 내가 평생 부조나 하고 살 줄 알았지. 부좃돈 많이들 갖고 오셔!

" 나는 절대로 실책하지 않을 것이다.
내 근처로 오는 모든 공을 잡아낼 것이다.
떠서 오면 새처럼 날아 잡을 것이다.
땅볼로 오면 호랑이처럼 낚아채서
1루에 광속으로 뿌려 아웃을 잡고야 말 테다.
나는 절대로 실책하지 않을 것이다."

# 재롱을 떨 수 있을까

　　　　　　　　　　수녀 할머님이 우리를 반갑게 맞아주었
다. 마트를 운영하는 아빠와, 서점 사장이고 변호사이고 치과
의사이고 교수이고 공무원이라는 아저씨들 다섯, 그리고 막
고등학생인 된 나(임소영).

　아빠는 "내 딸이에요! 못생겼죠" 반어법으로 소개했다. 수
녀님은 참 예쁘다면서 내 머리를 쓰다듬어주었다. 이미 어둑
해진 저녁이었고 산 밑에 위치한 건물이라 좀 으스스했는데,
수녀님의 해맑은 웃음을 보자 긴장이 풀렸다. 괜히 떨었던
것 같다. 한 번도 가보지 않은 곳에 가게 되면 은근히 떨린다.

더욱이 이름만 들어서는 감이 잡히지 않는 장소에 가게 될 때는. 아빠는 길게 설명하는 사람이 아니었다. 가보면 안다는 것이었다.

아빠를 무턱대고 따라갔다가 무척 놀란 적이 있다. 가정집 같은 곳이었는데, 목사님 부부가 여남은 명의 아이를 데리고 살았다. 말을 거의 못하고 괴성만 질러대는 광철이 오빠, 걷지 못하고 기어다니는 순애 언니, 고개가 비뚤어지고 한쪽 눈이 없는 귀희 언니, 나랑 동갑인데 한글도 못 쓰고 구구단도 못 외우던 향님이, 손가락이 다 합해 다섯 개밖에 안 되던 홍일이…… 그때 나는 열세 살. 별의별 생각이 다 들었다.

광철이 오빠는 한참 사춘기였던가보다. 나를 너무 좋아했다. 자꾸만 껴안으려고 했고, 뽀뽀를 하려고 했다. 목사님이 야단쳐도 막무가내였다. 나는 시달리다못해 엉엉 울고 말았다. 그날 내가 처절하게 운 것은 광철이 오빠가 무서워서만은 아니었다. 평범하지 않게 태어난 언니 오빠 친구 동생 들이 안타까웠고, 내가 평범하게 태어난 것이 감사했고, 일일이 헤아리기 벅찬 감정이 한꺼번에 폭발했던 것이다.

아빠는 내가 태어나기 전부터 무슨 봉사단체 회원이었다. 아빠네 단체는 몇 곳을 정해놓고 꾸준히 찾았다. 3년 전에 갔었던 그 목사님네 집과 오늘 찾은 이 모후원은 20년 인연이었다. 아빠는 나를 데리고 다니고 싶어했다. 그런 곳에 배울 것이 많다고 생각했다. 하지만 나는 다시는 아빠를 따라나서지 않았다. 광철이 오빠가 무서워서 그런 게 아니었다. 그건 아빠의 오해였다. 나는 행복한 아이였다. 행복하지 않은 아이들을 만나는 것이 미안했다. 행복한 나는 행복하지 않은 아이들을 맨정신으로 만날 자신이 없었다.

오늘 아침에 아빠가 말했다. "고등학생인데 봉사 점수 좀 챙겨야지? 아빠 오늘 모후원 가는데." 같이 가기를 은근히 바라는 듯했다.

문득 궁금했다. "아빠, 가슴에 손을 얹고 말해봐. 20년 동안 정말 한 번도 안 빼놓고 갔어? 매달 한 번씩?"

"야, 사람이 어떻게 그러냐. 바빠서 못 가는 달도 있고, 귀찮아서 빠진 달도 있지. 1년에 절반 이상은 꼭 갔어. 그렇지만 봉사단체 전체로 생각하면 20년 동안 한 달도 안 빠진 거지. 최소한 회원 다섯 명 이상은 꼭 갔으니까. 할아버지 할머니 들이 아빠를 얼마나 귀여워하는데. 아빠가 처음 갔을 때 70세이셨는데, 지금 90세 되셔서도 건강한 분도 계셔. 물론 돌아가신 분도 많지. 가볼래? 가보면 알아."

"나 쪽팔리게 봉사 점수 이딴 것 때문에 가겠다는 거 아녜요. 그냥 한번 가보고 싶어진 것뿐이에요."

그렇다. 나는 그냥 한번 가보고 싶었다. 그래서 왔다. 아빠 친구들을 만났고 수녀님을 만났다.

아빠는 장난스럽게 말하고는 했다. 봉사에는 크게 두 종류가 있다. 돈봉사와 몸봉사.

고액 회비를 내는 대신 몸을 덜 쓰는 단체와 회비를 적게 내는 대신 몸을 많이 쓰는 단체. 한 달에 5만 원의 회비를 내는 단체라면, 1~2만 원을 운영비와 식비로 쓰고, 나머지 3만 원은 전액 지원비로 쓸 수 있을 테다. 한 달에 1~2만 원의 회비를 내는 단체는 돈으로 지원하지 못하는 대신 몸으로 여러 시간을 말 그대로 봉사한다. 아빠네 단체는 돈봉사 쪽이라고 해야 할 테다.

식당으로 갔다. 할머니 할아버지 들이 하나둘씩 힘겹게 걸어들어오셨다. 휠체어를 타고 오는 분도 계셨다. 그래도 식당에 올 수 있는 분들은 건강한 분들이란다. 움직일 수 없는 분들은 방에서 식사를 한단다. 네 분 다섯 분씩 한 테이블에 둘러앉았다. 테이블이 여덟 개니까 마흔 분이다. 나는 요구르트를 테이블마다 돌렸다.

수녀님들과 아빠와 아저씨들이 식판대를 밀고 다니며 테이블에 잔칫상을 차렸다. 수녀님 중에는 프랑스 사람도 있었다. 평소에는 밥과 국에 반찬 세 가지 정도란다. 한 달에 한 번 테이블이 그득해지는 것이다. 아빠네 단체가 지원한 돈으로, 다른 단체의 자원봉사 아주머니들이 고기요리를 비롯한 평소 먹기 힘든 반찬 대여섯 가지를 더 장만한단다.

케이크에 촛불을 꽂았다. 이번 달에 생일을 맞은 할아버지와 할머니는 모두 다섯 분. 아빠가 이름을 부르자 세 분이 힘겹게 걸어나오셨다. 두 분은 움직일 수 없어 방에서 내려오지 못했단다. 우리들은 힘차게 '생일 축하합니다'를 불렀다. 세 분은 촛불을 향해 간신히 바람을 불었다. 내가 바람을 보탰다. 촛불이 꺼졌다. 나는 폭죽을 터트렸다. 올해부터 단체 회장직을 맡게 된 아빠가 세 분께 용돈 몇만 원씩 담긴 봉투를 드렸다. 모두가 모두를 위해 손뼉을 힘껏 쳤다. 확실히 우리 청소년들의 생일잔치와는 달랐다.

우리도 한 테이블에서 밥을 먹었다. 배가 고파서이기도 했지만, 밥이 정말 맛있었다.

"아빠, 이렇게 맛있는 밥은 처음 먹어보는 것 같아."

"봉사하고 먹는 밥이라 그래."

이게 봉사인가? 고작 생일상 한 번 차려드린 것 가지고. 하지만 고작 생일상 한 번을 매달 꼭 차려드린다는 것을 생각하니 봉사 같기도 했다. 물질적인 것만 생각할 게 아니다. 어쨌든 아저씨들은 한 달에 한 번 이 쓸쓸한 할아버지 할머니들을 찾아뵙는다. 자식 노릇을 하고 계신 거다.

여기 계신 분들은 가족이 아무도 없는 것은 물론이고, 기초생활보장대상자 중에서도 손꼽히게 어려워서 여기 올 수 있었단다. 여기에 들어오고 싶어하는 분들이 줄을 섰단다. 누군가 돌아가서야 누군가 들어오실 수 있는 거구나. 밥은 맛있는데, 나는 요상하게도 생각이 들끓는다.

공무원 아저씨는 경로당을 찾아다니며 무슨 문제가 없는지 살펴보는 게 일이란다. 아저씨가 노인분들과 잘 노는 특기를 살려 모후원을 떠들썩하게 했다. 분위기가 뜨자 할아버지 몇 분이 노래를 하셨다. 아빠 엄마가 즐겨 듣고 즐겨 부르는 7080 노래도 우울한데, 할아버지들이 부르는 노래는 처량하다. 우리들의 K팝도 50년 뒤에는 저렇게 처량하게 들릴까.

아, 기습당했다. 공무원 아저씨가 나를 지목했다. 내게 노래를 부르란 것이다. 할아버지 할머니 들을 위하여 재롱을 떨 수 있을까? 무슨 노래를 불러야 한순간이나마 즐거워하실까. 나는 나대기를 좋아하지 않지만 멍석을 펴주는데 기어이 못하겠다고 버티는 스타일은 아니다. 여기 계신 할아버지 할머니 들에게도 나 같은 손녀가 있을까? 어딘가에 있을는지도 모른다. 얼마나 보고 싶을까. 그래, 잠시 여기 계신 분들의 손녀가 되어보자. 그렇다면 〈어머나〉가 최고지.

# 훌륭한 습관

부부는 휴가를 다녀왔다. 옷과 이불은 넝마처럼 구겨졌고, 자질구레한 것들은 다 튀어나왔고, 침대는 뒤집어졌고, 낯선 발자국이 무수히 찍혀 있었다. 2박3일의 휴가 동안 수도 없이 싸우고 화해했던 부부는 몸도 마음도 녹초였는데 집안 꼴을 보고도 기절이 안 되는 게 신기했다. 두 살배기 아들이 부모 심정을 대변하겠다는 듯이 울기 시작했다.

아내 쾌순이 피해상황을 말했다. "결혼패물 몽땅, 작년 내 생일에 자기가 사준 목걸이, 그리고 돼지저금통. 자기, 돼지한테 만원짜리 한 열 장 넣었지? 그럼 삼십만 원쯤 들었겠네. 가져갈 게 그것밖에 없었는데 용케도 찾아서 다 가져갔네." 남편 판돈이 물었다. "결혼패물이 얼마나 될까?" "지금 시세로도 이백은 받을 수 있을걸. ……그때 팔게 내버려뒀으면 이런 속상한 일 없잖아?"

쾌순이 생활비를 마련하겠다고 결혼패물을 들고 나간 적이 있었다. 판돈은 휴대폰에 대고 악을 썼다. "우리가 아무리 어려워도 결혼의 증거를 팔 수가 있냐? 그걸 팔면 나랑 안 살겠다는 거로 알겠어!" 쾌순은 팔지 못하고 돌아왔다. 도둑은 그 '결혼의 증거'를 가져가버린 것이다. 그때 팔았으면 이렇게 억울하지 않을 텐데. 판돈은 괜스레 미안해져 말했다. "앞으로는 무조건 자기 말 들을게." "이젠 팔 패물도 없어."

쾌순이 경찰에 신고를 하자고 했다. 판돈은 반대했다. "아무 소용없을걸. 괜히 번거롭기만 할 거야." "자기는 분하지도 않아? 도둑놈을 잡아야 할 거 아냐. 무조건 내 말 듣는다며?" 그럼 자기가 신고하든가, 라고 말하고 싶었지만, 그렇게 말했다가는 아내의 기분이 더 나빠질까봐, 판돈은 얼른 휴대폰을 꺼내 112를 눌렀다. 112에다 대고 여러 말을 하는 게 얼마나 힘들었던지 온몸이 땀으로 흠뻑 젖어버렸다.

그들이 사는 산동네는 주소가 매우 복잡하고 어지럽게 돼 있었다. 이해할 수 없는 일이지만 번지수까지 똑같은 주소를 가진 집이 여남은 채씩 되었다. 택배라도 한번 오면 배달원에게 전화로 길 가르쳐주다가 목이 쉴 지경이었다. 길 가르쳐주기가 어려워서 중국음식도 배달을 못 시켰다. 출동하겠다는 경찰에게도 목이 쉴 정도로 설명을 해야 했다.

어쨌거나 도착한 두 경찰은 좁아터진 집을 꼼꼼히 살폈다. "여기로 들어왔네. 여기로 들어왔어. 여기 신발 자국이 있잖아." 경찰1이 창문턱을 살펴보고는 말했다. 창문은 두 겹으로 되어 있었다. 창문 밑으로 담벼락이 있었다. 판돈의 집이 2층이기는 했지만, 담벼락에 올라선다면 판돈의 집 창문에 손이 충분히 닿을 만했다. 경찰2가 말했다. "창문이 왜 이렇게 쉽게 열렸지? 아저씨, 혹시 문 안 잠그고 간 거 아녀요?" "예, 제가 깜박하고 창문을 안 잠그고 간 것 같아요."

경찰들이 말했다. "아니, 문을 안 잠그고 가면 어떻게 해요? 이 동네 도둑 천지인 거 몰라? 문단속도 안 하고 휴가를 떠나다니 참 대범하시네요." "그렇게 얘기를 해도 소용이 없어. 휴가철은 도둑들 성수기라고 그토록 문단속 철저히 하라고 떠들어도 말을 안 들어. 신청은 했어요?" "무슨 신청요?" "특별 순찰 신청. 그거 신청하면 두 시간에 한 번씩 순찰 돌아준단 말이지. 그것도 안 했구만." "완전히 가져가라고 열어놓은 형국이지 뭐."

경찰들은 판돈이 피해자가 아니라 방조범이라는 투였다.

판돈은 몹시 불쾌했다. 비슷한 또래의 경찰들이 반말을 멋대로 섞어 쓰는 것도 기분이 나빴다. 경찰2가 다시 한번 꾸짖는 투로 말했다. "문단속만 했으면 아무 일 없었잖아!"

아내는 아이에게 분유를 먹이고 있었다. 남편으로서 체면이 말이 아니었다. 더는 참을 수가 없어진 판돈은, 아내 앞에서 남자다움을 보이고 싶었던 남편은, 버럭 성을 냈다. "지금 뭐하자는 겁니까? 내가 당신들한테 혼나려고 신고했습니까?" 경찰들은 멋쩍은 미소를 지으며 그제야 피해상황을 물었다. 피해상황을 듣고 경찰들이 피식 웃는 것 같았다. 판돈이 말한 '지금 시세로도 이백만 원은 되는 패물'은 경찰들에게 참 보잘것없는 액수로 들렸을지도 모른다.

이렇게 저렇게 물어대던 경찰들이 일어섰다. "같이 가시죠. 저희들 차를 타고." 경찰1의 말에 판돈은 기겁했다. "왜요?" "아, 조서를 꾸미려면 경찰서로 가야 됩니다." "지금까지 한 건 뭡니까? 한참 묻고 받아 적고 그랬잖아요?" "이건 약식 보고서예요, 저희가 신고 받고 나왔잖아요." "그거로 된 거 아니냐고요?" "이건 그냥 간이 보고서라니깐. 정식 조서를 꾸며야지요." "조서 꾸미는 데 몇 시간이나 걸리는데요?" "두 시간 정도면 되지 않겠습니까?" "조서를 꾸미면 도둑을 잡을 수 있습니까? 잃어버린 걸 찾을 수 있냐고요?" "노력해야죠. 하지만 집 털이 도둑놈들은 잡기가 참 힘들어요. 그리고 잃어버리신 건 찾을 생각 안 하시는 게 좋을 겁니다. 도둑놈들이 팔 아먹은 걸 어디 가서 찾겠습니까?"

천만 원이 넘는 보석을 잃어버렸다는 집에 가서도, 당신들은 이따위로 무성의하게 말할 것인가. 판돈은 짜증이 밀려왔다. 찾을 가망도 없는 싸구려 패물 때문에 경찰서에 가고 싶지 않았다. 신고 받고 나온 경찰한테도 문단속을 안 했다고 꾸지람을 들었는데, 조서를 꾸미는 경찰한테는 더욱더 심한 꾸지람을 들을 것 같았다. 도둑맞는 것도 서러운데, 왜 그런 불쾌함을 겪어야 한단 말인가.

판돈은 말했다. "조서 안 쓰면 안 되나요?" "안 써도 되지요. 하지만 그러면 신고 무효처리가 됩니다. 신고 안 한 거나 마찬가지죠." 어쩐지 경찰들이 반색하는 것 같았다. "그럼 아저씨들이 지금까지 한 건 뭐가 되는 겁니까? 벌써 한 시간이나 고생을 하셨는데요." "뭐, 순찰이 되는 거죠." "알겠습니다, 조서 안 쓰겠어요. 신고 안 한 것으로 하겠습니다." 도둑을 맞고도 신고를 안 하는 사람들이 대부분인 까닭이 절로 깨달아졌다.

판돈이 무척이나 황망한 표정을 짓고 있어선지, 경찰1이 이런 말을 해주고 갔다. "그래도 다행이라고 생각하세요. 훔쳐갈 게 아무것도 없는 집에 가보면 집을 다 때려 부숴놨어요. 똥까지 싸질러놓고 별 지랄을 다 해놓는다고요. 패물하고

저금통이 집 살린 거지요." 판돈은 똥을 안 싸고 간 도둑에게 감사한 마음이 들었다.

1년 후, 자기의 신분을 형사라고 밝힌 사람이 찾아왔다. 형사는 그 경찰들처럼 이것저것을 물었고 무슨 서류에다 판돈의 대답을 받아 적었다. 그러고는 지장을 찍어달라고 했다. "대체 왜 그러시는데요?" "아, 집털이가 하나 잡혔는데 이 댁 것도 그놈 소행이에요." "그게 보고가 됐습니까?" "그럼요. 그러니까 제가 알고 왔지요." 경찰들이 하는 일은 참 이해하기가 어려웠다. 판돈은 지장을 꾹 찍어주고는 물었다. "우리가 잃어버린 것은 찾을 수 있나요?" "패물하고 돼지저금통이라고 했죠? 그걸 어떻게 찾을 수 있겠습니까? 그놈 아무것도 없던데."

하여간 그 도난사건 이후, 부부는 집을 비울 때 문단속을 철저히 했다. 또한 귀중품과 돼지저금통을 여행 가방에 챙겨가는 훌륭한 습관을 갖게 되었다.

"그래도 다행이라고 생각하세요.
훔쳐갈 게 아무것도 없는 집에 가보면
집을 다 때려 부숴놨어요
똥까지 싸질러놓고
별 지랄을 다 해놓는다고요
패물하고 저금통이 집 살린 거지요."

## 막장 영화 같은 사랑

올해 아빠는 칠순, 엄마는 쉰다섯이다.
엄마는 아빠에게 막말을 아끼지 않았다. "또 소주 한 병 값이
빠졌잖아? 제발 계산 좀 똑바로 해." "아이구 내가 못 살아.
숯불로 손님 머리칼을 태우면 어쩌자는 거야. 불 다룬 지가
몇십 년인데 늘 그 모양이야." "옷 왜 안 갈아입었어? 노인네
냄새나잖아. 누가 옷 안 빨아줘!" 아빠는 "그려, 잘못했어. 잘
할게!" 그저 굽실댈 뿐이었다.

아빠는 손님들에게도 지나칠 정도로 굽실댔다. 엄연히 바
깥주인장이건만 마치 술꾼들의 종처럼 비굴하게 굴었다. '손

님은 왕이다!'라는 영업계의 오래된 거짓말이, 거짓말이 아닐 수도 있다는 걸 증명하고 싶은 듯했다.

반대로 엄마는 손님 면전에서도 "손님은 거시기여!"를 거침없이 내뱉으며 손님을 우습게 알았다. 국가적으로 유명해진 욕쟁이할머니만큼은 아니지만, 손님께 서슴없이 욕을 해댔고, 손님 등짝을 후려치기도 했다. 묵은 김치 같은 단골들은 "예쁜 아줌마한테 욕 얻어먹고 얻어터지는 맛에 옵니다!"라며 너스레를 떨곤 했다.

아주 가끔 골치 아픈 손님이 나타나 생짜 시비를 걸곤 했다. 참을 만큼 참은 아빠가 웃통을 훌렁 드러내자, 시비꾼들 소란에 주눅 들어 있던 손님들이 일제히 감탄사를 토했다.

그 누가 칠순 가까운 노인네의 옷 안에서 그런 몸이 튀어나올 것이라고 예상할 수 있었을까. 보디빌더 부럽지 않은 몸뚱이가 튀어나왔다. '스타킹'에 나왔던 몸짱 할아버지들보다 훨씬 빛나는 상체였다. 등판에는 한반도 지형을 닮은 호랑이 한 마리가 웅비하고, 가슴과 배에는 살무사떼가 혀를 날름거리고 있었다.

나는 열두어 살 때, 살무사 한 마리마다 사인펜으로 숫자까지 적어가면서 꼼꼼히 헤아린 뒤에 짐작해보았다. "딱 108마리네. 이거 혹시 백팔번뇌 그거 아냐?" 아빠는 "우리 딸이 부처님 말씀도 알고 천재구나, 천재!" 자랑스러워했다.

아빠의 몸뚱이가 몇 번 움직이자 시비꾼들은 술집 밖에 나뒹굴고 있었다. 우리 술집 단골은 다 아는 얘기지만, 아빠는 우리 고장 최고 조폭 두목에게 '형님' 소리 들을 정도로 잘나가던 건달이었다.

난 정말 궁금했다. "엄마는 아빠가 무섭지도 않아? 까불다가, 아빠 진짜 화나면 어쩌려고 그래?" 엄마는 오른쪽 볼에만 보조개를 만들며 염불했다. "사랑의 힘이란다. 아빠는 평생 나를 왕후마마처럼 모시기로 맹세했거든."


아주 오래전, 열두 살 나이에 고향을 버리고 상행선 기차를 탄 소년이 있었다. 소년은 대도시의 불량배에게 붙잡혔다. 그들은 어린이를 붙잡아 도둑질과 구걸질을 시켰다. 소년은 얻어맞지 않기 위해서 밥을 얻어먹기 위해서 구걸하고 훔쳤다. 열다섯이 돼서야 서울에 갈 수 있었다. 구두닦이가 되었다. 그러다가 유흥업소에 들어갔다. 걸레질로 시작했지만, 10년 만에 유흥업소를 지키는 높은 건달이 되었다.

제5공화국이 들어서면서 유흥업소들이 된서리를 맞았다. 높은 건달은 악명 높은 곳으로 끌려갔다. 삼청교육대에서 간신히 살아나온 건달은 귀향했다. 어머니의 술집은 장사가 잘되고 있었다. 이 고장의 조폭계는 무척 긴장했다. 하지만 건달은 조폭에 미련이 없었다.

건달은 고등학교와 중학교 사이의 문방구를 인수했다. 한 5년 장사에만 열중하던 문방구 사장은 최악의 조건을 갖춘 여인에게 홀딱 반했다. 그가 마흔다섯 살 나이에 온몸으로 사랑하게 된 여인은, 열다섯 살이나 어린, 애가 둘 딸린 이혼녀였다.

여인은 중학교를 졸업하고 벽돌공장 경리로 들어갔다가 스무 살에 직원 하나와 덜컥 식을 올렸다. 남편이 독립하여 건설회사를 차렸다. 돈을 벌고 바람을 피워대더니 이혼을 요구했다. 여인은 깨끗하게 이혼해주고 이러저러한 잡일로 생계를 꾸려나가고 있었다. 여인은 끝내, 문방구 노총각의 구애를 거부했는데 까닭이 있었다. 여인은 무슨 영화 속의 주인공처럼 불치병에 걸려 있었던 것이다.

왕년의 건달은 "당신을 고쳐보겠어. 모든 것을 다 바쳐서 당신을 꼭 고쳐내겠어!"라고 선언했다. 여인은 도리질을 쳤다. "다 부질없는 짓이야. 나라고 안 해본 짓이 있겠어? 길어야 여섯 달, 그게 내게 남은 생이지." "그래도 좋아. 당신이 가는 날까지 지켜주겠어. 당신의 눈을 편안히 감겨주겠어. 그리고 당신을 볕 잘 드는 곳에 모신 다음, 당신의 아이들을 내 아이처럼 튼실하게 키우겠어. 당신이 날 받아주지 않으면, 내가 먼저 당신 앞에서 죽겠어. 나는 한 번 하면 한다는 사람이야."

문방구 사장은 실제로 자살을 기도했다. 잘 드는 칼로 동맥을 자르는 척만 하려고 했는데, 척이 잘 안 돼, 진짜로 썩 그어버렸던 것이다. 노총각이라는 말을 쓰기도 겸연쩍은 남자와 애 둘 딸린 여자는 나이차 15년과 불치병을 무시하고 마침내 결혼식을 올렸다.

그들은 제주도에서 한 달 동안 신혼여행을 즐겼다. 두 아이까지 데리고 가서. 남자는 여자에게 지상에서 살았던 최고의 추억을 마련해주고 싶었다. 남자가 문방구를 해서 번 돈과 잘나가던 건달 시절에 사놓았던 땅 판 돈의 4분의 1이 제주도에서 사라졌다. 남자는 나머지 4분의 3을 여자를 고치는 데 썼다.

그 남자의 헌신에 하늘도 감동한 것일까, 여자에게 "길어야 6개월!"이라고 선언했던 바로 그 의사가 놀라워했다. "이런 기적이 가끔은 있지요. 내가 의사생활 30년 만에 이런 큰 기적을 모두 일곱 번 봤는데, 여덟번째를 보게 되는군요. 암세포들이 자연적으로 죽어버렸어요. 여기저기 많이 다니셨겠지만 거기서 고쳐진 게 아닙니다. 이건 신의 선처인 거죠. 앞으로 10년은 문제없을 것입니다."

여인은 10년이 아니라 20년을 훌쩍 넘겨 무탈하게 살아있다. 여인은 시어머니의 뒤를 이어 술집을 운영했다. 애완개도 가정집 3년이면 라면을 끓인다지만, 아빠는 낮에는 노가다 밤에는 서빙을 무려 20년 하고도 발전이라는 게 없었다.

옛날이나 지금이나 여일하게 영 서툴렀다. 아빠 말로는 남 패는 데 타고난 손이라 분야가 퍽 다른 노가다판이나 술집에서는 얼간이 신세일 수밖에 없다는 것이다. 막노동판은 은퇴하고 서빙에 전념했지만 아빠가 아무리 잘하려고 용을 써도 욕쟁이 아내에게 막말 듣는 늙은이가 되었다. 어쨌거나 나는 두 사람이 막장 영화 같은 사랑을 했었다는 증거물인 셈이다.

장사가 아주 잘되던 시절도 있었다지만 까마득한 옛날이다. 엄마는 여러 번 리모델링이나 이전을 계획했지만 이래저래 실행하지 못했다. 전진하는 시대의 낙오병처럼 80년대의 모습으로 여전히 남아 있는 케케묵은 술집에 반해서 찾아오는 단골들 덕분에(70~80년대 노래 좋아하는 사람이 사라지지 않듯이) 그나마 명맥을 유지하는 듯했다.

아빠 다리가 부러지는 바람에 여름방학 동안 내가 서빙을 보게 되었다. 날마다 탁자 여섯 개가 다 찼다. '한 달에 딱 세 번만 탁자 여섯 개가 다 차도 소원이 없겠다!'고 푸념을 일삼던 엄마는 좋아해야 할지 괴로워해야 할지 모르겠다는 투로 탄식했다. "놈팡이들이 술 처마시러 오는 게 아니라 너 보러 오는 모양이다."

# 유조선 족구

　　　　　망망대해 인도양은 잔잔하고 밤하늘은
우주쇼에 돌입한다. 선원들은 불을 밝히고 족구를 한다. 28만
톤급 유조선의 가장 후미 갑판, 소각실 벽과 해풍이 때려대
는 난간 사이의 조붓한 공간이 그라운드다. 바다 쪽에는 높
이 10미터쯤 되는 쇠기둥을 세우고 공을 막아주는 그물을 쳐
놓았다.

　선장과 사관(항해사와 기관사)의 족구다. 선장은 곧 환갑
이다. 머지않아 정년퇴직이다. 사관들은 젊디젊다. 69년생인
1기관사를 빼놓고는 모두가 이십대다. 1등항해사도 겨우 스

물아홉이다. 저녁식사 후, 바람이 호되지 않거나 비가 내리지 않으면 선장은 여지없이 집합을 걸었다.

악천후 등으로 그라운드 사정이 여의치 않으면 사관들은 속으로 환호성을 질렀다. 1기관사를 제외하고는 하나같이 운동을 싫어하는 성격이다. 사관들은 여덟 달 항해하고 넉 달 쉰다. 휴가 때 친구를 만나면 항해의 유일한 애로사항은 족구라고 말할 정도로 못마땅해했다. 설령 운동을 좋아한다 해도, 아버지 같고 사단장 같은 선장과 함께 뛰는 것이 즐거울 리는 없을 테다.

젊은 사관들이 족구를 좋아하지 않는다는 걸, 선장도 뻔히 알고 있다. 하지만 강제로라도 해야 돼. 나만 운동하자는 게 아니야. 젊은 애들 운동을 시켜줘야 해. 요새 애들은 게을러 가지고 몸을 쓰려고 안 해. 체력단련실이 있지만 거기서 꾸준히 운동하는 녀석을 본 적이 없어. 만날 침실에 틀어박혀서 비디오나 만화만 봐서야 되겠어? 자식 같은 애들인데, 억지로라도 건강하게 만들어야지. 젊은 애들은 몸이 얼마나 소중한 자산인지를 몰라. 지금은 다들 하기 싫어서 미치려고 하지만, 나이들면 나 같은 선장 모셨던 걸 감사히 여길걸. 이것이 선장의 생각이었다.

선원들 하면, 항구마다 들러서 딴 세계의 사람들 만나는 것을 낙으로 안다고 여기는 육지 사람들이 많다. 컨테이너선 같은 경우는 과연 그랬다. 항구마다는 아니더라도 여러 항구에 들른다. 옛날에는 사람이 온갖 일을 했지만, 요새는 기계가 거의 다 한다. 선원들은 촉박한 시간이지만 딴 나라의 항구에 들러 이국 풍물을 접할 수 있다. 잠시나마 육지 세계를 맛볼 수 있다.

유조선은 그런 것이 불가능하다. 석유를 푸는 곳과 퍼내는 곳만 정해져 있어, 항구에 들를 일이 없다. 게다가 이 거대한 유조선은 푸는 곳이나 퍼내는 곳에 가도 항구에 들어가지 못하고 먼바다에서 송유관으로 일한다. 항구에 갈 일이 거의 없다. 그래서 세상 구경을 좋아하는 선원이 유독 싫어하는 배가 유조선이다. 지루한 유조선에 탄 젊은이들을 다독거리기 위해서라도 스트레스를 육체적으로 발산하는 단체운동이 필요한 게다.

군대 비슷한 곳에서는 뭐가 되었든 대개 짬밥 차이가 곧 실력 차이다. 스포츠는 더더욱 그렇다고 할 수 있다. 다른 선원들과 비교 불가능하게 배 짬밥을 많이 먹은 선장이 단연 뛰어나다. 그다음으로 짬밥을 많이 먹은 1기관사도 월등한 기량이다. 그 밑에 사관들은 다 고만고만한 수준이었지만 짬밥 차이 1~3년만큼의 실력 차를 무시할 수 없다.

배를 탄 지 한 달도 안 된 실습기관사는 짬밥과 상관없이 타고난 운동재능이 있어 선배들 못지않은 실력을 발휘했지만, 그의 동기인 실습항해사는 연신 헛발질을 해댔다. 족구에서 공이 자기에게 오면 십중팔구 받아내지 못하거나 엉뚱한 데로 차거나 헤매는 사람을 '구멍'이라고 한다. 실항사는 완벽한 구멍이다. 실항사는 자주 지청구를 먹는다. 그래도 실항사는 아주 큰 소리로 막내의 소임인 점수 외치기를 병행하며 씩씩하게 뛰어다닌다.

선장은 21년이나 배를 탔다. 선원 하나를 강풍으로 잃은 사고에 책임을 지고 2년 쉬었을 때를 제외하고는, 진절머리를 내면서도 어느새 그토록 까마득한 세월을 대양에서 살았다. 은퇴하기엔 너무 이른 나이라고 생각했지만, 나이가 돼서 나가라니 어쩌겠는가. 은퇴한 선장들은 대개 '항구의 주차전문요원'이라고 불리는 파일럿 시험에 응시하는데, 그는 시력이 나빴다. 뭔가 새로운 일을 시작해야 할 것이다.

젊은 사관들은 경제적으로 빛나는 청춘이다. 입사일자가 제일 늦은 최하 호봉의 3등항해사 연봉도 4천만 원이 넘는다. 게다가 사관들의 항해생활은 군대생활을 겸하는 것이다. 아직 막막한 처지인 육지의 친구들이 마치 청년재벌 보는 양 시샘할 만도 하다.

사관들도 나름대로 고충이 많다. 무엇보다도 본원적인 두려움이 있다. 남들이 다 모여 사는 육지에 살지 않고 해양에서 살고 있다는 것에서 오는. 8개월 만에 휴가를 나가는 게 아니라, 꼭 8년 만에 나가는 것 같다. 넉 달 동안의 휴가 기간에 동시대의 젊은이를 따라잡으려고 갖은 노력을 해서, (친구들과 만날 때마다 술값을 도맡는다) 유행어도 익히고 최신가요도 좀 배우고 리얼버라이어티 야생 감각도 익히고, 사회 돌아가는 사정도 듣고, 간신히 대중감각 저능아 신세를 면한다. 그러나 다시 배를 타는 순간, 세상으로부터 왕따당한 듯 처량해지는 것이다.

그래서일까, 선장이 되고 기관장이 되겠다는 목표의식을 가진 젊은이가 점점 줄어든다. 대개는 군복무 대체 항해복무기한을 채우고, 어느 해운업계회사라도 취직이 가능한 1항사나 1기사 정도의 스펙을 갖추면 미련 없이 하선하는 것이 추세다.

이 유조선의 1항사는 선장이 되겠다는 확고한 목표의식이 있다. 1항사는 대단한 독서가이기도 하다. 여느 문창과 학생보다도 책을 많이 읽는다. 그는 휴가 때도 책만 읽었고, 승선할 때 기본 200여 권의 책을 지참한다.

선장과 마찬가지로 정년퇴직이 얼마 남지 않은 기관장은 족구에 관심이 없다. 그도 운동량은 엄청나다. 사관들이 족구를 할 때, 기관장은 드넓은 갑판을 서너 바퀴 돌고, 거주구역의 도합 8층에 이르는 계단을 열 번 정도 오르내린다. 갑판원과 기관원들은 주로 체력단련실에서 러닝머신을 타거나 탁구를 치거나 역기를 든다.

선장이 퇴직 후 전원생활을 꿈꾼다면, 기관장은 '낭만적인 꿈'을 갖고 있다. 바다에서만 보낸 인생이 한스러워서라도, 한비야씨처럼 걸어서 지구를 한 바퀴 돌아볼 작정이다.

선장과 기관장은 20여 년 전에 만났고, H그룹해운회사에 널리 알려진 단짝이다. 두 사람은 근 8년째 같은 배를 타고 있다.

선장이 배의 아버지라면, 기관장은 배의 어머니다. 배가 가는 데 가장 중요한 건 운전과 기관이다. 목적지까지 항로를 따라서 운행할 수 있는 능력, 그리고 그 운행이 가능하도록 배 속의 기관을 늘 적정하게 유지하고 조절할 수 있는 능력. 두 사람은 오래된 부부처럼 찰떡궁합으로 오대양 육대주를 누볐다.

족구를 하는 시간, 선교(지휘소) 근무자는 3항사와 조선족 갑판원이다. 그들은 광대한 어둠을 바탕에 깔고 펼쳐지는 우주쇼를 바라본다. 3항사는 가끔 시를 쓴다. 언젠가 그는 '우주가 세숫대야처럼 보인다'고 썼다. 오늘밤엔 또 얼마나 무한한 별똥별을 보게 될까?

족구가 끝났다. "수고하셨습니다!"를 외치고 다들 거주구역으로 들어가는데, 막내 둘은 남는다. 타고난 운동 체질 실습기관사가 운동 젬병 실습항해사를 과외지도한다. "자신감을 갖고 힘껏 때려보라니까, 쫄지 말고!"

66여름방학 동안 내가
서빙을 보게 되었다.
날마다 탁자 여섯 개가 다 찼다.
'한 달에 딱 세 번만 탁자 여섯 개가
다 차도 소원이 없겠다.'고
푸념을 일삼던 엄마는
좋아해야 할지 피로워해야 할지
모르겠다는 투로 탄식했다.
"놈팡이들이 술 처마시러 오는 게
아니라 너 보러 오는 모양이다." 99

## 운전을 못하면 바보인가요?

면장(53세)이 못을 뚝딱 박듯 운전면허를 땄다. 운전학원에 등록을 하느니 마느니 한 게 스무 날 전인데, 그새 모든 절차가 끝났다는 거였다. 그녀는 합격 선언을 듣고, 화장실로 뛰어들어가 문을 걸어 잠근 뒤 만세삼창을 했다고 한다.

"만청씨도 할 수 있어. 다 늙은 아줌마도 하는데 젊은 당신이 못하면 누가 해? 쪽팔리지도 않아? 남자가 서른하나에 운전도 못하고 말이야, 창피한 줄 알아야지." 면장은 버릇대로 9급공무원 이만청을 약 올렸다.

이틀 뒤 만청은 운전학원을 찾아갔다. 접수처 여직원이 물었다. "1종이죠?" "아, 그럼요." 만청은 '2종'으로 하고 싶었지만, '2종'으로 하면 대단히 부끄러울 것만 같았다. 면장도 1종이었다. "수동인가요, 오토인가요?" "당연히 수동이죠. 쪽팔리게 어떻게 오토를 합니까?" 만청은 무시라도 당했다는 듯 불쾌한 투로 대답했다.

첫날은 시뮬레이션 동영상을 보았다. 다음날 실전 강의에 들어갔다. 강사가 말했다. "이 언덕을 못 넘는 여성분들이 꽤 많아요. 이 쉬운 걸 못해."

만청은 남자였으나 매번 언덕코스에서 빌빌댔다. 강사가 짜증을 냈다. "에이, 남자 맞으세요! 왜 이렇게 못하신댜. 가장 기본적인 코스에서 이러시면 우짜신댜. 벌써 여섯번째 벅벅대유." 왜 이다지도 남자임을 의심받을 만한 일이 많단 말인가. 한 입으로 두말을 해도, 언덕코스를 무난히 못 넘어도 남자가 아니었다!

필기시험을 보러갔다. 2년 전, 스물아홉 나이에 공무원시험에 합격하고 간만에 보는 시험이었다. 성적 발표는 곧바로 있었다. 80점이었다. 한 문제만 더 틀렸어도 탈락이었다.

면장은 별것 아닌 거 가지고도 일주일을 놀려먹었다. 만약에 실기도 아니고 필기에 떨어졌어봐라. 족히 두어 달은 놀림을 받았을 테다. 면장은 공부를 전혀 하지 않고 94점을 맞왔다고 했다. 만청은 문제집을 두 번이나 정독하고도 간신히 턱걸이했으니 한숨이 나올 만했다.

드디어 혼자 타게 되었다. 언턱코스에서 만청은 또 벅벅거렸다. 브레이크를 슬며시 밟았다가 액셀을 밟으려는 순간 1톤 트럭은 주르르 미끄러졌다. 황급히 브레이크를 밟았다. 브레이크에서 발을 떼자 또다시 미끄러졌다. 액셀을 막 밟아 다시금 올라갔다. 브레이크를 밟을 엄두가 나지 않았다. 내처 언덕을 넘고야 말았다. 이제라도 브레이크를 밟아야 한다고 힘껏 밟았는데 액셀을 밟고 말았다. 기어 변속 같은 것은 엄두도 못 냈다.

가속력이 붙은 상태의 트럭은 만청이 상상도 못했던 속도로 내달렸다. 만청은 간신히 브레이크를 밟았으나, 핸들이 제멋대로 돌아갔고, 트럭은 연습로를 이탈해 차단벽을 들이받고 말았다.

뒤통수가 좌석 등받이에 적어도 세 번은 쿵쾅대었다. 내려서 보니, 원래 조금 찌그러져 있던 트럭 앞부분이 조금 더 들어가 있었다.

사무실장이 다가와 말했다. "운전학원서 사람 하나 죽을 뻔했구만요. 당신 죽었으면 이놈의 운전학원 문 처닫을 뻔했어. 안전관리 허술, 교육불성실 해가며 겁나게 쪼고 말이야, 경찰 조사 받고 하면 별의별 비리가 다 드러났겠지. 당신 우리

학원 말아먹으려고 작정하지 않고서야 이럴 수는 없는 거야."

"죽을 뻔한 사람한테 어디 아프냐고도 안 물어봐요?" "어디 안 아프쇼?" "별로 안 아파요. 아프면 병원에 가볼게요." "혹시 문제 있더라도 우리한테 변상해달라 어쩌지 마시오. 등록하실 때 서약서에 쓰신 것도 있지만, 그보다는 우리도 열받는 수가 있으니깐. 이 트럭을 보라고. 이게 그래도 3년은 갈 건데, 당신 때문에 1년이 고작이겠어."

만청은 다시 트럭에 탈 용기가 나지 않았다. 트럭이 뒤집힐 수도 있었고, 브레이크를 조금만 늦게 밟았으면 앞부분이 박살이 날 수도 있었고, 차단벽이 아니라 저기 다른 연습차를 들이받을 수도 있었지 않은가. 스스로 죽을 뻔했고 다른 사람을 죽일 뻔했고 까딱했더라면 운전연습하다 운전연습 트럭 한 대 사줄 뻔했지 않은가.

경미한 접촉사고였지만, 만청은 목숨이 오락가락하는 일을 겪은 것처럼 심각했다. 이렇게 목숨을 걸고 운전을 배워야만 하는 걸까? 대체 왜 운전을 배우려고 하는가? 공무원 생활의 편안함을 위하여? 그가 맡은 업무는 운전과는 거리가 멀었지만 운전을 못하는 지방공무원으로 사는 것이 얼마나 불편한지 지방공무원이라면 다 알 테다.

장가를 가기 위해서? 만청은 월급은 보잘것없지만 미래가 보장된 탄탄한 직업을 가졌음에도 자신이 여자들에게 거부

당하는 이유는 오로지 하나, '운전을 못하기' 때문이라고 믿었다. 운전을 못하기 때문에 차가 없고, 차가 없어서 데이트다운 데이트를 할 수가 없다. 고작 시내의 시끄럽고 어둑한 커피숍이나 술집, 하천변 썩은 물 앞의 벤치 등이 데이트 장소였다. 그러니 여자가 홀라당 넘어올 기미가 있을 수 있겠는가. 만약 운전을 할 수 있어, 차를 가지고 산이든 바다든, 경치 좋은 데로 갈 수만 있다면, 여자는 풍광에 취해 눈높이가 낮아질 테고, 그러면 다 된 것 아니겠는가?

그러나, 그러나 이렇게 운전학원 연습장에서도 죽을 뻔한 주제에 무슨 운전을 할 수 있단 말인가. 만청은 벌벌 떨다가 교육시간이 한 시간 더 남아 있었지만 귀가하고 말았다.

만청은 멋진 외제차에 아가씨를 태우고 질주하고 있었다. 아가씨가 소리쳤다. "만청씨는, 정말 굿 드라이버예요. 나는 굿 드라이버에게 뽀뽀해주고 싶어요!" 만청은 "좋아요, 좋아!" 하면서 액셀을 힘껏 밟았다. 초등학생들을 가득 태운 관광버스가 문득 가로막았다. 만청은 비명을 지를 새도 없이 버스를 들이받았다.

만청은 소스라치며 일어났다. 온몸에 식은땀이 줄줄 흘렀다. 만청은 그날 운전학원에 가지 못했다. 그다음날도 가지 못했고, 다음다음날도 못 갔고, 계속 못 갔다.

1년 뒤에야, 만청은 다시 운전학원에 갈 수 있었다. 장가가 문제가 아니었다. 면장은 대놓고 갈궜다. '운전 못하는 누구 하나 때문에 면사무소 일이 안 돼. 사지육신 멀쩡한 사람이 사무실이 제 안방인 줄 알아요. 이 나이 먹은 면장아줌마가 직접 가가호호 찾아다니면서 공무수행을 해야겠냐고.'

등록할 때 여직원이 물었다. "1종 보통이지요?" 만청은 얼굴이 벌게져서는 낮은 목소리로 말했다. "아뇨!" "그럼 1종 오토요?" "아뇨!" "그럼 2종이요?" "예." 여직원이 "2종 보통"이라고 중얼거리며 자판을 두드리려고 했다. 만청은 황급히 말했다. "저, 오토요!" 여직원이 만청의 얼굴을 빤히 쳐다보았다. "2종 오토요?" "예!" 자격지심이겠지만, 여직원이 '그건 아줌마들도 안 따고 나이든 할아버지나 따는 건데, 이거 아주 바보인가봐' 하는 듯했다.

만청은 궁금했다. 대한민국 삼십대 남자 중에 운전면허증이 없는 이는 몇 명이나 될까. 만 명? 천 명? 백 명? 그 희귀종들은 잘 살고 있을까? 그러니까 그는 '보통' 삼십대 남자가 되기 위해 운전면허증을 따야만 하는 것이다. 죽기 아니면 까무러치기로!

# 첫사랑을 만나다

　　　　　　그녀는 제대로 '첫 경험'을 하고 있었다. 마흔세 살에 처음 타보는 스케이트. 멋모르고 두 발로 섰다가 즉시 고꾸라졌다. 일어서다가 또 미끄러져 나뒹굴었다. 얼음판에 팽개쳐진 곰돌이 인형처럼 허우적댔다. 엉덩이 어깨 무릎 팔 안 쩛은 데가 없었지만, 아프다기보다는 되게 창피했다. 이렇게 타기도 어려운 걸, 춤까지 추는 김연아 키드들이 참 존경스러웠다. 그녀를 일으켜세워주던 보조요원 아가씨를 껴안고 또 한번 꽈당 했다. 그녀는 결국 엉금엉금 기어서 얼음판 밖으로 나왔다.

스케이트 체험은 엄마가 되지 않았다면 절대로 해보지 않았을 짓 중의 하나였다. 그녀는 엄청 비쌀 줄 알았다. 입장료가 서울랜드나 민속촌 같은 데처럼 기절초풍할 만하고, 스케이트 대여료 또한 어마어마하게 비싸서, 한 시간 타는 데 1인당 3만 원은 무조건 넘을 줄 알았다. 골프를 한 번도 안 쳐본 그녀는, 골프는 돈이 무한정한 사람이나 치는 거로 알았는데, 스케이트도 돈이 남아도는 가족이나 즐기는 거로 알았던 것이다.

학교에서 체험활동으로 빙상장에 다녀온 아들이 졸랐다. 아들 성화에 못 이겨 큰 맘 먹고 왔는데 그녀의 예상과 달리 1인당 입장료는 3천 원, 스케이트 대여료도 3천 원에 불과했다. 그리고 세 시간이나 탈 수 있다는 것이었다. 이 빙상장이 민간기업이 운영하는 것이 아니라, 시청에서 운영하는 것이기에 가능한 것이겠지만, 그녀는 감격했다. 시청이 하는 일에 감격까지 해보는 일도 '첫 경험'이었다. 어디를 가든 바가지를 썼다는 야속한 기분이 들었던 그녀는, 이미 만족했다. 더는 얼음판에 발을 들여놓지 않고 밖에서 아들 타는 거 구경만 해도 손해가 아닐 듯했다.

그녀는 앗! 저도 모르게 신음을 토했다. 학교 체험 때 처음 타보고 오늘 두번째로 타보는 아들이 뒤뚱대다가 고꾸라져서가 아니었다. 역시 생애 최초로 스케이트를 타보는 남편이 벽을 붙잡고 굼벵이처럼 전진하는 게 우스꽝스러워서도 아니었다. 두 여자애 손을 붙잡고 쌩쌩 내달리는 저 남자, 남편보다 10센티나 큰 저 남자, 벌써 대머리가 까진 남편 따위는 비교할 수 없을 만큼 헤어스타일이 멋진 저 남자, 남편보다 조건이 훨씬 좋은 직장에 다니는 저 남자(학교 선생님이라는 소식을 오래전에 들었다) 때문이었다.

틀림없이 '첫사랑'이었을 테다. 그는 대학생이었고, 그녀는 교육청 말단 공무원이었다. 그녀는 요샛말로 하면 비정규직으로서 무늬만 공무원이지 실속은 알바에 불과했다. 교육청에 진짜 알바를 나온 그는 쉬이 상처받는 그녀의 치유사였다. 그와 사귀었던 5년을 어떻게 잊겠는가. 애초 2년은 그저 친구였다고 해도, 나중 3년은 진지하게 사랑을 했었다. 그녀는 스물다섯 살 때 그와 헤어졌다. 18년 만에 그를 '본' 것이다.

솔직히 말해서 그를 잊은 적이 없다. 18년은 그를 완전히 잊게 한 게 아니라, 그와 사귀었던 여러 장면을 잊을 수 없는 추억으로 둔갑시켰다. 그는 틈만 나면 생각이 났다. 꿈에 찾아올 때도 잦았다. 남편이 들으면 열 좀 받겠지만, 지금의 남편이 아니라, 그와 결혼했다면 어떤 삶을 살고 있을까 상상을 펼친 적도 숱하다. 남편한테 미안했지만, 생각이나 꿈은 그녀가 통제할 수 있는 것이 아니었다.

쉴새없이 빙상장을 휘도는 그와 그의 피붙이들의 멋진 모

습을 보다가, 오리들처럼 뒤뚱 걸어서 겨우 한 바퀴를 돌아
온 남편과 아들을 보자 헛웃음만 나왔다. 스케이트를 가장
못 타는 부자는 무척 자랑스러운 얼굴로 신이 나서 성화를
해댔다. 빨리 나오라는 것이었다. 돈 아깝게 구경만 할 거냐
고. 싫다고 벋대보았지만 아들놈의 생떼를 어찌 감당하겠는
가. 구경만 하는 엄마들도 많건만, 그녀는 다시 얼음판에 발
을 디뎠다. 벽을 붙잡고 한 걸음 한 걸음 나아갔다. 지들도 형
편없는 실력인 주제에, 도저히 보조를 맞출 수가 없다고 불
퉁거리더니 부자는 뒤뚱뒤뚱 앞서갔다.

가까스로 30미터나 왔다. 식은땀이 줄줄 흐른다. 창피한
생각이 줄어들자 나름대로 재미있다. 돌아가고 싶지만 돌아
가기엔 너무 많이 왔다. 마흔셋, 벌써 이렇게 많이 먹다니. 삼
십대까지는 정초에 계획이란 걸 세웠다. 마흔 넘어서는 계획
세울 생각조차 하지 않았다. 지킬 수가 없는 계획을 세우는
짓조차 귀찮아진 것일까. 젊은 날, 나는 얼마나 계획이 면밀
한 사람이었나. 정초에 새 수첩에 연간계획을 꼼꼼히 작성하
던 내 모습.

그녀는 흔들리는 풍경 속에서 젊은 날의 자신을 만났다.
그녀도 꿈을 위해 사랑을 버린 숱한 젊은이 중의 하나였다.
물론 꿈은 이루지 못했고, 꿈을 이루기 위한 계획에도 무성
의해졌고, 흘러가는 물처럼 어느새 마흔셋인 것이다. 아득하

게도 앞으로도 살아야 할 날이 한 바퀴 도는 데 남은 70여 미터의 얼음판처럼 미끌미끌 멀었다. 그가 조금만 더 빨리 임용고시에 합격했다면 그와 결혼했을지도 몰라.

나자빠진 그녀는 막 웃음이 나왔다. 창피함을 버무릴 때는 웃음이 최고다. 그녀는 후닥닥 일어서려고 하다가 윷가락처럼 통통댔다. 누군가 손을 내밀었다. 영화의 한 장면처럼, 그 사람이다. 그는 억센 손아귀 힘으로 그녀가 벽을 기대고 설 수 있도록 지지해주었다. "조용순씨 맞지요!" 그가 활짝 웃으며 알은체를 했다. 18년 만에 첫사랑을 '보았던' 그녀는, 첫사랑을 '만나기까지' 했지만, 영화의 한 장면답지 않게 가장 먼저 든 생각은 이 광경을 쫌팽이 남편이 보면 어쩌나, 였다. 하지만 곧장 담대한 마음이 들었다. 까짓것 보면 어때! "민재씨, 오래간만이에요." "사실은 아까부터 용순씬 줄 알았어요." "나도요."

무슨 말을 더할 수 있을까. 고민할 필요도 없이, 두 계집아이가 제 아빠의 팔을 끌고 갔다. 그녀의 아들도 뒤쪽에서 나타나서는 엉덩이에 헤딩을 했다. 두 계집아이와 아들 녀석은, 그와 그녀가 결혼했다면 태어나지 못했을 운명들이다. 그와 그녀가 헤어졌기에 태어난 멋진 아이들이다. 별생각을 다한다. 그녀는 속으로 자신을 나무라고, 나머지 얼음판을 전진했다. 얼음바닥 밖으로 나가는 출입구가 여럿 있었지만, 최소한 한 바퀴는 돌자는 오기가 생겼다. 본전은 뽑아야지! '아줌마답게' 본전 생각이 난 것 같아, 그녀는 참 흐뭇했다.

드라마 삼매경이던 남편이 옛날 사귀었던 여자를 생각나게 하는 장면이라도 나왔는지 문득 옛 여자의 이름을 발설한 때가 있었다. 당연히 기분이 몹시 나빠서 되우 괴롭혀주었다. 그녀는 남편 앞에서 그런 실수를 한 적이 없었다. 그의 이름을 말하면 남편도 기분이 나쁠까? 남편의 기분이 더러워질까 봐 그의 이름을 꼭꼭 감춰둔 게 아니다. 꼭꼭 감춰두어야만 그 사랑스러웠던 과거가 더욱 소중하게 간직될 것이라는, 좀 엉뚱한 생각 때문이었다.

쫌팽이 남편은 그녀와 그의 너무나도 짧은 만남을 멀리서 목격했고, 뭔가 눈치를 챘는지, 거의 고문을 해댔다. 간지럼을 태우고 꼬집고 난리도 아니었다. 하지만 그녀는 결코 말하지 않을 생각이었다. 그가 누구인지, 그와 어떤 놀이를 즐겼는지, 그와 어떤 음식을 먹으러 다녔는지. 그녀는 징징대는 남편에게 말했다. "뭘 그렇게 알고 싶어해? 나는 자기가 어떤 여자들이랑 거시기 했는지 하나도 안 궁금한데." "나는 너무 궁금해! 너무 다정해 보였던 말이야!" 아들이 말했다. "부부 싸움 그만하고, 한 바퀴 더 돕시다!"

# 아주 사소한 분노

탁구는 의외로 돈이 들었다. 한 시간 칠 때는 겨우 만 원 들여 처자랑 참 재미있게 놀았다고 생각되었지만, 두 시간 칠 때는 2만 원씩이나 나오다니 너무 비싸잖아! 풀린 스트레스 도로 쌓이는 것처럼 뒷맛이 썼다. 조삼모사 원숭이가 따로 없었다. 그래서 조시광(43세)은 애타게 기다렸던 것이다. 관리사무소 지하 주민탁구장의 개장을.

그는 기억하고 있었다. 1년 전쯤 스피커에서 울려퍼졌던 훌륭한 소리를. '주민들의 건전한 여가생활과 체력단련을 위하여 관리사무소 지하에 탁구장을 마련하였으니 애용해주시기 바랍니다.' 글쎄, 다른 아파트단지는 어떤지 모르겠지만, 주민들을 위해 참 애쓰는 입주자대표회의와 관리사무소 분들인 것 같아, 뿌듯했다.

정초에 아이가 예능프로에서 개그맨들이 탁구 치는 걸 보더니, 자기도 탁구 치고 싶다고 수선을 떨었다. 경비실에 갔더니 '폐쇄되었다'고 했고, 관리사무소에 전화했더니 '페인트 칠을 했는데 유독한 냄새가 빠지는 대로 다시 개장할 것'이라고 했다. 그후에도 두어 차례 경비노인께 여쭤보았지만 '폐쇄되었다는데 왜 자꾸 묻느냐'는 것이었다. 아이는 탁구에 매료되었다. 덕분에 사설탁구장에 여남은 번 갔는데 갈 때마다 돈이 아까운 것이었다.

바야흐로 봄, 유독한 냄새가 빠졌어도 천 번은 빠졌을 시간이 흘렀다. 그런데 경비노인의 대답은 변함이 없었다. '몇 번을 말해야 되느냐. 탁구장은 폐쇄되었다.'

이상한 일이었다. 경비실에 전화하고 찾아가는 일은 참 쉬운데, 관리사무소에 전화하거나 찾아가는 일은 괜히 어려웠다. 하여튼 사무소에 어렵게 전화를 했더니, 당직자가 '가서 탁구 치면 되신다'고 했다.

경비노인께 좀 섭섭했다. 무조건 폐쇄되었다고 하신 거잖아. 아이가 또 돈 내고 탁구 치러 가자고 조르던 판이라, 그는 경비실로 뛰어갔다. 경비노인은 '폐쇄되었다고 몇 번을 말하나 모르겠네. 주말에 당직하는 사람은 전기기술자인데 그 사람이 뭘 알겠소, 모르고 한 말'이라는 것이었다.

그는 진실을 알고 싶었다. 평일에 조기 퇴근하여, 관리사무소를 찾아갔다. 사무소 사람들 대여섯이 머리를 맞대고 있었다. 그는 주민임에도 불구하고, 주민들의 위탁을 받아 아파트를 관리해주는 사람들이 제복을 입고 회의하는 모습을 보자, 높으신 분의 질책을 받기 위해 홀로 불려갔을 때처럼 괜히 떨렸다. 그는 '탁구가 어쩌고저쩌고 경비아저씨가 어쩌고저쩌고' 벅벅댔다. 자신이 어른들한테 떼쓰러 온 어린애처럼 보인 듯해서 겸연쩍었다. 관리소장님인 듯 가장 세 뵈는 오십대 초반쯤 되는 사내는 너무도 쉽게 대답해주었다. '경비실에 가서 탁구장 열쇠 받아서 치면 된다'는 것이었다.

그는 사무소까지 찾아가게 한 경비노인께 되우 섭섭했다. 알지도 못하면서 폐쇄되었다고 우기신 거잖아. 당장 경비실로 뛰어가서 뭐라고 했더니, 노인 왈 '누가 뭐라고 했어요?'였다. 이게 어떻게 된 일이지? 그에게 탁구장이 폐쇄되었다고 박박 우겼던 경비노인은 다른 분이었던 것이다. 선선한 경비노인을 '선'이라고 하고, 우김쟁이 경비노인을 '우'라고 해두자.

선노인에게 열쇠를 받아 관리사무소 지하 탁구장에 갔고 두어 시간 잘 쳤다. 반지하였다. 공기가 아주 탁해서 목과 폐에 상당히 안 좋을 것 같았지만, 기대 이상으로 괜찮은 탁구장이었다. 신이 났다. 공짜가 그렇게 기쁠 수가 없었다. 공짜라 그런지 탁구도 더 잘 쳐지는 것 같았다. 아이는 당장 '여기로 만날 와서 연습해 국가대표가 되겠다'는 야망을 품었다.

다음날도 퇴근하자마자 아이와 함께 경비실로 직행했다. 우노인은 석 달간 되풀이해온 그 말을 또 하셨다. '탁구장은 폐쇄되었다. 왜 자꾸 귀찮게 하느냐?' 그는 기가 막혔다. '어제도 여기 경비실에서 열쇠 받아 쳤다'고 말해도 우노인은 막무가내였다. '나는 어떤 말도 듣지 못했다.' 우노인은 (경비업계에 발을 들이기 전에 훌륭한 직장에서 수천 사람을 통솔한 이력을 도저히 숨기지 못하겠는 듯), 좀 야단치는 스타일이었다.

그는 일개 주민으로서, 아무리 나이가 많으신 분이라지만, 어쨌든 주민들에게 고용되신 셈인 경비님께서, 자기를 나무라는 것 같은 기분이 들어서 무척 불쾌했다. 게다가 아들이 지켜보고 있어서 화가 치밀었다. 아들에게 아빠는 세상에서 가장 힘센 사람이다. 아빠라는 존재가 얼마나 비루하고 가엾은 존재인지 깨닫기 전까지, 아들에게 아빠는 슈퍼맨이다. 그런데 그 아빠가 경비노인에게 꾸중듣는 것처럼 보이지 않았겠는가. 그렇다고 마주 화를 내기에는 좀스러운 상황이었다.

그가 계속 애원조로 말하자, 우노인은 경비대장에게 전화를 걸었다. 경비대장도 탁구장은 폐쇄된 거로 알고 있나보았다. 우노인은 그것 보라는 듯이 뭐라 뭐라 했다. 자신이 '안 되는 걸 되게 해달라고 떼쓰러 온 철부지'로 느껴질 만큼 기분 나쁘게 들렸다. 그는 아이를 데리고 경비대장 초소로 갔다. 경비대장도, '죽을 불알(탁구장) 가지고 웬 시비냐'는 투로 말했다. 그는 뒷목 잡고 쓰러질 것 같았다.

그때 구원처럼 관리사무소의 빛나는 창문이 보였다. 왜 퇴근을 안 했지? 하여간 그는 정의를 위해 싸우는 투사처럼, 사무소로 뛰어갔다. 입주자대표회의 날인가 보았다. 그 회의에 참석하기 위해서 서류를 준비하고 있던 관리소장은 (이쪽이 당한 해괴한 꼴을 열심히 설명해도) 건성으로 듣는 듯했지만 참 쉽게 해결해주었다. 경비대장에게 전화를 걸어 탁구장을 열어주라고 한 것이었다. '열어주세요, 열어줘!' 그는 구걸하러 와서 동전 한 닢 동냥 받는 기분이 들었다. 탁구를 치는 내내 그는 속상했다. 탁구 한번 쳐보겠다고, '상당히 쪽팔린' 것 같았다.

그는 탁구장에 정나미가 떨어졌다. 더러워서 다시는 탁구 치러 안 가겠다고 선언했다. 단단히 삐친 남편을 두고 아내와 아이가 탁구를 치러 다녀왔다. 그런데 우노인이 또 그랬다는 것이다. 우노인이 또 열쇠가 없다면서 경비대장 초소로 보냈다는 것이다. 그는 폭발했다. 꾹 누르고 있던 분노가 활화산처럼 솟구쳤다.

그는 경비실로 달려가 우노인에게 따졌다. 우노인은 당당했고 조금도 수그러들지 않았다. 우노인에게 미안하다는 말씀은 바라지도 않았다. '내가 잘 몰라서 그렇게 되었다'는 말 정도만 들어도 소원이 없을 듯했다. 그러나 우노인은 끝내 그 말을 해주지 않았고, 그는 제 아버지와 거의 동갑인 노인에게, (쌍욕만 안 섞었을 뿐) 경로사상은 들어본 적도 없는 천둥벌거숭이처럼 싸가지 없이 바락바락 대들었다.

그는 자기가 왜 그렇게 화가 났는지 정확히 설명할 수는 없었다. 하지만 그토록 화를 냈다는 것이 오래도록 창피했다. 주민을 이리 가고 저리 가게 한 시청 공무원 뺨치는 우노인에게 쌓인 악감정, 주민의 호소를 우는 아이에게 떡 주듯 전화 한 통으로 간단히 해결해준 관리소장에 대한 애매한 불쾌함, 쓸데없는 방송은 그렇게 자주 하면서 '탁구장의 현재 상황' 같은 것은 방송하지 않은 관리사무소의 성의 없는 행정에 대한 답답함, 아이 앞에서 왠지 손상당한 것 같은 아빠 체면, 탁구 한번 쳐보겠다고 피운 그 난리들에 대한 자괴감……

그토록 사소한 일에 그토록 감정을 소모했다는 것이 억울하고 부끄럽기까지 했다.

# 봉황기 고교야구

뜨거운 여름이다. 소나기가 쏟아질 때만 잠깐 시원하다. 지붕 덮인 지정석도 그늘이 무색하게 가만히 있어도 땀이 줄줄 흐른다. 저 푸른 잔디밭, 하지만 땡볕 쏟아지는 오후, 누가 돈 준다고 해도 맨정신으로 서 있을 엄두가 안 날 만큼 자글자글 끓는다.

그런데 저 열탕의 그라운드에서 던지고 때리고 달리고 몸을 날리는 사람들이 있다. 청소년들이다. 제40회 봉황기 고교야구대회에 참가한 학생들이다. 주전은 대개 3학년이다. 평범한 고등학생이 영수국에 목숨걸고 살았다면, 그들은 야구에 목숨걸고 살았다. 중학교 초등학교 시절까지 통틀어 말한다면 10년 가까이 야구만 생각하고 야구만 했다. 프로구단에 지명받아 곧바로 직업선수의 길로 들어서지 못한다면, 대학에라도 가야 한다. 좋은 성적을 내야 한다. 그러니까 그들은 지금 수능시험을 치르고 있는 것이나 마찬가지다.

오후 3시. 새로운 경기가 개시된다. 승리하면 16강에 든다. A팀 선수는 서른 명 가까이. B팀 선수는 고작 열다섯 명. 전국에 53개의 고교야구팀이 있는데 학교마다 선수 숫자가 차이 난다. B팀은 선수가 부족한 학교들이 대개 그렇듯이 재단과 동창회의 지원이 시원치 않다. 중학교 때 우월했던 선수들을 스카우트하지 못했다. 1, 2학년 선수가 다섯 명에 불과하다. 3학년 열 명이 졸업하고 나면 해체될지도 모른다. 선수들이 모자를 벗고 고개 숙여 인사한다. 과거의 거수경례는 거의 사라졌다.

관중은 많지 않다. 300명이나 될까. 절반 이상이 학부모와 동문이다. "야구장에서나 봅니다." 학부모들이 나누는 수인사다. 자신들이 사는 고장에서보다 전국 각지의 야구장에서 더 자주 만난다. 생업과 직장과 취향이 다른 그들은 야구장에서 하나가 된다. 자기 아들의 팀이 승리하기를 간절히 바라는 한마음이 된다. 학부모는 아니지만 자기 모교 팀의 경기를 직접 보며 응원하지 않고는 견딜 수 없는 열성 동문도 있다. 봉황기가 열리는 수원시 인근에 살아 기회다 하고 구경 온 동문도 있지만, 부산에서 광주에서 강릉에서 만사를 제쳐 두고 온 동문도 있다.

그리고 나머지 관중들, 특정 고교를 응원하지 않는 그들은 야구를 몹시 사랑하는 이들이라고 해도 좋을 테다. 노인들이 많다. 은퇴 후의 심심한 나날을 견디는 데 이보다 좋은 건수 는 없을 테다. 7천 원만 내면 종일 야구를 볼 수 있다. 노인들 이 젊었을 때가 고교야구 전성기였다. 노인들은 향수에 젖는 것인지도 모른다. 중년 사내들도 있다. 휴가를 야구장에서 보 내는 모양이다. 물론 백수들도 있다. 백수에게 이토록 저렴한 가격으로 오랜 시간을 때울 만한 곳도 드물 테다.

A팀의 일방적인 승리, 5회 이내의 콜드게임이 예상되던 경기였다. 하지만 선수층이 얇은 B팀의 투수가 만만치 않다. B팀 투수는 볼넷을 남발하면서도 A팀의 소문난 강타자들을 꾸역꾸역 막아냈다. 3연속 볼넷을 내주어 만루를 허용하고 는 내야플라이와 병살타로 이닝을 마무리하는 식이었다. 반 면에 초고교급으로 평가받는 A팀 투수는 B팀 타자들을 삼진 아니면 내야땅볼로 처리해나갔다. 5회까지 B팀은 단 한 명만 1루를 밟았다.

입장이 통제된 외야석에는 관중이 단 한 명도 없었다. 양 쪽 내야석에는 각 여남은 명의 관중이 있었다. 내야석은 그라운드와 마찬가지로 그늘 한 점 없었다. 저들은 선수도 아닌데 왜 하필이면 몹시 뜨거운 데에서 경기를 보고 있는 것일까? 하루에 네 경기를 해도 홈런이 하나도 안 나오는 날이 대부분이었지만, 파울은 곧잘 나왔다. 그들은 파울볼을 주울 속셈이었던 것이다.

좌타자가 파울볼을 날렸다. 초등학교 2학년쯤 되는 아이의 머리 위를 지난 공은, 꼭대기 스탠드를 강타한 뒤 낙하하여 아이로부터 20미터쯤 떨어진 의자 밑으로 굴러들어갔다. 아이는 당연히 제 것이라 생각하며 뛰어갔다. 하필이면 아빠는 화장실에 가 있었고, 40미터 거리에 중학생 형이, 60미터 거리에 오십대 아저씨가, 100미터 거리에 사십대 아저씨가 있었다.

아이가 제일 먼저 도착했다. 아이가 공에 손을 뻗는 순간, 100미터를 달려온 사십대가 발로 공을 찼다. 아이는 헛짚으며 엎어졌고 의자 밑으로 빠져나간 공을 잡은 사십대는 부리나케 달아났다. 아이는 울었다.

그래도 아이는 그날 다섯 시간 동안 두 경기를 본 끝에 공을 세 개나 차지했다. 하나는 아빠가 다른 어른들과 경쟁 끝에 쥐었고, 하나 10미터 거리에 떨어진 것을 몸을 날려 스스로 쟁취했고, 하나는 지정석 관중들의 "애 줘라!" 합창에 굴복한 어른이 양보한 것이었다. 아빠가 말했다. "거봐, 좋은

어른도 있잖아! 저 야구글러브 낀 엉아들 봐. 하나도 못 잡았
잖아. 우리는 운이 되게 좋은 거야."

그토록 처절한 경쟁 끝에 파울볼을 차지하는 이들도 있었
지만, 아무 생각도 안 하고 있는데 거의 앞에 떨어지는 경우
도 많았다. 지정석 관중석으로 날아간 파울볼들이 그랬다. 거
기 관중은 확실히 공보다는 경기에 관심이 있는 이들이었지
만 파울볼이 날아오면 한바탕 흐드러졌다.

7회말, B팀 투수가 또다시 만루 위기를 맞았다. 이번에도
위기를 넘길 수 있을 것인가. 양쪽 학부모와 동문은 응원의
소리를 애타게 외치고 있었다. 한쪽은 때리라고, 한쪽은 아웃
시키라고. 그라운드에도 더위를 저미는 듯한 긴장이 흐르고
있었다. 수비하는 선수들은 투수를 향해 "공, 좋아! 맞춰 잡
아!" 격려 소리를 높였고, 공격측의 더그아웃 선수들은 타자
를 향해 "안타!"를 부르짖고 있었다.

쳤다. 평범한 플라이처럼 보였는데, 우익수가 어이없이 놓
쳤다. 싹쓸이 2루타로 둔갑했다. 환호성과 신음과 비명이 뒤
엉켰다. 우익수는 여러 날을 괴로워할 것이다. B팀 감독은 투
수를 교체했지만 계속 맞았고 순식간에 7 대 0이 되고 말았다.
7회 콜드게임 종료다.

모두가 최선을 다했지만 한 팀은 져야만 했다. B팀은 올해
네 번의 전국대회에 참가했지만 한 번도 4강에 들지 못했다.

3학년 선수들은 대학에 가기 힘들 테다. A팀은 앞으로 두 번만 더 이기면 올해 두번째로 4강에 든다. 처음과 마찬가지로 나란히 선 선수들이 모자를 벗고 스치듯 인사한다. 승자들은 기쁨을 억누르고 패자들은 슬픔과 상실감에 어쩔 줄을 모르고 있다. 그것은 학부모들도 마찬가지였다. 패자들의 학부모는 아들들을 어떻게 다독거려야 할지 마음이 무거웠다. '최선을 다했던 오늘의 시간'이 아들들의 인생에 한밑천이 될 것임을 믿을 도리밖에 없었다.

저들은 선수도 아닌데
왜 하필이면 몹시 뜨거운 데에서
경기를 보고 있는 것일까?
하루에 네 경기를 해도 홈런이 하나도
안 나오는 날이 대부분이었지만,
파울은 곧잘 나왔다.
그들은 파울볼을 주울 속셈이었던 것이다.

# 버터플라이 새우튀김

　　　　　　　수도권 S시 행운동 만복마을 도로변 한
귀퉁이, 10평짜리 '행복포차'는 그 고즈넉한 동네의 유일한
술집이었다.

　행복포차는 오후 다섯시쯤 문을 열었다. '엄니' 김갑순
(1947년생)은 아홉시까지는 사나이들 밥 차려주느라고 정신
못 차리게 바빴다. 막노동 다니는 중늙은이, 동남아 출신 공
장 노동자 등을 비롯하여, 직업 다양하고 연령대 천차만별인
사내들이 노가다판 함바(간이식당) 드나들 듯 저녁을 먹고 갔
다. 평일 평균 30명 정도. 대개 이 마을의 싸구려 사글셋방에

서 자취하는 가난한 사내들이었다. 갑순은 아무 찌개가 꼭 있고 반찬이 열 가지나 되는 저녁밥을 차려주고 3천 원을 받았다.

걸어서 10분 거리에 있는 S역의 노숙자들에게도 소문이 나서, 어쩌다 3천 원이 생겼다고 일부러 찾아오고는 했는데, 지금은 노숙자는 절대 사절이다. 갑순은 말했다. "왜냐하면 냄새가 안 빠져. 불쌍해서 남들보다 곱절로 챙겨주고 그랬는데, 그 사람들 가고 나면 냄새가 안 빠져. 주모인 나도 이 안에 앉아 있을 수가 없는데 누가 술을 마시겠냐고! 미안하지만 어쩔 수 없는 건 어쩔 수 없어."

아홉시 무렵부터 자정까지는 단골들의 시간이었다. 이 마을에서 목에 힘 좀 주고 사는 노인네들인데 낮에 경로당에서 다 못 푼 말이 있는지, 행복포차를 밤 경로당 삼아 열변을 토했다. 갑순은 기꺼이 술도 쳐주고 맞장구도 쳐주고 따라주는 술 받아 마셔주기도 했다. 노래를 청하면 불러주었고, 여자 손 잡아본 지 오래인 늙은이에게는 손도 잡혀주었다. 갑순을 너무나도 사랑한 홀아비가 있었다. 갑순을 독차지하려던 홀아비는, 다른 노인들에게는 왕따를 당하고 갑순에게는 "이러지 마셔. 나는 남자라면 지긋지긋해. 제발 같이 살자는 말 다시는 하지 마셔!"라는 소리만 듣다가 홧김에 이사를 가버렸다.

새벽에는 유흥가에서 일하는 아가씨들이 릴레이로 찾아

왔다. 5년 전 개업했을 때 길 잘못 찾아들어 우연히 들른 아가씨 몇몇에게, 술만 마시면 속 버린다고 누룽지밥을 챙겨주고 그랬는데 그게 소문나서, 그 동네 아가씨들의 전속 새벽식당처럼 된 것이었다. 아가씨들은 말했다. "아우, 그 드러운 동네에는 엄니 집처럼 푸근한 집이 없다니까." 갑순은 아가씨들이 안쓰러워서 손님이 아니라 손녀딸처럼 챙겨주어야 마음이 편했다. 갑순이 아가씨들에게 늘 하는 말이 있었다. "개처럼 벌었어도 영부인처럼 살면 되는 거야. 마음을 오지게 먹어야 써."

1년 전인가, 갑작스러운 소나기를 맞고 한 사내가 뛰어들어왔다. "아주머니, 도대체 여기가 어디래요!" 사내는 제 자취방을 못 찾아 헤매고 다녔던 모양이다. 나중에 알고 보니 사내의 방은 걸어서 3분 떨어진 곳에 있었다. 그날 칼국수를 먹고 간 사내는 그뒤로 날마다 새벽 한두시경에 왔다. 만복마을의 북쪽은 학원가, 동쪽은 유흥가, 서쪽은 먹자골목, 남쪽은 기차역이었는데, 사내는 학원가에서 수학인가를 가르친다고 했다. 밥만 먹고 가는 날도 있었고, 혼자 술을 진탕 먹고 가는 날도 있었다.

저녁밥 먹고 가는 사내들을 빼고 말하자면, 늦저녁에는 늙은이들만 찾고, 새벽에는 아가씨들만 찾는 술집에 '젊은 남자도 온다'는 말을 하게 해준 것은 고마웠으나, 만날 혼자 그러고 있는 것이 볼썽사납기도 했다. 가끔 대작을 해주게 되었는데, 김영수(41세)는 유흥가 아가씨들처럼 '엄니'라고 불러대면서 신세타령을 어지간히도 해댔다. 특이 '이 나이에 장가도 못 가고 있다'는 푸념을 일삼았다.

"모아놓은 돈이 있기나 해?" "그럼요, 학원 차릴 수 있을 만큼 모아놓았죠. 제가 비록 지금은 일개 강사지만 곧 오너 원장이 될 거라고요!" "그럼 내 딸이라도 만나볼 텐가?" "이뻐요?" "나를 닮았으니 말 다했지. 딱 맏며느릿감처럼 생겼어." 갑순은 어렸을 때부터 못생겼다는 말은 아니 듣고 살았지만 예쁘다는 말도 들어본 적이 없었다. 김이 말했다. "엄니를 닮았으면, 후덕하겠네." 갑순은 김이 별로 마음에 들지 않았다. 외모도 시원찮고 말을 섞어보니 진중한 맛도 없고 가르쳐도 수학 같은 것을 가르친다더니 말을 재미있게 하는 것도 아니고, 한마디로 딸을 주기가 아까웠다.

뱉어놓은 말이 무서웠다. 그날로부터 김은 술 석 잔만 들어가면, 당장 따님을 나오라고 해라, 전화번호를 가르쳐달라, 아주 진상을 떨었다. 어느 날인가 시달리다 못해 딸을 불러내어 대면을 시켜주었다. 갑순 앞에서는 그토록 철없이 굴던 김은 딸(39세)을 보자 얼어붙은 눈사람 같았다. 전혀 어울리지 않는다고 생각했는데, 오판이었다.

어미를 닮아 인생에 엔간히 지쳐 있던 딸은 "내 신세에 저 정도 돈 있는 남자면 로또지, 더 뭘 바라겠어", "저 정도 남자면 내 손아귀에 꽉 쥐고 살 수가 있다니까" 이딴 소리를 해댔는데 정리하면 김이 마음에 드는 모양이었고, 김 또한 "엄니를 닮아 상당히 후덕하게 생기셨어요. 제 인생에 다시 만나기 어려운 배필이라 여겨지는데요" 같은 소리를 해대더니, 석 달 만에 애까지 마련해서는 결혼식 날짜를 정해버렸다. 김은 결혼해서도 제 아내는 술 마시는 재미가 없다고 장모를 찾아왔다. 하도 취해서 딸이 와서 질질 끌고 가는 날도 있었다.

사위가 술집 하는 장모를 위해 신경써 해준 일이 있었다. 손수 적은 메뉴판을 보고 "엄니 글씨는 너무 예술적이여!"라고 하더니만, 그게 칭찬말이 아니었던지, 어느 날 컴퓨터 프린터로 메뉴판을 뽑아와서 붙여준 것이었다.

실내 포장마차를 표방하는 술집답게, 포장마차에서 흔히 볼 수 있는 안주들을 팔았는데, 유독 특이한 이름을 가진 안주가 있었으니, 다른 안주보다 이름이 두세 배 긴 그 안주는, 새우를 튀겨 계란말이로 싸고 버터 발라놓은 것으로, 갑순이 티브이 '먹방'프로에 나가서도 꿀리지 않을 거라고 자부하는 바였다.

갑순이 손글씨로 썼던 메뉴판에는 '버터 후라이 새우튀김'으로 적혀 있었다. "엄니, 이 후라이가요, 틀렸어요. 사람들이 표준어를 후라이로 알지만 사실은 플라이거든요." 갑순은 학원에서 선생님 하는 사위의 낱말 실력을 의심할 수 없었고, 그렇게 해서 '버터 플라이 새우튀김'이 탄생한 것이었다.

흔히 아는 '후라이'가 아니고 '플라이'인 것을 엉뚱하게 여겨 왜 저렇게 써놓았냐고 물어보는 손님이 꽤 있었다. '후라이'의 표준어가 '플라이'가 아니고 '프라이'라고 지적해주는 손님도 더러 있기는 했다. '버터 플라이'를 나비로 오해한 손님도 있었다. '나비 모양의 새우튀김'이라고? 신기한 생각에 주문해놓고는, 전혀 나비 같지 않게 생긴 그 안주에 대해서 이게 무슨 나비냐고 주정을 떨다가 갔다. 하여간 그녀는 자랑하고는 했다. "저 안주판 글씨가 컴퓨터로 뽑아낸 것인데, 우리 사위가 해준 것이여! 멋지지요!"

갑순도 모르는 이야기를 하나 덧붙이자면, 행복포차를 동네의 수치라고 여겨 없애려고 애쓰던 만복마을 통장이, 그날 안 좋은 일만 겹쳐서 환장 상태였다. 전전반측하다가 방을 뛰쳐나온 그의 눈에 행복포차 간판이 보였다. 그는 행복포차로 가서 '버터 플라이 새우튀김'을 시켜놓고 소주 두 병을 비웠다. 그는 동네에 이런 술집 하나쯤 있는 것도 나쁘지는 않다고 마음을 고쳐먹게 되었다.

# 드라마작가 J의 올챙잇적

비돈(飛豚, 43세)은 그의 대학생 때 별명이다. 날아다니는 돼지. 180센티가 안 되는 키에 100킬로에 육박하는 몸(지금도 비슷한 풍모다)에서 솟구치는 운동능력은 친구들을 경악시켰다. 그는 못하는 운동이 없었다. 체육대회 때, 그는 농구 축구 씨름 전 종목에 출전하여 팀의 리더로서, 주전선수로서 학과의 상위권 성적을 이끌어냈다.

그는 중학교 때 야구선수였다. 고교야구가 최고의 인기를 누리던 시절이었고, 프로야구가 생기기 전이었다. 그의 포지션은 투수였고, 나름 강속구 투수였단다. 지금도 별다를 바

없겠지만 과거의 학생야구 운동량은 어마어마한 것이었다. 평생 써먹을 만한 운동능력을 연마하게 되는 것이다. 방학중에도 하계, 동계 훈련으로 초주검이 되기도 했고, 지금도 간혹 기사화되고 있지만, 당시에 거의 일상이던 선배들의 얼차려나 폭행 등으로 온몸에 멍이 가실 날이 없었다. 아직 몸이 다 성장하지 않은 상황에서 하루 100~150개의 공을 던졌으니, 팔은 당연히 성할 수 없었다. 팔꿈치 엘보(팔꿈치의 통증과 기능장애를 일으키는 질환)를 겪게 되고 결국 야구생활을 그만두게 된다. 예전 능력은 대학생 때까지 유지되었고, 스포츠라는 걸 선수 차원으로 해본 적 없는 또래들 사이에서 강력한 포스를 분출하기엔 충분했다.

그의 스포츠능력은 드라마작가생활에도 큰 영향을 미쳤다. 그는 드라마작가로 데뷔한 이후 3~4년 동안은 그야말로 무명이었지만, 50분짜리 단막극본을 50편 이상 써내는 지독한 습작으로 견뎠다. 드라마는 엉덩이로 쓴다고도 할 만큼 고된 체력전이다. 그의 체력은 타고난 바도 있겠지만 어쩌면 야구선수 때의 혹독한 연마로 일깨워진 덕분이기도 할 테다.

스물두 살 때 그는 "평생의 사랑"인 시와 만나게 된다. 1학년 때도 시를 자주 만났지만 그냥 "시"라는 게 있구나 한 정도였다. 2학년 초 그는 "목숨 걸고 시를 써보자"는 각오를 하기에 이른다. 당시 시에 목숨 건 친구들의 공부방법은 간단했다. 창비시선과 문지시선을 차례로 죽 읽는 것이다. 그도 그렇게 했다. 하지만 그는 정식 시인이 되지 못하고 대학을 졸업한다. 시인이 되지 못했지만 그는 이러저러한 시집을 정독했고, 수백 편의 시를 썼다. 그의 드라마에 대하여 '시적인 표현'이라고 찬사를 보내는 시청자들이 많았다. 그의 '시적인 표현'은 대학시절 막대한 시 공부와 시 쓰기에서 연유한 것일 테다.

졸업 후, 어느 선배의 알선으로 입사하게 된 회사는 대학교 홍보물을 제작하는 소규모 기획사였다. 디자인 빼고, 기획부터 교정까지 도맡았다. 전임자가 그만두어 금세 편집장이되었고 능력을 인정받았다. 하지만 회사는 파산 위기에 놓여있었다. 그는 침몰하는 배에서 쓸쓸히 하선했고, 아이엠에프가 닥쳤다.

그는 돈을 벌기 위해서 닥치는 대로 글쓰기 알바를 했는데, 그중에 무협지도 한 권 있다. 시인도 못 되고 아직 드라마작가도 못 된 평범한 대학 졸업생이 공들여 쓴 새로운 감각의 무협지는 팔리지 않았다.

그의 방송계 입문은 미미했다. 선배들 연줄로 음악라디오프로그램 구성작가 알바를 한 것이다. 그러나 그의 인생에서 가장 중요한 우연 혹은 필연이기도 했다. 지금의 아내를 벗하게 된 것이다. 여인은 "당신은 드라마적 감각이 뛰어난 것같다. 드라마를 써봐라!" 하고 권했다. 단 한 번도 드라마작가를 생각해본 일이 없었던 그는 어이없었다. 여인은 그런 그를 끌고 가서 무슨 교육원에 등록시켰다. 여인의 배려와 수강비가 아까워서 열심히 수업을 들었다. 그러다가 시나브로 드라마의 매력에 빠져들었다. 이거 해볼 만한 거구나! 재미도 있네!

방송사의 드라마극본 공모에 투고하는 분들은 당선만 되면 하루아침에 인생이 달라지리라 엄청난 기대를 품을 테다. 하지만 교육원에 다닌 지 2년 만에 모 방송국 공모에 당선해 정식 작가로 입문한 그의 현실은 대단할 것이 없었다. 연출자들은 그의 드라마가 "어렵다" "무겁다" "재미없다"고 했다. 그나마 듣기에 좋은 소리라면 "너무 문학적이다"라는 소리였다.

반년이 눈 깜짝할 사이에 흐르고, 드라마작가 자격증만 딴 채 미래에 대한 아무런 보장도 없이 정글로 나가게 되었음을 절감하고 있었다. 방송국은 대개 두 명만 연장계약을 하는데 그해에는 네 명과 연장계약을 했고, 실적이 전혀 없었던 그와도 계약을 했다. 드라마계도 남자작가가 귀했다. 그의 "문학적인 드라마"를 좀더 두고보자는 뜻에서 1년의 기회를 더준 것이라는 소문이었지만, 그 자신은 "남자작가가 귀했기 때문"이라고 생각했다.

1년의 기회라는 것도 사실 대단한 게 아니었다. 매달 90만원씩 받는 것이 다였다. 그는 열심히 써서 작품을 제작국에 올렸지만 단막극 딱 한 편만 제작·방영 되었다. 1년 후 그는 무계약자가 되었다. 다른 방송사는 물론이고 그를 뽑은 방송국도 그에게 미래를 기대하지 않았다.

이 무렵 어떤 원로작가가 보조작가를 구하고 있었다. 시골로 내려가 그곳에 상주하며 일주일에 단막극 두 편 분량을 써야 하는 일이었다. 가장으로서 어깨가 무거웠던 그는 체면 따지지 않고 보조작가의 운명을 받아들였다. 그는 시골에서 1년 동안 죽어라고 썼다. 가족과 생이별한 이름도 명예도 없는 190만 원짜리 보조작가. 그러나 그때 그 생활이 지금의 그를 있게 했다. 그는 교육원 시절 2년 동안 '성실한' 습작기를 보냈다면, 방송작가가 된 다음, 그 시골에서는 '죽기 아니면 까무러치기'의 습작기를 보낸 셈이었다.

보조작가 일도 끝나고 다시 암담해졌을 때 동아줄 같은 연락이 왔다. 대작 드라마의 연장 10회분을 써볼 수 있겠느냐는 것이다. 면접을 보러 갔다. "빨리 쓰신다는 소문은 들었는데 사극도 빨리 쓰실 수 있나요?" "빨리 쓸 수 있습니다." 그는 자신 있게 대답했다. 방송기자들은 아무런 경험도 없는 완전 무명의 작가가 대작의 마무리를 해낼 수 있겠느냐고 크게 우려했다. 그는 모든 우려를 불식시키며 시청률도 무난히 유지한 채 마무리를 해냈다. 이것이 최초의 성공이었다.

그리고 그에게 운명처럼 다가온 작품이 있었다. 여러 작가의 손을 거치며 숱하게 좌초한 끝에, 결국 신출내기 무명인 그에게까지 굴러온 것이다. 그는 그 작품에 모든 것을 걸었다. 힘들 때마다 주문처럼 외었다. "내 딸에게 부끄럽지 않은 드라마를 쓰자. 내 딸이 아빠를 자랑스러워할 만한 작품을 남기자!" 그 드라마가 방영되는 동안, 그는 일약 스타작가가 되었다. "자고 일어났더니 유명해졌다!"가 드라마에서나 가능한 일인 줄 알았는데 실제로 체험한 것이다. 그는 처음으로 "하면 된다"는 말이 진리가 될 수도 있다고 생각했다.

여기까지가 그의 처음이라고 할 수 있을 테다. 처음이 중요하다고 한다. 그가 유명작가군에 속하게 된 지도 벌써 10년이 넘었지만, 그는 '올챙잇적'을 잊어버리지 않기 위해 늘 긴장하고 있다. 그는 요즘도 시를 열심히 읽는다. 생각이 막히거나 글이 써지지 않을 때도, 그저 푹 쉬고 싶을 때도, 그는 시집을 펼친다.

# 글 쓰는 엄마

오빠(조서운, 45세)는 고등학교 국어 교사였다. 독서 전도사처럼 방방 뛰었다. 가는 학교마다 '진짜 독서반'을 만들어 요란하게 운영했다. 폼으로 있던 도서관 혹은 도서실을 학생들 발길로 시장판이 되도록 설쳤다. 작가를 불러와 강연회도 열었다. 독서를 권장하려면 글도 더불어 쓰게 해야 한다고, 학생들을 백일장에 데리고 다녔다. 재능 있는 학생은 문예공모에 작품을 응모하지 않고는 못 배기도록 괴롭혔다.

선생부터 솔선수범하는 모습을 보여야 한다고, 일주일에

한두 권을 꼭 읽고 리뷰(독후감)를 올리는 블로그를 10년째 지속해왔다. 자기와 비슷한 생각을 가진 교사들과 '읽어서 용 되자!'라는 모임도 만들었다. 벽지학교에 도서를 보급해왔고, '청소년 시절에 읽으면 용 되는 책 100권' 같은 리스트로 '소셜 네트워크'를 도배했다. 초지일관 노력한 보람이 있어 세상에서 좀 알아주는 독서운동가가 되었다. 미디어의 책 관련 프로에 패널로 심심치 않게 초청받아 나가는 것을 보면.

뭐, 굉장히 멋진 선생 같지만, 그런 선생 좋아하는 학교 학생 학부모 없다. 입시공부 할 시간도 없는 애들한테 뭐하자는 거야! 오빠는 가는 학교마다 '괴짜'로 통했다. '왕따'당했다. 허구한 날 책을 붙잡고 있거나 학생들 책 읽으라고 갈구느라, 선생들 사이에서 '사교성 제로'로 살았던 것이다.

천부적으로 글 잘 쓰는 학생이 더러 있어 어깨에 힘은 주고 다녔다. 백일장이나 문예공모에서 수상을 하고 내친김에 문예창작학과 같은 데에 합격하는 학생들이 있었다. 이 학생들 아니었으면, 오빠는 꽤나 곤혹스러웠을 테다. 쓰라고 갈구기만 했지, 쓰는 방법은 가르쳐줘본 적도 없고 첨삭지도도 해줘본 적이 없으면서도, 오빠는 "그래도 제가 그 친구들의 재능을 발견해준 공은 있지 않을까요, 하하!" 으스대고 다녔다.

암튼 나름대로 때깔 나게 사는 오빠와 달리 그녀(조평순, 38세)는 참 평범하게 살고 있었다. 경제적으로도 퍽 차이가 났다. 오빠의 부인도 교사였다. "아가씨, 오해이셔요. 교사 월급이 얼마나 짠데. 우리도 서민밖에 안 돼요!" 가난한 소리를 해대는 게 더 알미웠다.

그녀의 남편은 지방에서도 억대 공사나 겨우 노리는 쪼그만 건설회사 과장이었다. 그녀가 보조교사로서 놀이방에서 한 달 동안 아이들 뒤치다꺼리하고 버는 돈이 80만 원이 될까 말까 했다. 새언니의 가난타령을 들으면 속이 편찮았다. 니네가 서민이면 우리는 불우한 이웃이냐?

그해 명절 오누이는 이런 대화를 나누었다. "오라버니, 요새 다방면으로 분주하시니 아는 사람들 되게 많잖아. 뭐, 돈 버는 일거리 좀 없수? 아무거라도 소개 좀 시켜줘. 거, 책 보내기 할 때 누가 싸 보내나?" "애들하고 노는 게 힘들어?" "다른 집 애들한테 잘 놀아주고 와서, 정작 내 애들한테 하나도 못 놀아주잖아. 애들한테 미안해서 더 힘들어. 벌긴 벌어야 하는데……" "그래, 내가 정말 좋은 알바 자리를 알려주지."

오빠는 스마트폰으로 무슨 사이트를 열었다. '공모전 정보'라는 것을 보여주었다. 세상에나! 글쓰기에 돈 주는 데가 이토록이나 많았다니. 그녀는 글이라고 하면 으레 '소설' 아니면 '시'로만 알았는데, '수필'이라는 것도 글이고, '수필' 일등에도 수백만 원을 주며 열 손가락 안에만 들어도, 그러니까 입상만 해도 10만 원을 준다는 데가 한두 군데가 아니었다.

하지만 이 나라 90퍼센트의 삼사십대 여성이 그러하듯, 그녀 또한 글이라고는 '일기'와 대학교 때 리포트와 때때로 가계부 밑에다 끼적인 낙서 같은 것이 전부였다. "오라버니, 날 놀리셔? 내가 무슨 글을 써?"

오빠는 피식 웃고는 장광설을 펼쳤다. "내가 지난달에 무슨 독후감 대회 심사위원으로 초빙받았었잖냐. 나, 정말 놀랐다. 글들을 너무 잘 쓰셔서? 아니, 응모 편수가 너무 적어서. 일반부 1등 상금이 500만 원이었거든. 18등 안에만 들면 5만 원이었거든. 그런데 응모자가 달랑 45명이더라. 45명 중에 30명은 낙서야, 낙서. 그냥 아무렇게나 쓴 거거든. 제법 쓴 사람은 다섯 명밖에 안 돼. 여기서 이런 결론이 나오지. 성의껏 쓰기만 하면 최소한 18등은 할 수 있다. 네 처녀 때 쓴 일기를 훔쳐본 기억으로 하는 말이지만 너 정도 문장이면 충분히 가능해." "말로는 되게 쉽게 들리네."

오빠는 참고 사례라면서 떠들었다. 학교에서 어떻게 했느냐, 수행평가로 글짓기 숙제를 내서 일단 싹수가 있어 뵈는 학생을 골라냈다. 그 학생을 불러 유혹했다. "너네 집 가난하지? 근데 다른 애들처럼 용돈은 좀 풍족하게 쓰고 싶지? 알바하자니 공부할 시간은 없고 그냥 가난하게 지내지? 근데 좋은 방법이 있어. 여기 봐봐라. 이게 다 도서상품권을 주겠다는 공모전이다. 여기 당선되면 대학도 특기자로 갈 수 있어. 일타이피지. 원래 글은 '돈' 보고 쓰면 안 돼. 하지만 저명한 작가님들의 '나는 어떻게 작가가 될 수 있었나' 뭐 이따위 글에 나와 있듯이, '돈'을 생각하고 쓰면 글이 잘 써진다. 없던 성의가 생기고 쓰다보면 너도 모르게 어떤 글쓰기 신이 와서 대신 막 써주는 것 같은 현상이 일어난다. 어때 끝내주지? 학생이 '돈' 보고 글 쓰면 안 되니까, '도서상품권' 보고 써볼래? 응, 써보자. 선생님이 첨삭지도는 못해줄망정, 계속 읽어주고 조언은 해줄게. 응응, 쓰는 거다? 쓰는 거야. 약속!" 오빠의 말에 혹해, 글쓰기에 나선 학생들이 열 명이라면 그중에 한 명이 정말로 '당선'하는 성과를 냈다는 것이다.

그날도 그녀는 남의 집 아이들에게 파김치가 되도록 시달리고 퇴근해서 멍청히 앉아 있었다. 자기 아이들이 놀아달라고 찡찡댔다. 얼핏 오빠의 감언이설이 떠올랐다. 그 공모전 사이트에 들어가보니 마감일이 일주일 남은 게 있었다. 주제가 '아버지'였다. 아버지…… 갑자기 그녀의 머릿속은 밀려드는 생각과 감정으로 터질 듯해졌다. 그녀는 컴퓨터 한글프로그램을 열고, 미친듯이 써나갔다. "야, 엄마 돈 좀 벌게 가만 있어!" 아이들은 글 쓰는 엄마의 모습이 낯설고도 무서웠는지 얌전해졌다.

그녀는 자기가 쓴 글을 보고 감동했다. 야, 아주 잘 썼어. 오빠한테 보냈더니, 이런 문자가 왔다. "잘 썼다. 근데 분량이 절반밖에 안 되네. 곱절만 더 써. 사건 몇 개만 더 넣어봐." 뭘 더 어떻게 쓰라는 거야. 이거 쓰는 데도 네 시간 동안 머리 터져 죽는 줄 알았는데. 때려치웠다. 며칠 뒤, 아버지하고 통화를 했다. 갑자기 또 생각과 감정이 솟구쳤다. 이번엔 일곱 시간이나 끙끙댔다. 오빠가 이런 문자를 보내왔다. "잘 썼다. 응모하고 잊어버려라. 기대는 하지 마. 다른 거 써서 다른 데 또 보내라."

이상하게, 그녀는 글을 쓰고 나서 마음이 가벼워졌다. 당선 전화를 받았는데 꿈속의 일이라 허탈하기도 했지만, 어디 남편하고 애 없이 홀로 소풍이라도 다녀온 것처럼 상쾌했다. 그런 날이 오래 못 가고, 또다시 체한 것처럼 찌뿌드드한 날이 계속되었다. 어느 날 그녀는 "아, 맞어……" 비명처럼 토하고는, 공모요강 하나를 확인한 후 뭔가를 쏟아붓듯 써나갔다.

**66**이상하게, 그녀는 글을 쓰고 나서
마음이 가벼워졌다.
당선 전화를 받았는데 꿈속의 일이라
허탈하기도 했지만, 어디 남편하고
애 없이 홀로 소풍이라도
다녀온 것처럼 상쾌했다. **99**

# 가장의 책무

양모진(37세)과 황은미(34세)는 오랫동안 사귀었다. 직장에서 만났다. 업무중 티격태격하는 사이에 미운 정이 쌓였다. 애틋한 정으로 발전했고, 정신 차려보니 연애를 하고 있었다. 얼떨결에 결혼을 약속했다. '형편상' 연애만 하는 사이에 세 해가 흘렀다. 주위에서 아직도 사귀는 거냐고 놀렸다. 누가 보더라도 그들의 연애는 곧 깨질 것처럼 권태로워 보였다. 둘은 지난 크리스마스 때 좋은 밤을 보내다가 당시 한창이던 철도파업에 대한 견해 차이로 대판 싸웠다. 둘은 또다시 이별했으나, 며칠 뒤, 신년 해맞이 여행을 가서 화해하고, 결혼을 최대한 서두르기로 맹세했다. "싸우더라도 일단 결혼하고 싸우자!"

황수보(73세)는 바다를 참 좋아했다. 집으로 인사 온다는 사윗감도, 바닷가에서 보고 싶었다. "일단 밖에서 보자꾸나. 마음에 안 들 수도 있잖니?" 노인은 20여 년 전에 상처했다. 그날 이후 막내딸만 보고 살아왔다. 막내딸이 남자를 데려오겠다는 말에, 기쁘기는커녕 가슴의 절반이 녹아버린 듯 횅했다. 딸과 둘이서 다정하게 살아온 집에, 보기도 전에 싫어죽겠는 그 녀석을 벌써부터 들이고 싶지 않았다.

서울에서 가장 가까운 바다. '형편 따지지 말고 무조건 결혼'을 맹세하고 온 동해안 바닷가와 비교하면 아이들 놀이터처럼 좁았다. 그래도 바다는 바다였다. 정초에 보는 바다라 그런지 희망차게 넓어 보였다. 튼튼한 직장이 있다. 직장에서 위치도 안정적이다. 대출 받으면 7천만 원짜리 전세까지 가능하다. 은미가 보태주면 1억 원짜리 전세로 시작할 수도 있어. 까짓것, 가는 거야. 결혼해야 돈 모은다잖아. 은미 정도면 됐지 뭘 더 바라. 남자는 황씨 부녀를 기다리며 애써 긍정했다.

"이 집에서 최고로 비싼 회를 주세요!" 남자는 호기롭게 주문했다. 노인이 고개를 저었다. "회는 질렸어. 내가 친구들하고 바닷가 오면 늘 먹는 게 회야. 자네, 조개구이 어떤가?" 노인에게 이 바닷가는 추억이 깃든 곳이었다. 아내와 자식들을 주렁주렁 매달고 해변을 뛰어다닌 다음에 꼭 조개구이를 먹었다.

딸이 남자를 대변하듯 말했다. "개그콘서트 '생활의 발견'도 아니고 이런 자리에서 조개구이가 뭐예요. 그냥 회 드세요." 노인은 괜히 고집을 세웠다. "이 나이 돼가지고 먹고 싶은 것도 못 먹는단 말이냐?" 남자가 얼른 말했다. "이 집에서 최고로 비싼 조개구이 주세요."

노인은 흔쾌히 허락해줄 작정이었다. 맞선을 본 것도 아니고 3년씩이나 연애를 했다잖은가. 3년씩이나 사귀고도 같이 살기로 결정한 것들이다. 허락을 하고 안 하고 결국엔 결혼할 것들이다. 딸자식 뺏어가는 놈이니 무조건 밉기는 했지만, 밉다고 괜히 재수없는 말로 심술부릴 생각은 없었다. 보아하니 처자식 굶길 놈은 아닌 듯했다. 그러면 됐지 뭐.

남자는 부지런히 구웠다. 비싼 양복을 빼입고 목장갑 끼고 조개 굽는 게 영 어색했지만, 정성스레 집게를 놀리고 조개 속살을 빼내었다. 노인이 주는 술도 거침없이 받아마셨다.

술이 들어가자 노인은 말이 많아졌다. 과묵형이 아니셨구나. 강의형이셨어. 노인은 한바탕 '가장의 책무'에 대해서 늘어놓았다. 가장은 죽음을 각오하고 처자식을 먹여 살려야 한다는 거였다. 남자는 별로 귀담아듣지 않았다. 무수한 어른께 수십 년간 들어온 소리였다. 하지만 남자는 굉장히 감동적인

이야기를 듣는 양 표정연기를 잘해냈다. (직장 다닌 보람이 있었다!)

잠시 침묵이 흘렀고, 노인이 제일 큰 놈을 가리키며 이게 무슨 조개인지 아냐고 물었다. "잘 모릅니다. 가르쳐주십쇼." 노인은 그 조개뿐만 아니라 나머지 11종의 조개까지 자세히 설명해주었다. 남자는 위대한 가르침을 받는 것처럼 진지했으나, 여자는 화가 났다. "아버지, 가르치러 왔어요? 좀 드세요."

조개 강의에 이어, 노인은 군대 이야기를 꺼냈다. 남자는 속으로 어이가 없었다. 칠순이 넘어서도 군대이야기를 하시네. 나도 그럴라나. 그런데 노인의 군대 후일담은 차원이 달랐다. 노인은 대령 계급장까지 달았던 직업군인이었던 것이다. 예편 후 여러 관공서에서 관리자 노릇을 했지만, 노인에게 으뜸 빛나던 시절은 무궁화 계급장을 달고 호령하던 때였다. 상근예비역 출신인 남자는 주눅들었다.

"허, 나만 얘기했고만. 자네도 좀 얘기를 해보게. 그래, 우리 은미 어디가 그렇게 좋던가?" 노인이 불콰한 얼굴로 껄껄 웃었다. 웃으셨다, 웃으셨어. 내가 마음에 들지는 않더라도 싫지는 않으신 모양이다. 남자는 드디어 임무를 완수한 병사처럼 안도했다. 어쨌든 물으셨으니 대답을 해야 했다. 남자는 은미와 처음 만났을 때를 떠올리며 좋은 점을 몇 마디 얘기했는데, 노인이 갑자기 무시무시한 욕을 했다. 남자는 자기한테 욕을 한 건 줄 알고 어안이 벙벙했다.

노인은 텔레비전에 나온 사람들을 보고 욕한 것이었다. 남자의 말은 듣는 등 마는 등 텔레비전 화면을 보고 있다가 노인정에서 하듯이 일단 욕부터 하고 본 것이었다. 노인은 정치 얘기를 했다. 사실 이야기라기보다는 원색적인 비난이었다. 거의 욕설이었다. 은미가 말했다. "우리 아버지 또 시작했다. 모진씨 귀 막어. 우리 아버지 취미 생활이라니까."

남자는 참고 참았다. 더는 못 참고 노인에게 대들 듯이 말했다. "저들이 무슨 잘못을 했단 말입니까?" "뭐야? 자네도 저놈들 편인가?" "저놈들이라뇨? 가장 노릇을 하기 위해서, 밥줄 자리 지키기 위해서 어쩔 수 없이 그랬는데…… 그게, 그렇게 큰 잘못입니까?" "이런, 고얀! 저놈들 편이구만. 내가 다른 건 다 봐줘도 생각이 틀려먹은 건 안 돼." "생각이 틀리다니요? 아버님 생각이 틀리셨다는 생각은 안 하세요?" "아니, 이 버릇없는 놈 보게. 어디서 감히!" 노인과 남자가 서로 막 말해대는 것을 보다못해 은미가 소리질렀다. "왜들 그래, 그만 해!" 노인과 남자의 논쟁인지 말싸움인지를 멈춘 것은, 빵! 석굴 터지는 소리였다. "은박지를 까놓으셨네. 이러면 터진다고요!" 주인이 나무라고 갔다.

노인은 나가버렸다. 은미가 남자에게 짜증을 냈다. "나 참,

미치겠네. 뭐해, 어서 따라 나가지 않고." "왜?" "왜라니? 잘못했다고 빌어야지." "내가 뭘 잘못했는데?" "나랑 결혼 안 할 거야?" 남자는 제 머리카락을 쥐어뜯었다. 직장을 잃은 두 형을 생각하니 미칠 것 같았다. "너랑 결혼하면…… 네 아버지한테 만날 강의 들어야겠지. 강의는 참을 수 있지만, 욕은, 욕은 어떻게 견디지?" "그래서 결혼 안 하겠다고? 오빠야, 어른들이 다 그렇지 뭐. 대체 뭘 바라는 건데? 우리 젊은 사람들이 끌어안고 가야지 어쩌겠냐고?"

남자는 좀 헤맨 뒤에야 바닷가 한구석에서 노인을 찾아냈다. "아버님, 제가 경망스러웠습니다. 죄송합니다." 노인이 버럭 소리를 질렀다. "뭐가 죄송하다는 건가? 가장은, 쉽게 죄송하다고 하면 안 돼. 처자식 먹여 살리는 일이 쉬운 줄 알아?" 파도가 쳤다. 노인과 남자는 묵묵히 바다를 바라보았다. 멀리서 두 사내를 바라보던 은미가 혀를 찼다. "남자들은 참 철이 없어."

# 입산금지

소심하고 게으른 소판돈(44세)은 산책
할 때마다 저도 모르게 움츠러들었다. 눈빛을 마주치거나 옆
을 스쳐지나간 분들이, '평일 대낮에 사십대 남정네가 아주
편한 복장에 흐리터분한 눈빛으로 홀로 걷고 있다니 안 봐도
뻔하지, 한심하네!' 비웃는 것만 같았다. 요새 같은 세상에 누
가 그런 신경을 써준단 말인가. 어처구니없는 자격지심이라
는 걸 알면서도 괜스레 당당하지 못한 것이었다. 자신의 등
에 〈런닝맨〉에서처럼 '밤에 일하는 사람'이라고 명찰을 붙이
고 다니고 싶었다. 누가 진짜로 붙여준다면 화가 나서 폴짝

폴짝 뛰겠지만.

저수지 오른편에 언덕 같은 산이 있었다. 농업진흥청과 아파트단지들이 그 산을 빙 둘러싸고 있었다. 산이라기보다는 '허파 같은 숲'이라는 말이 더 어울릴 테다. 그 조그만 산은 아주 오래전부터 거기 있었고, 공원에 갈 때마다 그 산을 보았다. 그런데 그 산에 한 번도 가보지 않았다. 저렇게 가까운 산을 왜 한 번도 올라가보려고 하지 않았을까? 문득 되게 기이했다.

그 산으로 가는 사람이 없었다. 남들 다 가는 데를 따라가는 것은 쉬운 일이지만, 아무도 가지 않는 데를 혼자 가는 것은 어려운 일이다. 이제서 말이지만 그 산 아래는 푸른색 쇠울타리(혹은 철망)로 빙 둘러싸였다. 진흥청 안 깊숙이 혹은 진흥청 뒤쪽에 있을 입구까지 가지 않는다면 산에 오를 수 없는 것이다. 농업진흥청만큼 국민 마음 편하게 하는 국가기관이 또 있을까. 그래도 국가기관은 국가기관이다. 평범한 국민이 국가기관 경내를 활보해야 하고 공무원들과 실컷 마주쳐야 하는 산책길을 택하는 것은 쉬운 일이 아닐 테다.

혼자서라도 산에 가보기로 작심했다. 그는 갈림길에서 늘 가던 저수지 둘레 길을 외면하고, 농업진흥청으로 들어갔다. 진흥청이 굉장히 넓다는 것은 알고 있었다. 예전에 진흥청 도서관에서 하루를 보낸 적이 있었다. 그때는 자전거를 타고 갔었는데, 대소 건물이 한없이 흩어져 있었다. 도서관을 찾는 데만도 한참 걸렸다. 도서관은 웬만한 시립도서관 못지않은 규모였으나 을씨년스러웠다. 이용자가 거의 없었다. 하기는 쉬운 소설도 잘 안 읽는 시대에, 농업관계 서적만 빼곡한 그 도서관에 이용자가 많을 리는 없었다. 숱한 팻말이 나타났지만 그 산을 가리키는 팻말은 보이지 않았다. 국가기관 경내를 산책로로 삼은 사람도 볼 수 없었지만, 공무원도 별로 못 보았다. 저 별의별 연구소에서 열심히 일하고 계시리라.

마침내 그 산의 입구를 찾았다. 그 작은 산은 이름도 있었다. 안내표지판에 따르면, 해발 102미터밖에 안 되지만 보통 산이 아니었다. 선사유적지가 있다는 것이었다. 어째 굉장히 먼 느낌이 드는 유적지가 이토록 가까이에 있었다니. 또한 야생동식물보호구역이라는 것이었다. 15톤 트럭도 올라갈 수 있을 것 같은 너비의 시멘트길이 나 있었다. 경비초소 혹은 관리사무소로 짐작되는 컨테이너도 있었다. 그리고 커다란 표지판이 서 있었다.

'입산금지. 이곳 ○○산은 자연환경보호구역으로서 산림자원 및 철새 서식지를 보호하고 산불예방을 위하여 관계자 외 출입을 금지합니다.'

그 옆에는 기어이 입산했을 경우 과태료가 10만 원이라고 또렷하게 적혀 있었다.

그는 '입산금지'를 알리는 표지판을 태어나서 처음 본 것처럼 놀랐다. 21세기 한국 땅에서 입산금지 팻말이라니! 하지만 곧 수도 없이 보았던 '입산금지' 팻말들이 떠올랐다. 특히 휴전선 근처 고장에서 보았던 무시무시한 '입산금지' 팻말들. 그러나 여기 이 산은 국립공원이나 도립공원이 아니다. 무슨 군부대가 있을 것이며 지뢰가 있을 것인가. 그의 상식으로서는 있을 수 없는 곳에 있는 '입산금지'였다.

산책자들은 국가기관 땅을 밟기 싫어 공무원을 만나기 싫어 이 산을 멀리한 것이 아니었다. 그분들은 이 산이 입산금지라는 것을 알고 있었던 것이다.

'입산금지'가 가로막으니 더욱 입산해보고 싶었다. 도대체 어떻게 생겼는지 보고 싶었다. 봄을 준비하고 있을 야생동식물과 만나고 싶었다. 경비초소인지 관리사무소인지는 닫혀 있었다. 지키는 사람도 없었다. 시시 티브이도 보이지 않았다. 외진 곳이라 근처에 공무원도 없었다. 휙 들어갔다가 휙 나오면 된다.

혹시 나올 때 누군가에게 걸리면 한 번만 봐주세요, 너무 보고 싶어서 그랬어요, 빌지 뭐. 딱딱하게 굴면 까짓것 과태료 10만 원 내고 말지. 10만 원 안 내고 버텨도 돼. 고액의 세금 벌금 안 내고 배 째라 버티는 인간들도 수두룩한데 그까짓 10만 원 안 낸다고 누가 잡으러 오겠어.

이런 한심한 생각을 하고 있다는 것이 화가 났다. 그냥 획 들어가서 획 나올 무법정신도 없고, 아무리 사소한 법이라도 지켜야 한다는 확고한 준법정신도 없고, 이도 저도 아니게 입산금지 팻말 앞에서 갈팡질팡하는 자신이 미운 것이었다. 홧김에 소셜 네트워크를 통해 이 산을 입산금지구역으로 묶어놓은 자들에게 싸움을 걸어볼까 하는 투사적인 혹은 명청한 생각도 했다.

연구원 K(33세)는 휴식하러 나왔다가 팻말 앞에서 얼쩡대는 그를 보았다. 수상한 사람한테 신경써서 득 될 것 없다. K는 모른 척했다. 그가 K에게 쭈뼛쭈뼛 다가와서 물었다. "저, 여기 근무하시지요? 저 산 그냥 올라가도 되는 거 아니래요?" "저도 잘 모르겠는데요. 저는 연구실에만 있어서." "여기 높은 분한테 허가받으면 올라갈 수 있나요?" "관리실에 물어보시죠. 아, 아무도 없는가보네." "저기, 저 산에 올라가보셨지요? 어떤가요? 좋은가요?" K는 솔직히 대답했다. "올라가보지 않았는데요." "올라가보고 싶지 않으셨나요? 선사유적지도 있다는데." "제가 산을 별로 안 좋아해서." 누가 두 사내를 봤다면, 개그콘서트에서 제일 못 웃기는 개그맨들 같다고 했을 테다.

결국 그는 그 산에 오르지 못했다. 입산금지한테 졌다. 돌아오는 길에 곰곰 생각하니, 입산금지는 옳았다. 산을 철책으로 에워싼 것은 퍽 잘한 일이었다. 철책을 두르지 않았다면 사람들은 어떻게든 산에 올랐을 것이다. 산책자들에게 입산을 허용할 경우, 선사유적지는 파괴될 것이다. 동물은 다 죽은 목숨일 테고 식물은 짓밟힐 테다. 저수지와 산을 오가는 새들은 근거지를 잃을 테다. 사람의 발길이 저토록 낮은 산하나 결딴내는 것은 일도 아닐 테다. 연구자들은 연구가 불가능한 환경에 빠질 것이다.

그후로도 그는 산책로에서 뻔히 뵈는 그 낮은 산에 절대로 갈 수 없었다. 과태료 10만 원이 무서운 게 아니었다. 입산금지 팻말 하나만 서 있어도 한없이 초라해지는 자신을 두 번다시 만나기 싫었다. 저 산에 올라가봐야지 이런 생각 전혀없이, 예전처럼 그저 바라보기만 했다. 모두 다 함께 올라갈수 없는 산이 하나쯤 가까이에 있는 것도 나쁘지 않다는 생각이 들기도 했다. 입산금지 산은 그렇게 산책자들 곁에 있었다.

# 차돌리기

이덕남(36세)은 스튜디오에서 일한다. 교수들이 종일 드나든다. 교수들은 25분씩 세 차례 강의한다. 교수 한 분당 두어 시간꼴. 하루에 네댓 명. 일주일에 스무 명 넘는 교수를 만난다. 그는 교수들의 열강을 촬영하고 녹음하고 편집한다. 그가 깔끔하게 정리한 완성 동영상 강의를 디지털대학교의 학생들이 보고 배운다. 그는 교수와 학생들을 동영상으로 이어주는 사람이다. 그는 교수의 강의를 가장 먼저 시청한다. 학생들은 자기가 신청한 교과목만 시청하지만, 그는 스무 개가 넘는 교과목을 시청한다.

친구들은 부러워한다. "돈도 벌고 공부도 하고. 가만히 앉아 있어도 머리가 꽉꽉 차겠다. 세상에 네 일처럼 보람찬 직업도 드물 거야." 남의 직업은 부러워하고 자기 직업은 괴로워하는 것이 보통 월급쟁이 마음일 테다. 그도 자기 직업이 부러움을 산다는 것이 이해되지 않았다. 그는 괴로울 때가 더 많았다. "친구들아, 학교 다닐 때 생각을 해봐. 가만히 앉아 있어도 머리가 꽉꽉 찼어? 선생님 말씀이 귀에 안 들어올 때가 더 많았잖아. 계속 딴생각하고 낙서하고 졸고 막 그랬잖아. 나는 말이지, 졸고 낙서하고 그러면 안 돼. 교수님 강의에 집중, 또 집중해야 한다고. 대학원 다섯 곳을 동시에 다니는 기분이야."

그가 시청하는 강의는 다양했다. '나도 소설 쓸 수 있다' '패션 리더 양성론' '조선시대 청소년 연구' '생활체육―씨름의 기술' '정치의 필요성' '요리학 입문' '자기만의 백과사전 만들기' '여가 활용 지도론' '새마을운동 탐구' '세계문화산책' '명작영화 100편' 등등.

여러 가지 이유로 늦깎이 공부를 하게 된 사회인이 대거 다니는 디지털대학교 속성상, 교과목 이름부터가 딱딱하지 않다. 그가 대학교 다니면서 수강했던 교과목 이름과 비교하면 굉장히 친근했다. 그도 처음에는 강의 이름에 혹하여 몇몇 과목은 열심히 들어보기도 했다. 하지만 세상의 모든 강의는 다 똑같았다. 배우고자 하는 뜨거운 마음으로 들으면 부족한 강의라도 명강으로 들린다. 배우고자 하는 마음이 부족하면 훌륭한 강의라도 대수롭지 않게 들린다. 직업적으로 시청하는 강의는, 그에게 그저 똑같은 연극 똑같은 기계음 같았다.

"학생들이 안 보이니까 어떻게 강의를 해야 할지 모르겠네. 에디터 선생님은 나 보고 계신 거죠? 그럼, 나는 에디터 선생님을 학생으로 생각하고 강의할 테니까 코치 좀 부탁합니다. 학생 입장에서 내 강의가 어떤지 판단도 해주시고 조언도 해주시고."

어떻게 도와드릴 수 없는 문제다. 허리를 좀더 펴면, 시선을 더 높이 두면, 강의안을 읽기만 하면 학생들이 안 좋아한다고 하니 손짓도 좀 하면, 이러한 비주얼적 조언은 당연히 드리지만, 강의 자체에 대해서 주제넘게 무슨 말을 할 수 있단 말인가. 그는 시청하고 있지만 보지도 듣지도 않는 것이나 마찬가지다. 그는 자신의 일을 해야 했으니까.

'생활체육—씨름의 기술'은 좀 달랐다. 생활스포츠학과가 개설한 과목이다. 그 강의만큼은 저도 모르게 열심히 시청하게 되었다. 정신을 집중하지 않아도 교수의 말이 귀에 쏙쏙 들어왔다. 옛날 생각을 하면서도 교수의 표정과 손짓을 놓치지 않았다.

생뚱맞은 교과목이었다. 아무리 모든 스포츠를 생활체육이라고 우기는 세상이라지만, 씨름까지 생활체육이라니? 일반인이 어디서 씨름을 생활화할 수 있단 말인가? 강의를 들어보니, 씨름의 각종 기술을 활용해 대인관계의 여러 가지 갈등을 해결할 수 있다는 내용이었다. 이를테면 부부싸움에는 안다리걸기가 최고라는 식이었다. 진짜 씨름에서 안다리걸기는 이런 상황에서 이렇게 하는 것인데, 부부싸움 상황이야말로 대개 별것 아닌 문제로 싸우는 것이기 때문에 남편이든 아내든 안다리를 살짝 걸기만 해도 껴안고 넘어질 수밖에 없고 결국 칼로 물 베기를 하듯 쉽게 부부싸움을 끝낼 수 있다. 말이 되는 것 같기도 하고 안 되는 것 같기도 했지만, 씨름의 여러 기술을 익숙한 상황에 비유하여 설명하는 게 가상했다.

이덕남이 '생활체육─씨름의 기술' 강의에 집중하는 근본적인 까닭은 전혀 다른 데 있었다. 한때 그는 씨름선수였다. 중학교 1학년 때까지 그는 씨름에 모든 것을 건 소년이었다. 그는 아버지를 빼다박았다. 아버지는 젊은 시절에 씨름판이라면 무턱대고 찾아다녔는데, 한 번도 장원을 먹지는 못했다. "어딜 가나 뛰는 놈 위에 나는 놈이 있더라구! 흐흐흐." 마을 대표를 도맡아서 면민씨름대회에 나갔지만, 꿈에도 소원하던 1등을 해보지는 못했다. "내가 힘으로는 넘버원인데, 거시기 기술이 딸려. 호랑이가 왜 콩알만한 토깽이한테 험하게

당했겠어. 꾀가 모자랐거든. 기술로 덤비는 놈한테는 당최 당
할 수가 없더라고. 흐흐." 그래도 마을에서는 '천하장사'로 통
했다.

소년 덕남은 프로씨름선수가 될지도 모를 거라는 기대를
한몸에 받았다. 국민학생 때 몸무게가 100킬로가 넘었다. 씨
름부에 들어간 지 한 달 만에 도내 어린이장사대회에서 3등
을 했다. 아버지만 그 소년의 미래를 기대한 것이 아니었다.
이만기와 이봉걸과 이준희의 씨름에 매료되었던 어른들은
'우리 동네에서 탄생할 천하장사'를 꿈꾸며 열렬히 기대했다.

소년은 중1 때 씨름부에서 씨름 연습은 조금밖에 못하고
날마다 2학년한테 얼차려를 받거나 얻어터졌다. 참고 참던
소년은 기어이 씨름을 그만두었다. 소년이 졸업할 때까지 선
생들이 줄기차게 다시 씨름을 해달라고 애걸복걸했지만, 아
버지도 틈만 나면 "야, 천하장사 안 할 겨?" 했지만, 소년은 끝
내 평범한 삶을 택했다. 인생에 가정이 없다지만, 만약 이덕
남이 씨름을 계속했다면 화려한 인생이 되었을지도 모른다.

소년이랑 절친했던 친구 아무개는 아홉 번이나 한라장사
타이틀을 먹었다. 아무개가 텔레비전에서 황소트로피를 들
어올릴 때 동네 어른들은 한국축구팀이 일본팀을 이겼을 때
처럼 환호했다. 한라장사 아무개의 아비와 덕남의 아버지는
젊은 시절에 씨름 맞수로 용호상박하던 사이였다. 덕남의 아

버지는 아무개의 아비랑 만난 날이면, 괜히 억울해서 마음 편히 잘 사는 아들에게 전화를 걸어 따졌다. "왜 씨름을 그만 뒀냐. 너는 할 수 있었다니까. 너한테 만날 지던 아무개가 한 라장사가 되었어. 니는 천하장사까지 됐을 거라고. 왜 안 했 냐, 왜……"

이덕남은 후회하지 않았다. 계속 씨름을 했더라면 어마어 마하게 얻어터지고 어마어마하게 때려야 했을 것이다. 그는 누구한테 맞기도 싫었고 누구를 때리기도 싫었다. 어린 시절 의 꿈과는 몹시 동떨어진 동영상 에디터로서의 삶에 만족했 다. 씨름 중계는 꼭 챙겨보고 씨름 강의에 이상하게 마음이 술렁대지만, 옛날 첫사랑을 우연히 만났을 때의 설렘 같은 것일 뿐이다.

교수가 말한다. "하고 싶은 일 하면서 사는 사람이 얼마나 되겠습니까? 1퍼센트도 안 될 겁니다. 나머지는 어릴 때 전혀 꿈꾸지 않았던 일을 하며 사는 거예요. 그런데 사람이 그렇습 니다. 미련이 남아요. 미련 때문에 괴로울 때가 많아요. 그럴 때는 차돌리기가 즉효입니다. 차돌리기는 호신술로도 짱입니 다. 여성들도 쉽게 구사할 수 있는 기술이에요. 느닷없이 나 타난 불한당, 미련을 날려버리듯 차돌리기 하는 거예요."

건강부회로 들리면서도 이상스레 공감이 간다. 그는 슬그 머니 웃었다.

"하고 싶은 일 하면서 사는 사람이
얼마나 되겠습니까? 1퍼센트도 안 될 겁니다.
나머지는 어릴 때 전혀 꿈꾸지 않았던 일을 하며
사는 거예요. 그런데 사람이 그렇습니다.
미련이 남아요. 미련 때문에 피로울 때가 많아요.
그럴 때 차돌리기가 즉효입니다."

# 제대로 윷을 놀아볼 턴가

어김없이 무수한 초청메시지가 와 있었다. 별의별 게임이 다 있군. 어떻게 생겨먹은 인간들이기에 시도 때도 없이 초청을 날려. 정체를 모르겠는 초청자도 숱했다. 어디서 만났는지 기억조차 할 수 없는, 이름도 얼굴도 까마득한. 넌덜머리가 났다.

K건설 정호동(54세) 부장은 화가 난 얼굴로 초청을 지워나갔다. 윷놀이? 인생역전 윷놀이? 그 옛날 첫사랑 소녀를 처음 보던 순간처럼 시선을 확 끌었다. 촌스럽게 윷놀이라니.

그는 게임과 담을 쌓고 살아왔다. 동무들이 일찌감치 화투와 포커를 치면서 어른 흉내를 낼 때, 전자오락실이라는 게 생겨 다 큰 청년들도 내남없이 드나들 때, 스타크래프트와 리니지 세상 때, 그는 외톨이 신세를 감수하면서 일절 모르고 지냈다. 온 국민이 애니팡에 중독되었다고 언론이 요란 떨었을 때도 그는 K건설사 정규직 586명 중 유일하게 어플을 깔지도 않았다. 스마트폰으로 안 되는 게임이 없다지만, 그의 스마트폰은 단 한 번도 게임이라는 걸 해본 적이 없었다.

그런 그가 저도 모르게 터치를 했다. 금세 어플이 깔렸다. 게임을 실행할까요? 그는 주춤했다. 이걸 눌러, 말아? 그도 게임이 얼마나 폭력적인지 빠르게 진행되는지는 들어서 알고 있었다. 윷놀이로 게임을 만들어? 윷놀이로도 폭력적이고 빠르게 할 수 있나? 참 황당한 얘기인걸.

게임에서 사용할 이름을 지으라고 했다. 별걸 다 시키는군. 그는 당시에 '단순멍청'이라는 말에 시달렸다. 입사동기인 박이사가 물었다. "그분들이 자네를 왜 그렇게 싫어하는 줄 알아? 단순멍청해서 그래." 쉰네 살씩이나 먹고는 누군가에게 단순멍청하다는 소리를 듣고 아무렇지도 않기는 굉장히 힘든 일이었다. 단순멍청이라는 네 음절이 이명처럼 따라다녔다. 그는 무심코 사용자 별명을 '단순멍청'이라고 쳤다. 이건 너무 노골적이잖아. 그는 받침들을 다 뺐다. 그러자 '다수머처'가 되었다. 그는 아주 빠르게 윷놀이에 중독되었다.

그 게임은 회사와 비슷했다. 캐릭터들이 회사에서 죽 만나 왔던 사람들을 유형화한 것 같았다. 캐릭터들의 고유이름이 있었지만 그는 캐릭터에게 자기만의 명칭을 부여했다. 불성실하지만 매력적인 외모로 잘나가는 '꽃미남'과 '귀부인', 별 볼 일 없는 외모와 스펙이지만 매우 성실한 '발발남'과 '발발녀', 험상궂게 생겨서 물통을 들고 다니는 단순무식 '물통남', 성격은 모르겠으나 그런대로 생겼고 그런대로 성실해서 윗사람들이 좋아하게 생긴 '준수남'과 '준수녀', 병원 생각나게 주사기를 들고 다니는 '간호사', 그리고 귀엽게 생긴 '로봇'. 그는 생각하고는 했다. 나는 어떤 캐릭터였을까? 발발남이었지 뭐. 떨어지는 스펙! 어떻게 결혼했나 싶은 외모! 그렇지만 성실 자체. 그는 발발남 캐릭터로만 윷을 놀았다.

그 게임은 회사의 승진체계를 접목했다. 각 캐릭터가 승진을 하는 것이었다. 사원에서 부장까지.

발발남 사원 캐릭터로 윷을 던질 때 그는 옛 생각을 많이 했다. 대단한 사원 시절이었지. 지금은 아주 부드러워졌지만 80년대 건설판은 살벌했다. 회사는 군대 같았고 현장은 전쟁터 같았다. 회사에서는 윗사람들한테 축구공처럼 까이고 현장선 노동자들한테 탁구공처럼 까이고. 요새 것들은 그 파란만장을 짐작도 못한다니까.

그의 실제 인생에서 진급은 상당히 느렸다. 스펙 좋은 동기들보다 2년이나 늦게 대리가 되었다. 회사 실세들에게 사랑받는 동기들보다 5년이나 늦게 과장이 되었다. 만년과장 소리를 몇 년이나 들었던가. 명예퇴직 압력을 몇 차례나 받았던가. 다 버텨내고 기적처럼 차장이 된 게 5년 전이다. 차장이 되고 나서 창사 이래 최대의 위기를 겪었다. 웬만한 고위사원은 살 구멍을 찾아 떠나갔다. 그는 떠나지 않았고 회사를 살리는 데 일조했다. 그 공으로 부장이 된 것이 작년이다. 만약 회사가 계속 탄탄대로였다면 그는 끝내 부장이 돼보지 못했을 테다. 그때가 자못 자랑스러웠다. 취하면 자랑스러움을 못 견뎌 부하직원들에게 떠들었다. "너희들 이순신 장군 알지? 열두 척의 배로 나라를 구한. 이런 말 내 입으로 하기는 그렇지만 내가 그때 그 기분이었다. 열두 척의 배로 회사를 구한!"

스마트폰게임에서의 진급은 너무 빨랐다. 그는 열흘 만에 부장이 돼버렸다. 게임에서는 부장이 끝이었다. 더 올라갈 수 있는 직급이 없었다. 현실에서는 더 있었다. 이사, 부사장, 사장. 그는 생각했다. 나는 부장보다 더 높은 직급에 오를 수 있을까? 이 회사에서? 불가능했다. 그는 또다시 퇴사 압력을 받고 있었다. 회사의 실세들은 회사를 구한 그를 부담스러워했다. 선조가 이순신 장군과 의병장들을 그토록 부담스러워했다지? 내가 그 꼴이군, 그 꼴이야. 그는 분하고 서러웠지만 토사구팽 면할 길은 보이지 않았다. 그는 알고 있었다. 실세들이 자신을 아무런 권한도 영향력도 발휘할 수 없는 자리에 보내놓고 사표 내기만을 기다리고 있다는 것을. 하고 보면 현실에서도 부장이 끝이 아닐까. 게임에서 괜히 부장이 최고이자 최후의 직급인 게 아니다. 현실을 그대로 반영한 것이다!

캐릭터들을 진급시키고 윷가락을 최강으로 업그레이드시키기 위해서는 포인트와 '크리스털'이 필요했다. 현금을 주고도 살 수 있지만 부장이 되었어도 돈 몇만 원에 발발 떠는 그에게 '현질'은 있을 수 없었다. 그렇다면 자주자주 해야 했다. 초청 메시지를 한 명에게 보낼 때마다 한번 더 할 수 있는 기회와 포인트를 뻥튀기할 수 있는 아이템이 주어졌다. 그는 유혹을 이기지 못했다. 자기에게 초청을 보내왔던 이들에게 되갚아주듯 초청을 날렸다. 그다음에는 초청을 보내도 크게 뭐라고 안 할 사람들에게만 날렸다. 그다음에는 잘 모르겠는 사람들에게도 날렸다. 한번은 누군가에게 초청을 날리고 몇 시간 뒤에 그 누군가의 모친 부고 소식을 들었다. 문상을 가야만 하는 자리였다. 그는 어쩐지 죄스러웠다. 어머니가 사경을 헤매어 슬퍼하고 있는 사람에게 초청을 보내다니. 상주는 아무렇지도 않은 표정으로 맞아주었지만 혼자 부끄러워서 쩔쩔맸다.

어여쁜 꽃봉오리 같은, '귀부인' '발발녀' '준수녀' '간호사'

캐릭터를 한데 합쳐놓은 것 같은 여사원이 말했다. "윷놀이 하신다면서요? 부장님 같은 사회지도층 세대에게 딱 맞는 게임이 나와서 정말 기뻐요." 유치하다는 얘긴가? 구세대적이라는 건가? '꼰대' 같다는 건가? 그는 제 발 저린 듯 물었다. "좀 한심하지?" "아뇨, 멋지셔요. 나이에 안주하지 않고 세상과 소통하려고 계속 노력하시는 거잖아요?" 요새 젊은것들은 말을 해도 참 예쁘게 한다니까.

이상한 일이었다. 발발남 캐릭터를 부장 10단계로 업그레이드시키고 최강의 윷가락을 갖게 되어 승률이 7할에 이르게 되자 게임에 흥미를 잃었다. 더 올라갈 곳이 없었다. 이 자리까지 이 단계까지 오르는 동안 맛보았던 다각적인 감정을 더 느낄 수 없었다. 가장 높은 곳은 그토록 외로웠다. 윷을 놀아도 아무 재미가 없었다.

아내가 물었다. "요새는 윷 안 던져?" 그가 대답했다. "던져야지. 더 늦기 전에." 그는 자신이 한창 젊다는 것과 아직 한번도 제대로 윷을 놀았다고 말할 수 있는 인생을 살지 않았다는 것을 깨달았다. 그는 제대로 윷을 놀아볼 뭔가를 찾고 있었다.

## 여기는 누구 자리인가

　　　　　　　　동호회 사람들의 솜씨는 찬사가 절로 나올 만큼 경이롭다. 일단 그들은 옷부터가 달랐다. 아저씨든 아줌마든 프로선수처럼 잘 차려입고 날아다녔다. 어쨌거나 그들이 실내 배드민턴장의 3분의 2를 점령중이었다. 한 동호회에서 나온 건지 여러 동호회에서 나온 건지 아무튼 동호회 여러분이 1~8번 코트에서 현란한 셔틀콕 향연을 펼치고 있었다.

　남은 네 코트도 만석이었다. 9~11번 코트에서는 청소년들이 엉성한 폼으로 연방 환호성을 터트렸다. 언제 왔는지 모르겠지만 청소년들은 조금도 지쳐 보이지 않았다. 최소한 한 시간 내로 떠날 것 같지는 않았다. 12번 코트에서는 4인 가족이 방방 뛰고 있었다.

남은 공간이 있기는 했다. 농구코트였다. "여기서 치자." "싫어, 무슨 재미로 쳐." 홍철(43세)이 말하자 아들 영태(13세)가 신경질적으로 대꾸했다. "그럼 그냥 가던가." "씨이." "자리 날 때까지 그냥 구경할래? 아니면 여기서라도 치면서 기다릴래?" "몰라." "이것 봐. 내가 주말에는 자리 없다고 했잖아!" 남편과 아들이 티격태격하는 것을 보다 못해 미순(41세)이 빽 소리질렀다. "싸울 거면 집에 가." 영태는 골이 난 표정으로 주저앉았고, 홍철과 미순 둘이 쳤다. 이상한 일이었다. 네트가 없으니 재미가 없었다. 어른도 이렇게 재미가 없는데 아이가 재미없다고 치지 않으려고 하는 것도 당연하다.

야외에도 배드민턴장이 있다. 웬만한 공원에는 다 있다. 그 야외 코트는 텅텅 비어 있기 일쑤였다. 그곳은 동호회원들도 탐내지 않는다. 야외에서는 정상적인 경기가 불가능하기 때문이다. 불볕더위도 문제지만 그놈의 바람은 멋진 경기를 방해한다. 홍철은 웬만한 바람은 참아가면서 야외에서 하기를 원했지만, 미순은 햇볕이 싫어서 영태는 바람이 싫어서 실내를 간절히 원했던 것이다.

영태가 벌떡 일어나더니 외쳤다. "아빠, 빨리, 빨리!" 그러고는 출입구 쪽으로 달려갔다. 1번 코트가 잠시 비어 있었다. 동호회원들이 휴식에 들어간 모양이었다. 홍철(43세)은 곤혹스러웠다. 저기는 동호회 사람들 자리인데…… "여보, 자리 났다. 빨리 가자." 미순(41세)이 라켓 가방을 안고 아들을 따라 달려갔다. "여보, 거기는 안 돼……" 홍철의 외침은 아주 작아서 누구에게도 들리지 않았다. 홍철은 가공할 만한 파워를 자랑중인 동호회 사람들을 두려운 듯 휘둘러보며 1번 코트로 향했다. 조금 전까지 1번 코트에서 현란한 플레이를 펼치던 동호회원들은 벤치에서 음료수를 마시고 있었다. 초대형 선풍기 바람을 맞으면서도 그들의 얼굴은 격전의 땀방울로 흥건했다.

준프로라고 할 수 있는 동호회원들 사이에서, 세 사람은 신나게 쳐댔다. 미순은 제 주제를 알았지만 스스럼이 없었고, 영태는 초등학생답게 자기가 엄청 잘 치는 줄 알았다. 홍철은 주제를 아는 정도가 아니라 소심해서 무척 창피했다. 동호회원들 눈에 어떻게 보이겠는가? 이게 배드민턴으로 보이겠는가? 마구잡이, 엉터리, 엉망진창 원숭이쇼로 보이겠지. 그렇지만 아들의 사기를 꺾고 싶지 않아 성실하게 쳤다.

15분쯤 쳤을까, 쉰댓쯤 돼 보이는 동호회원 한 분이 코트에 난입했다. 그가 홍철과 영태 사이에서 걸걸하게 말했다.

"칠 만큼 쳤죠? 이제 그만들 비켜줘요." 홍철은 무슨 말인지 알아들었다. 영태는 알아듣지 못했다. 영태는 애들이 잘 쓰는 말로 '빡쳤다'.

홍철은 빠른 속도로 생각해보았다. 내가 만약 저 아저씨에게 예, 잘 쳤습니다 하고 아들 녀석에게 애야 떠나자 하면 애가 순순히 따를까? 그럴 리가 없다. 애는 분명히 따질 것이다. 우리가 왜 비켜줘야 하는데?

여기는 동호회 분들 자리야. 저분들이 이 실내 배드민턴장에 회비를 많이 내시는지 크나큰 기여를 하시는지 그런 건 모르겠지만 그분들이 맡아놓고 쓰는 코트야. 원래 이런 공공시설이 다 그래. 공공시설이지만 동호회원 분들이 맡아놓고 쓰는 자리처럼 되어 있어. 그러니까 우리 같은 엉터리 아마추어는 동호회 분들이 없을 때나 이 자리를 이용할 수 있는 거야. 저분들이 무슨 대회 준비라도 하시는지 이렇게 많이들 모여서 연습하실 때는 방해하면 안 되는 거야. 우리가 이미 많이 방해했어. 15분씩이나 치게 해줘서 감사합니다 해야 할 판이라고. 그러니까 얼른 자리를 비켜드리자꾸나. 이렇게 찬찬히 설명할 겨를도 안 주고 녀석은 골을 낼 게 뻔했다.

홍철이 자식교육을 잘못시킨 관계로, 영태는 어른들 사이에 암묵적으로 통하는 규칙, 이를테면 실내 배드민턴장이나 탁구장에서 준프로 및 동호회원들이 전세 낸 것처럼 쓰기로 돼버린 코트나 탁구대에서는 비어 있어도 엉터리 아마추어 가족이 치면 안 되고 치다가도 자리를 비켜주어야 한다는 것도 몰랐고 그 암묵지를 이해할 자세도 되어 있지 않았다. (홍철 생각에 자식교육이란 학교에서 배운 것과 학교 바깥 세상 어른들의 세계에서 통하는 방식이 다름을 잘 이해시켜 자식이 어른들 앞에서 적절한 행동을 취하도록 만드는 것이었는데, 그게 참 너무 어려운 일 아닌가.)

홍철은 동호회원에게 따지듯 물었다. "왜 그러시는데요?" 그는 몰라서 묻느냐는 투로 대답했다. "여기는 동호회가 쓰는 자리예요." 이때 화장실 갔던 미순이 돌아왔다. "뭐야, 무슨 일이니?" "씨이, 우리더러 나가래. 자기네 거라고. 뭐 이딴 게 다 있어. 개짜증나." 영태는 라켓을 바닥에 패대기쳤다. 집안 어르신들 앞이었다면 미순은 잘잘못을 따지기 전에 일단 말본새 엉망인 자식부터 야단쳤겠지만 여기는 공공장소였다. 미순이 버럭 소리를 질렀다.

"아저씨, 우리도 돈 내고 들어왔어요. 빈자리 나서 치고 있는데 왜 아저씨가 나가라 마라 그래요?" "여기는 동호회가 리그전 하고 그러는 자리란 말이에요. 저기 가서 치라고요, 저기." 그가 가리킨 곳은 청소년들이 펄펄 나는 9~11번 코트였다. "치고 있잖아요." "두 사람씩 치고 있잖아. 가서 반코트씩 쓰면 되지." "그게 말이 되나요? 반코트에서 어떻게 쳐요?"

"왜 못 쳐?" "저 고등학생들이 같이 친다고 하겠어요?" "잘 말하면 되지." "그럼, 아저씨가 저기 가서 쳐요." "거, 아줌마 말이 안 통하네." "아저씨야말로 억지시네요. 여기 시민이 다 같이 쓰는 데 아니에요? 왜 아저씨가 비켜라 마라예요?" "아, 여기는 우리 동호회가 쓰는 자리라니까." "동호회가 여기 샀어요?" "진짜 이러니까 일반인들 못 오게 해야 된다니까." "아저씨 말 진짜 되게 이상하게 하시네." 홍철도 뭐라고 해댔지만 아내의 강경한 말투에 묻혀버렸다.

동호회 무리에서 유니폼을 멋들어지게 차려입은 아주머니가 아저씨에게 말했다. "저분들 말이 틀리지는 않지. 저분들도 돈 내고 들어왔잖아. 치게 놔둬요." 아주머니 말이 고맙기는 했지만 어째 거지한테 적선하라는 투였다. 아무튼 아저씨는 기다렸다는 듯이 "쳐요, 쳐!" 하고는 퇴장했다. 이 나이 자신 사람들이 우리 가족을 흥부네로 아나. 계속 다퉈볼까 싶기도 했지만, 애 앞에서 뭐하는 짓인가. 지금까지도 이미 못 볼 꼴 많이 보였다.

당당한 가족은 이후로 한 시간 넘게 1번 코트를 점령하고 줄기차게 셔틀콕을 날렸다. 동호회 여러분들의 눈초리를 온몸에 받아가면서.

"회사는 군대 같았고
현장은 전쟁터 같았다.
회사에서는 윗사람들한테
축구공처럼 까이고
현장에선 노동자들한테
탁구공처럼 까이고
요새 것들은 그 파란만장을
짐작도 못한다니까."

# 피자 교육생

　　　　　　'알바 구함. 토요일 11시에서 22시 30분
까지.' 참 오래도 붙어 있었다. 한 달은 좋이 지난 것 같은데
도 그 종이는 좀체 떨어질 줄 몰랐다. 수애(45세)는 피자가게
로 들어갔다.

　"포테이토 바이트 하나 주세요." "콜라나 치즈 추가는 안
하시구요?" "네. 피클만 하나 더 주세요." "13분 후에 나옵니
다." 그 13분 동안, 수애는 은행 자동화코너를 방문하거나 편
의점에서 2~3천 원어치의 로또를 사곤 했었다. 다녀오면 피
자는 전기 화덕을 막 통과한 후이거나 포장까지 된 상태였다.

그날은 수애가 달리 볼일이 없었다. 걸터앉아 물었다. "사람이 잘 안 구해지나봐요? 저게 꽤 오래 붙어 있던데……" 사장(52세)은 걸걸한 목소리로 여러 말을 했는데 간단히 정리하자면 '여학생을 구하는데 이상하게도 남학생들만 와서 돌려보내곤 했다'는 것이다. 수애가 말했다. "혹시 사람이 정히 안 구해지면 제가 일해도 될까요?"

사장은 사는 곳과 아이가 있는지 물었다. 수애는 인근 H아파트에 살고, 걱정 안 해도 될 만큼 다 컸다고 대답했다. 사장이 급료에 대해서 말했다. 시급 5천 원이다. 단 6개월 이상 일해야 한다. 6개월 이상 일하지 않고 그만둘 경우, 절반의 시급만 지급한다. 처음 3개월의 보수는 시급 2500원으로 계산하고, 나머지 시급은 3개월 이상 일했을 때 지급한다.

부당하게 들렸다. 시간당 최저시급에도 못 미치는 금액에, 그마저도 처음 3개월은 절반만 주겠다니. 평일 시급과 토요일 시급이 같은 것도 이해하기 어려웠다. 그럼에도 불구하고 수애는 피자집 아르바이트를 하기로 했다. 혹시 알아? 피자 만드는 거 배워서 나중에 피자집을 차릴지? 그녀는 돈이 궁했다. 남편의 회사는 극심한 어려움에 빠져 있었다. 다섯 달 전부터 월급이 폭삭 깎여 나왔다. 보험 깨고 자동차 팔아서 카드값을 간신히 막아내는 형편이었다.

사장은, 토요일에 일하기 위해서 일에 숙달될 때까지 평일

저녁에 교육을 받으라고 했다. "주문이 오는 동시에 피자 만
드는 것을 보고 배우고 익혀야 하거든요. 주문이 오지도 않
는데 오전이나 한낮에 교육을 받을 수는 없잖아요? 교육 핑
계 대고 공짜로 부려먹을 속셈이냐? 그럴 리가. 교육시간에
도 시급 2500원 드릴 거니까……"

교육 첫날, 사장이 인사조로 말했다. "내일부턴 갈아 신을
슬리퍼 하나 가져오세요. 엊그제 슬리퍼 얘기를 깜빡했네."
머릿수건과 앞치마는 구비되어 있었다. 화수목 저녁 알바생
의 것이라는 슬리퍼를 일단 신었다.

낮부터 일하던 여자(56세)가 주방 안의 집기와 재료에 대
해서 설명해주었다. 피자 토핑 재료가 즐비한 조리대가 중
앙에 있고, 왼쪽엔 전기화덕, 오른쪽엔 반죽 작업대가 있었
다. "이 기곈 반죽 누르는 틀인데 자긴 만질 필요 없어. 이쪽
은 사장님 자리야. 자긴? 자기는 항상 여기 조리대를 맡는다
고 생각하면 돼. 주문이 오면 냉장고 반죽을 하나 꺼내서 이
피자 철망 위에 놓으면 돼. 그리고 주의할 것! 바닥에 물기
떨어지면 절대로 안 돼요. 옥수수 전분가루가 물기에 닿으면
바닥이 끈적끈적해지거든. 사장님 난리 나요. 또 한 가지, 절
대로 재료를 흘리면 안 돼. 치즈 한 조각, 고기 한 점, 옥수수
한 알도 흘려선 안 돼. 사장님 진짜 난리 나요. 내가 여기 7년

째인데 아직도 혼나고 있어. 그까짓 것 조금 흘렸다고. 이해는 되지. 사장 입장에서 그게 다 돈 아니겠어? 아무튼 혼나고 싶지 않거든 절대로 흘리지 말아요."

여자가 토핑 없는 걸 잘 보라고 했다. 커다란 스푼으로 소스를 떠 반죽 위에 펴 바르고 갖가지 재료를 흩뿌렸다. 손이 굉장히 빨랐다. "젊은 애들은 말이야. 이 소스 바르는 데만 열흘이 걸려! 자긴 주부니까 그보다 잘하겠지."

주문이 몰렸다. 전화벨은 쉴새없이 울리고, 사장은 홀과 주방을 성큼성큼 뛰어다녔다. 사장과 여자는 척척 손발이 맞았다. 둘은 비좁은 주방에서 한 번도 부딪치지 않았다. 반면 수애는 그 둘과 자주 부딪쳤다. 일에 지장을 주는 것만 같아 절로 움츠러들었다. 여자는 바쁜 와중에도 주문받은 피자 이름과 그 피자에 들어가는 재료를 읊어주었다.

사장이 말했다. "아줌마, 건성으로 듣지 말고 귀담아들으세요. 외워야 돼. 보이는 그대로 재료 순서를 외우세요. 소스, 햄, 페페, 양파, 송이, 콘, 포크, 포테이토, 고구마, 브로콜리, 올리브, 치즈! 피자 이름만 들으면 거기 들어가는 재료가 무조건 생각나야 돼. 그래야 실전 뛸 수 있어요." 피자는 20종이 넘었고 피자마다 들어가는 재료가 조금씩 달랐다. 뭐 외우는 것에 젬병인 수애는 앞날이 깜깜했다.

정말이지 시간이 안 갔다. 시간이 이토록 느리게 흐르는 것이었구나.

7년차 여자가 퇴근하고, 사장의 부인이 왔다. 사모(50세)에게 또 배웠다. 사모가 반죽 위에 소스를 발라보라고 했다. 까짓것, 소스 퍼 바르는 게 뭐가 어려우랴! 수애는 자신만만 소스를 뜨는데 호된 목소리가 뒤따랐다. "그렇게 아무 데서나 뜨면 어떡해!" 사장이 소스 국자를 앗아갔다. "여기서, 여기서 이렇게, 이렇게 떠야지. 바를 때도 말이야, 왼손은 돌리면서, 오른손은 고정하고, 가장자리에 먼저 원을 그려요! 그 안을 넓게 채우란 말이에요!"

교육 둘째 날, 수애는 수없이 지청구를 먹었다. 손톱만큼의 치즈 조각을 흘려서. 누가 흘린 건지 모르겠지만 브로콜리 조각 하나가 추가로 발견되어서. 7년차 여자가 가르쳐준 대로 했다가 방식이 다른 사장의 마음에 안 차서. 소스를 잘못 떠서. 소스를 잘 못 발라서. 제일 잘 팔리는 네 종류의 피자 재료를 헷갈려서. 주부 경력 13년이 무색하게 수애는 된통 깨졌다.

홀에서 젊은 남녀가 방금 화덕에서 빠져나와 한껏 부푼 피자를 조각냈다. 둘이서 어찌나 맛있게 먹는지. 남들 먹는 것 보고 부러워해보기는 처음이었다.

아홉시가 다 되어갔다. 주문 전화벨도 울리지 않았다. 사장이 비 오는 거리를 내다보고 있었다. "오늘 저한테 많이 혼났죠? 제가 성격이 좀 급하고 답답한 걸 보면 못 참는 성질이라……" "제가 못해서 그런 걸요, 뭐." "여학생들은 저한테 막 말 듣고 상처받아서 막 울기도 해요. 고쳐지지가 않네. 어때요? 할 만해요?" "아직 모르겠어요." "빨리 아셔야 하는데."

사장은 하소연하듯 말했다. 만만찮은 가게 임대료, 본사에 지불해야 할 재료비, 인건비…… 들노라니 치즈 한 조각에도 벌벌 떨 만했다.

수애는 꼭 물어보고 싶은 게 있었다. "주문이 안 밀렸을 때도 막 뛰시더라고요. 너무 뛰시는 것 같아요." 사장이 너털댔다. "그게 다 전략이죠. 피자가 좀 늦게 나와도 사람들이 이해해줄 것 같고, 지나가는 사람들이 밖에서 보더라도 이 집은 영업이 잘되는가보다 할 것 같고, 뭐 결국 피자 한 판이라도 더 팔자는 거죠."

수애는 귓갓길에 괜히 화가 나서 씩씩댔다. 음식값은 비싼데 일한 값은 왜 그리 헐한 거야?


결국 수애는 교육만 받다가 혼나기만 하다가 실전은 뛰어보지도 못하고 닷새 만에 그만두었다. 사장은 수애에게 단한 푼도 주지 않았다. 수애는 차마 한 푼이라도 달라고 구걸할 수 없었다. 그러니까 수애는 피자 한 판 값도 벌지 못했다.

## 이별은 어렵다

　　　　내일 아침이면 꿀렁이가 떠난다. 멀리멀
리 떠난다. 잠이 오지 않는다. 자꾸 꿀렁이의 자태가 어른거
린다. 아내가 뒤척인다. 너는 세상 편하게 잘 자고 있구나. 너
는 우리 자식 같은 '꿀렁이'와의 이별이 슬프지도 않단 말이
냐. 아내가 대꾸하듯 비명을 지른다. "내 반지 내 반지……"
음, 악몽에서 반지타령을 하는 걸 보니까 너도 미안하기는
했구나.

　오늘 아내가 금은방에 다녀왔다. 시어머니가 5년 동안 계
를 부어 장만해준 패물을 들고. 말리기는 했다. "넌 도대체 생

각이 있는 사람이냐? 어떻게 다른 사람도 아닌 시어머니가 해준 패물을 결혼한 지 6개월 만에 팔아먹을 생각을 하나? 이 사실을 알면 우리 어머니가 얼마나 슬퍼하겠니? 제발, 패물만은……" 아내가 대거리했다. "결혼한 지 석 달 만에 직장서 잘리고 백수짓 하는 너는 도대체 생각이 있는 사람이냐? 모아놓은 돈도 없고." "모아놓았는데 주식이 갑자기……"

아내는 패물을 팔지 못했다. 금은방 주인은 20만 원밖에 못 주겠다고 했다. 아내는 기가 막혔다. 불과 7개월 전에 시어머니랑 와서 자신이 직접 고른 패물이었다. 시어머니의 단골집이었다. 이 도시 사람들은 다 여기서 패물을 한다, 값은 생각하지 말고 네 마음에 드는 걸 골라봐라, 내 아들을 구제해주는 너한테 내가 해줄 수 있는 게 고작 이것뿐이다. 아내는 마음대로 고를 수 없었다.

이러지도 저러지도 못하는 예비 고부에게 300만 원어치 패물을 팔아먹었던 금은방 주인은 생전 처음 보는 물건이라고 했다. 우리 가게는 이렇게 시원찮은 것은 취급하지 않는다, 어느 유행 떨어진 가게에서 이따위 걸 사와서 생떼를 쓰느냐. 시어머니 함자를 대고 영수증을 보여줘도 소용없었다. 금은방 주인은 시어머니를 데려오라고 했다. 주인은 간파했던 것이다. 이 신혼 며느리가 시어머니 몰래 패물을 되팔러 왔음을.

돌아온 패물을 보자 아프던 어머니가 쾌차했을 때처럼 기뻤다. 하지만 얻는 게 있으면 잃는 것도 있는 법. 패물을 다시 얻은 대신 내 사랑 꿀렁이를 보내기로 결심했다.

꿀렁이, 차한테 그런 요상한 이름을 붙인 것은 바로 아내였다. 백 번 넘게 맞선을 봤다. 직장도 있고 대출 낀 아파트도 있고 그렇게 못생긴 것도 아닌 내가 삼십대에 결혼에 성공하지 못하다니. 변변한 연애도 못해보다니. 문제는 차에 있는 듯했다. 소개팅이든 맞선이든 첫 만남에서 나를 마음에 들어 한 여자들도 차를 보는 순간 표정이 변했다. 내가 봐도 한심한 차들이었다. 그래서 마흔 살을 기념하여 큰맘 먹고 장만한 중형차였다.

할부금을 다 치러 완벽하게 내 차가 되었을 때 만난 여자가 동갑내기 아내였다. 천생연분이라는 직감이 왔다. 아무리 만나봐도, 첫눈에 딱 이 사람이다, 싶은 사람이 안 생기기에 괜히 하는 말들인 줄 알았는데, 내게도 그런 순간이 온 것이다. 결혼하기로 약속한 날 아내가 내게 말했다. "홍석씨는 꿀렁꿀렁한 사람 같아요. 이 차도 꿀렁꿀렁하고요." "꿀렁꿀렁이 무슨 뜻인데요?" "구렁이 담 넘어가듯 두루뭉술한 성격 같다고요." 그때부터 우리는 차를 꿀렁이라고 불렀다.

나는 밖으로 나갔다. 꿀렁이는 추위에 바짝 얼어 있었다. 저도 내일이면 이 아파트를 떠난다는 것을 아는지 슬퍼 보인

다. 미안하다, 꿀렁아. 너한테 너무 못해줬구나. 세차도 몇 번
안 해주고. 길눈 어둡고 내비 말도 잘 못 알아듣는 나 때문에
얼마나 힘들었냐. 난 너를 못 잊을 거다. 너 때문에 결혼도 했
고. 직장에서 잘린 거? 너 때문 아니야. 물론 그때 네가 퍼지
지만 않았어도……

중요한 입찰이었다. 우리 조그만 건설회사의 운명이 걸린
입찰이었다. 전 직원이 일심동체로 준비했는데, 내가 대형 사
고를 치고 말았다. 꿀렁이가 도로에서 주저앉은 것까지는 좋
았는데 뒤에서 오던 택시에 받히는 바람에 엉망이 되었다.
택시기사는 나를 놓아주지 않았다. 보험회사 직원을 불러 가
까스로 상황을 정리하고 갔을 때 입찰은 끝나 있었다. 10년
을 형님으로 모신 사장은 나를 잘라버렸다. 내가 사장이었더
라도 안 자를 수가 없었을 테다.

꿀렁이가 말했다. 난 걱정하지 않아. 컴백홈 할 거 아니까.
나는 꿀렁이를 쓰다듬으며 말했다. 아냐! 이번엔 진짜야.

사실은 석 달 전에도 꿀렁이를 팔았었다. 사장이 퇴직금
지급을 차일피일 미루는 판에 신혼여행 때 막 긁어 쓴 카드
대금 명세서가 나오자 덜컥 겁이 났다. 누구는 800만 원, 누
구는 700만 원, 누구는 650만 원을 불렀다. 당연히 800만 원
준다는 사람한테 팔았는데, 팔고 나서 사흘 동안 식음을 전
폐하며 앓았다. 내가 얼마나 꿀렁이를 사랑했는지 처절히 깨

달았다. 나는 유일한 비자금을 깨고 말았다. 꿀렁이를 다시 만났을 때 눈물이 핑 돌았다. 꿀렁이는 내 자존심이다. 마흔 둘 남자가 중형차도 없다면 말이 되는가. 내 자존심을 헐값에 팔다니. 내가 미쳤던 거야. 내 하늘이 무너져도 너만은 지킬 것이야. 꿀렁아, 내 너를 십 년 이상 타고야 말 것이다. 나랑 오래오래 만수무강하자.

그랬었는데, 석 달 만에 또다시 이별을 눈앞에 둔 것이다. 이번엔 다시 만날 가능성이 전무했다. 석 달 만에 값도 떨어졌다. 여러 군데 불러봤지만 620만 원 이상 준다는 사람이 없었다. 꿀렁아, 정말 미안해. 너 하나를 못 지키다니. 너랑 헤어지는 게 슬퍼서 이러고 있는 게 아냐. 내가 참 한심해서 그래.

나는 꿀렁이에 탔다. 너와의 마지막 드라이브구나. 어디로 가야 하지? 잘 모르겠지만 가보자꾸나. 생각해보니, 너랑 아내랑 바꾼 것 같다. 내가 결혼만 안 했어도 너랑 헤어질 일은 없었을 거야. 내가 알았나? 결혼이 그렇게 힘든 건 줄. 하지만 아내를 버리고 너랑 살 수는 없잖아. 네가 이해해줘. 너는 떠나야만 해. 잘 살아. 나보다 훨씬 좋은 주인 만나서 행복하라고. 야, 너 어디로 가고 있는 거야? 사장님 댁이잖아? 마지막까지 날 비참하게 만드는구나. 이 시간에 가서 빌면 뭐 사장님이 용서해줄 것 같아? 나는 직장을 잃었을 뿐이지만 사장님은 수십억을 날렸어요. 나 때문에.

사장네 집 앞에서 한참을 떨다가 그냥 돌아왔다. 돌아오는 길에는 꿀렁이도 나도 말이 없었다. 주차장에 어떤 여자가 서 있었다. 아내였다. 아내가 말했다. "정말 못 봐주겠네." 내가 말했다. "꿀렁이는 내 자존심이라고." 나는 꿀렁이를 한 바퀴 돌며 구석구석 어루만져주었다. 아내가 철없이 물었다. "내가 좋아? 꿀렁이가 좋아?" "그걸 말이라고 하냐? 당신이 더 좋지."

아내가 뭘 내밀었다. 통장이었다. 스마트폰을 켜고 들여다보니 천만 원이 찍혀 있었다. "이게 뭐야?" "뭐는 뭐야, 내 비자금이지. 내가 비자금도 없이 결혼했을 줄 알아. 이것밖에 없어. 내 전부야. 내 자존심이야." "이걸 왜?" "꿀렁이라도 있어야 직장 구할 거 아냐? 요새 차도 없는 영업맨을 누가 써?"

아내가 들어가고, 꿀렁이와 나만 남았다. 나는 꿀렁이 앞에 무릎을 꿇었다. 좋냐, 자식아? 마누라 비자금 털어먹고 좋냐? 좋냐고? 꿀렁아, 날이 밝으면 열심히 돌아다니자. 그래도 내가 건설회사 짬밥이 15년이라고. 나 일 잘해. 나 쓰는 사람 노나는 거라고. 왜 이렇게 추운지 모르겠다. 아니, 왜 이렇게 더운지 모르겠다. 꿀렁이가 말했다. 에이, 또 너랑 못 헤어졌잖아. 잘 좀 하자, 잘 좀!

**66** 너랑 아내랑 바꾼 것 같다.

내가 결혼만 안 했어도 너랑 헤어질 일은

없었을 거야. 내가 알았냐?

결혼이 그렇게 힘든 건 줄.

하지만 아내를 버리고 너랑 살 수는 없잖아.

네가 이해해줘. 너는 떠나야만 해. 잘 살아.

나보다 훨씬 좋은 주인 만나서 행복하라고. **99**

"뭐는 뭐야, 내 비자금이지.
내가 비자금도 없이 결혼했을 줄 알아.
이것밖에 없어.
내 전부야. 내 자존심이야.
꿀렁이라도 있어야 직장 구할 거 아냐?"

# 농촌지도사의 책

　　　　　　강철문이 정년퇴직하고 별안간 백수가
되니 시간이 무한정 남았다. 무서워서 사업 같은 건 꿈도 꾸
지 않았다. 골프도 등산도 바둑도 별 재미가 없었다. 무의미
하게 앞으로도 10년, 20년을 살아야 하는 건가. 의욕적으로
하고 싶은 일, 그러니까 의미를 부여할 만한 일이 없다는 것
이 참으로 괴로웠다.
　　공무원 중에도 시인입네 수필가입네 하는 인간들이 있었
다. 자비로 시집이나 수필집을 내고 출간기념회를 열고는 했
다. 결혼식이나 상갓집에 부조하러 가듯 출간기념회에 참석

한 게 열 번은 되었다. 금일봉 봉투와 바꿔들고 온 책을 읽고 나면 괜히 돈이 아까웠다. 무슨 일인가로 시내를 배회하던 중이었다. 시집을 다섯 권이나 낸 아들뻘 공무원과 딱 마주쳤다. 그는 잘 만났다며 강씨를 문화원으로 끌고 갔다. 전국적으로 유명하다는 안학수 작가의 강연이었다. '사람은 왜 자기 인생을 기록해야 하는가?'가 주제였다. 어릴 때 척추를 다쳤다는 작가는 파란만장했던 인생 편력과 끝없는 고통에도 불구하고 포기하지 않았던 치열한 글쓰기를 회고했다.

강씨는 괜히 감동이 되었다. 그리고 놀랍게도 "그래 나도 자서전까지는 아니더라도 회고록 정도는 남겨야겠다!"는 각오를 품게 되었다. 돌이켜보니 자신은 독서량이 막대한 사람이었고, 글도 꽤나 써본 사람이었다.

독서로 치면, 직업상 필요한 전문서적(재배학, 작물생리학, 토양학, 작물육종학, 작물보호학, 농촌지도론 등등)을 해마다 재수 공부 하듯 했고, 농촌지도소에 들어오는 농업 잡지와 신문을 낱낱이 읽었고, 농업과 관련 없는 책들도 짬짬이 읽어왔다. 다른 책은 몰라도 신문이나 텔레비전에서 베스트셀러라고 대단하다고 안 읽으면 한국 사람 아니라고 떠들썩한 책은 꼭 돈 주고 사다가 읽어보았다.

그뿐인가! 그의 모교이며 호곡면 토박이 모든 남녀의 모교인 호곡국민학교 개교 60주년 때, 동문의 모금운동에 힘입어

100평 규모로 건립된 호곡국교 어린이도서관의 1만 권 장서를 절반 가까이 읽었다고 주장할 수 있는 유일한 사람이 그였다. 지도소와 도서관은 담 하나를 사이에 두고 있었다. 닥치는 대로 읽었다. 아이들 책이라 글자도 얼마 안 되고 그 내용이 그 내용이라 그리 어려운 일은 아니었다.

글쓰기로 치면, 'ㅇㅇ리 남자들을 소집하여 통일벼 품종의 우수성을 강조하였다' 'ㅇㅇ부락 부녀자들을 소집하여 타 지역 농가부업의 우수사례를 알렸다' 'ㅇㅇ리를 방문하여 화훼 농업의 가능성을 지도하였다' 'ㅇㅇ골 농민들은 참으로 지도소 말을 우습게 안다'는 식으로 매일매일 기록했다.

자꾸 말도 안 되는 지시사항이 상부에서 하달되기에 젊은 혈기로 그런 정책은 안 됩니다, 시정해주세요! 하는 항의문 혹은 반박문 혹은 건의문을 써 보내기도 했다. 농업신문과 농업잡지에 농업지도 체험담 투고하기를 즐겼다. 무려 11차례나 중앙매체에 글이 실리자 가끔 청탁글도 쓰게 되었다.

글을 좀 쓴다는 소문이 퍼지는 바람에 선후배이거나 친구인 면장 교장 지서장 등과 직함 외기도 힘든 감투를 몇 개씩 쓴 지역유지들의 인사말 취임사 훈화 격려사 축사 따위를 수시로 대필해줬다. 끊임없이 써온 것이다.

농업을 지도만 했지 직접 농사를 짓지는 않았고 농사꾼들과 달리 월급을 꼬박꼬박 받는 직장인이었던 관계로, 강씨는 소위 여가라는 걸 가질 수 있었기에 농촌에서는 보기 참 드물게 '독서와 글쓰기' 생활을 누릴 수 있었던 것이다. 하지만 호구군에서 강씨보다 훨씬 더 경제적인 안정과 여가를 누렸던 유지, 공무원, 월급쟁이 중에서 '독서와 글쓰기'를 시늉이라도 했다고 말할 수 있는 자가 몇이나 되겠는가. 책까지 낸 공무원 작가들 못지않게 강씨의 엉뚱함은 특기할 만한 것이었다.

회고록 작업은 시작하자마자 철벽을 마주한 듯 막막했다. 워낙 공식적이고 의례적인 글쓰기만 했던 터라, 수필 비슷해야 할 회고록적 글쓰기가 아니 되는 것이었다. 어쩌다 썼던 신변잡기도 다 꺼내 들춰봤는데 그마저도 오로지 사무적인 문장이었다. "어허, 내 글이 이리 삭막했었나! 하나같이 무슨 기계로 찍어낸 주례사 같구나!" 탄식이 절로 나왔다.

새삼스럽지만 글쓰기 방법을 독학해보겠다고 글쓰기 비법이 담겨 있다는 책과 동영상을 열공했지만 이론은 이론일 뿐이었다. 체계적으로 배워야 해. 사이버 문예창작학과 같은 데라도 가볼까. 강씨는 시집을 다섯 권이나 낸 아들뻘 공무원에게 상담 전화를 했다. "대학교 가봐야 배울 것 하나도 없어요. 저희랑 하셔요. 저희가 글은 못 써도 가르치는 것은 자신 있습니다. 하다보면 길이 보일 겁니다." 그렇게 해서 들어간 곳이 호구문학회였다. 주로 교사와 공무원이었지만 그 고장에서 글 좀 쓴다는 이들은 다 모여 있었다.

젊은 문인입네 하는 것들과 독서토론회도 하고 합평회도 했다. 한데 그것들은 "무조건 쓰면 되셔요. 우러나는 대로 붓 가는 대로!" 이따위 말만 하고 도움이 될 말은 해주지 않았다. 하여간 녀석들의 뒤풀이 술값을 전담하면서 배워보려고 악착을 떨었다. 가르쳐주는 대로 무조건 써보고 우러나는 대로 써보고 딴은 불굴의 노력을 기울였으나 5년 만에 포기선 언을 하고 말았다.

내 주제에 무슨 회고록이냐!

어떻게든 인생을 정리하고픈 마음이 회고록은 어렵더라도 문집은 가능하지 않겠느냐는 쪽으로 선회했다. 잡지와 신문에 실렸던 11편의 글, 무슨 장과 유지들을 위해 썼던 글 중에 원본에 해당하는 것(하나 쓴 걸 가지고 글자 몇 개와 토씨만 바꿔서 내주고는 했던 거다), 신변잡기 중에 칼럼 비슷한 것, 문학회 합평회 때 초고는 된통 깨졌지만 여러 번 퇴고한 끝에 굉장히 칭찬 들었던 수필, 그 밖에 언제 어떻게 왜 썼는지 기억나지 않지만 읽을 만하다 싶은 것, 죄 모았다. 호구인 쇄출판 운영하는 친구 아들놈에게 맡겨, 마침내 책처럼 생긴 문집이 나오니,『농촌지도사 강씨의 인생 편력』이었다.

강씨의 자식들은 시내 뷔페에서 '고희연 겸 출판기념회' 자리를 마련해주었다. 강은 오래된 벗들에게 책 한 권씩을 나눠주면서 쑥스러워했다. "자네들도 한 권씩 내봐. 이거 500권 찍는 데 300만 원도 안 들었어."

강씨와 달리, 젊은 날에도 안 읽은 책을 나이들어 읽을 시간도 마음도 체력도 안 되는 벗들은 책 주는 사람 성의를 생각했는지 아무거나 한 편 낭독해보라고 부추겼다. 강씨는 자기 책을 폈다.

"참말로 쑥스럽네. 이 웃기지도 않는 책 꼬락서니 만들겠다고 근 10년을 거시기 했네 그려. 보람이 팍팍 느껴져. 10페이지를 펴주세요. 이게 수기인지 수필인지 나도 모르겠지만 한번 읽어보겠습니다. …… 나는 지도소 시절부터 기술센터 시대까지 '농가를 대상으로 농업소득 증대, 작물생산 기반의 확충, 농업생산성 향상을 위해 재배기술 및 우량품종 등에 관한 교육·홍보를 실시하고 지도하는 사람'이었다. 어린아이도 알아듣게 말하자면 '농사꾼하고 허구한 날 아옹다옹하는 반공무원 반농민'이었다. 농사꾼 여러분의 인생뿐만 아니라 내 인생도 논밭에 있었다……"

# 낭만 삼겹살

의사가 황씨(68세)에게 '길어야 석 달'이
라고 말한 게, 하여 황씨가 '내 집에서 죽겠다'고 고집을 부려
병원생활을 작파하고 내려온 게 두 달 전이었다. 황씨와 탄
광에서 동고동락했던 김씨(66세)는 벗의 집을 찾을 때마다
착잡했다.

황씨의 아내 음현댁(61세)이 소형 가스레인지와 삼겹살이
담긴 검은 비닐봉지, 소주페트병, 김치보시기 등을 가지고 나
왔다.

"아니, 이게 뭐여유? 나 혼자 먹으라구유?"

"왜 혼자여유. 제 입은 입이 아니래유?"

음현댁이 불판에 삼겹살을 올려놓으며 짐짓 뾰족하게 말했다. 날마다 울고불고 하던 음현댁의 얼굴은 요새 아주 편안해 보였다.

"내가 뭐는 먹을 수 있간. 나는 신경쓰지 말고 많이 먹어. 난 말여, 자네 때문에 참 맘이 편혀. 자네가 책임지고 내 초상은 낭만적으로 치러줄 것 같아서 아무 걱정이 없단 말여."

황씨가 소주를 따라주며 한다는 소리였다.

"에이, 술 한잔도 못 마시는 인간 앞에서 술 마시려니께 영 개갈 안 나는구먼. 이렇게 작은 잔으로는 간에 기별이 안 간단 말여. 종이컵 같은 거 없어? 에이, 찾으려면 제수씨만 부산스러우니께, 그냥 또 한잔 따라봐."

"제가 한잔 따라드릴게유. 하여간 고마워유. 우리 양반을 이렇게까장 챙겨주시고……"

"챙기긴 뭘 챙겼다구 그류. 해줄 수 있는 게 암것도 없는디."

"고기 타유. 고기두 좀 드슈."

"지금 벌써 다섯 점째유. 미어터지게 먹고 있단 말유. 근데 제수씨는 왜 한 점두 않는규."

"저도 틈틈이 먹구 있슈."

"아니, 언제 먹었다고 그류. 좀 드시라니께. 혼자 삼겹살 먹는 게 얼마나 거시기한 줄 알어유?"

거시기한 시간이 느럭느럭 흘렀다.

황씨가 잔을 잡아채더니 문득 청했다. "나도 한잔 줘."

하도 난데없는 말인지라 어쩌지를 못하고 있자, 황씨는 잔을 흔들며 더했다.

"삼겹살도 꼭 한번 먹어보고 싶지만 부대껴서 잠이 안 올 것 같고, 허지만 소주 한잔은 꼭 마셔보고 싶어. 낭만적으로다."

김씨는 음현댁을 쳐다보았다. 음현댁이 한숨 소리를 냈다.

"줘유, 그거 안 먹는다고 사는 것도 아니잖유."

김씨는 저도 모르게 소주페트병을 기울였다. 반잔만 따르려고 했는데, 삽시간에 잔이 넘치고 말았다.

"우리 탄 캘 때 말여, 삼겹살에 소주, 징하게 먹어댔어 잉? 허허허!"

황씨는 짐짓 호탕한 척 웃었지만, 분명 떨고 있었다. 농약 사발을 든 사람처럼. 음현댁도 태연한 척하지만 눈동자는 초긴장되어 있었다.

이윽고 황씨는 소주를 마셨고, "카아!" 일부러 큰 소리를 내고서는, 잔을 깨져라 내려놓았다. 김씨마저 신경써주지 않는 사이에 삼겹살이 속절없이 타들어가는 소리만이 정적을 흔들었다.

한 1분? 2분? 5분?

황씨가 싱긋 웃은 뒤 입을 활짝 열었다.

"음, 좋다! ……이 상태라면 한 병도 마시겠는걸. 한 잔 더 줘!"

김씨는 잔을 홱 뺏어버렸다.

"그만 마셔. 나 마실 술 없어."

"술 몇 병 더 있어. 걱정 마."

"그게 아니고, 겁나서 못 쳐다보겠단 말여."

"한 잔만 더 달라니까."

"그만두지 못해! 그만 마시라니까. 내가 마실 거라니까. 나는 늘 술이 부족하다니까……"

"이런 제기럴. 예나 제나 술욕심은."

음현댁이 안타까워 미치겠다는 투로 말했다.

"워칙히 해유, 고기가 다 타버렸슈……"

김씨는 급하게 한 잔을 들이켰다. 몹시 기분 상한 얼굴로 타버린 삼겹살만 노려보던 황씨가 별안간 생각난 게 있는가 보았다.

"참, 자네 말여? 내 주제가 못 들어봤지?"

황씨가 먼저 말해준 게 고마워 김씨도 얼른 반색했다.

"왜 못 들어봐. 자네 노래는 유명했지. 탄광서 자네가 노래를 최고로 잘했잖여! 작부 아가씨들이 죄다 자네 옆에만 앉았잖여. 근디 자네 주제가 뭐였더라, 그러니까, 그게 무슨 노래였더라……"

"아니 아니, 탄광서 말고. 내가 병원서 죽 누워 있을 때 나와 함께한 노래가 있다는 거 아니겠어. 딱 내 노래였다니께. 오죽하면 내가 개사까지 했다니께. 거, 노가바라는 거 있잖여. 딱 내 주제가더라니께. 한번 들어볼 텨? 내가 병원서는 곧잘 불렀는디……"

"그런 좋은 게 있으면 진작 들려주지."

"허어, 노래가 그냥 나오는 게 아니거든. 술 한잔 걸쳐야 나오는 게 노래지. 자, 혀볼 테니께 들어봐."

"좋아 좋아, 혀봐! 30년 만에 탄광 명가수 황낭만이 노래를 들어보자, 박수!"

김씨는 젊은 애들 말마따나 '오바하듯' 마구 손뼉을 쳤다. 황씨는 숟가락을 칼처럼 들고 일어섰다. 폼을 잡더니 노래했다.


굿은비 내리는 날, 그야말로 광부식 술집에 앉아,
성주산 소오주 한잔에다, 삼겹살 타는 소릴 들어보렴.
새빨간 스커트에, 나름대로 가슴 푸짐한 아줌마에게,
실없이 던지는 농담 사이로, 삼겹살 타는 소릴 들어보렴.
이제와 새삼 이 나이에, 인생의 달콤함이야 있겠냐마는,

왠지 한 곳이 비어 있는, 내 가슴이 잃어버린 것에 대하여.


밤늦은 병실에서, 그야말로 깊디깊은 갱도에서,

찾아줄 사람은 없을지라도, 거리의 웃는 소릴 들어보렴.

조강지처 내 아내는 어디에서 나처럼 웃고 있을까,

가버린 세월이 서글퍼지는, 거리의 웃는 소릴 들어보렴.

이제와 새삼 이 나이에, 인생의 미련이야 있겠냐마는,

왠지 한 곳이 비어 있는, 내 가슴이 다시 못 올 곳에 대하여.


낭만에 대하여!


황씨는 평생의 한을 토해내듯 열창했다. 음현댁이 눈물을 줄줄 흘렸다. 김씨는 터져나오는 울음을 삼키듯 소주 한 잔을 더 마셨다.

노래를 마친 황씨는 자랑스러운 얼굴로 확인하려 들었다.

"어뗘? 예전 실력 어디 안 갔지?"

칭찬을 잘 못하는 김씨는 못마땅하다는 듯이 쏘아붙였다.

"최백호씨가 알면 팔팔 뛰겠어. 노래 베려놨다고. 글고 말여, 이 좋은 봄날 오후에 꼭 그런 우중충한 노래를 불러야 되겠어? 신경질나게. 신경질난단 말여."

"워뗘! 내 주제가라니께. 마지막으로 신나게 한번 불러봤다니께."

　김씨는 생각했다. '하는 짓 보니께 정말 살날이 얼마 안 남았나벼. 불쌍한 내 친구.'

　참 화창한 봄날이었다.

3부

미미한 작가로
살기

# 즐거운 글짓기반

백수작가 설가(29세)에게 모처럼 일거리가 생겼다. 술자리 형님인 중학교 교사 규철(35세)이 힘써 준 덕분이다. 규철은 "중학교 때부터 글짓기를 열심히 해서 고등학교 자기소개서 쓰기에 대비해야 합니다. 외부강사를 들이자는 겁니다. 글짓기를 완벽하게 지도할 만한 글쟁이가 있습니다" 설레발을 떨어 학교장을 설득했단다.

규철이 '선생님 소개'를 한답시고, 약 열 배 정도 설가의 경력을 과장해서 떠벌렸다. 소설책을 한 권도 안 냈는데 다섯 권은 낸 것처럼 말했고, 문학상은 언감생심도 과분한 주제인데 두어 개 정도 탄 것처럼 말했다. 설가는 계면쩍어 정신을 잃을 지경이었지만, 규철의 뺑튀기 말을 제대로 알아들은 아이는 한 명도 없었다.

글짓기반에 든 중학생은 53명이나 되었다. 설가는 좀 놀랐다. 만만한 특기적성반을 놔두고 글짓기반에 든 녀석이 그토록 많을 줄 예상하지 못했던 것이다.

설가가 물었다. "책 읽기 좋아하는 사람?"

다섯 명이 손을 들었다.

한 녀석이 질문했다. "만화책도 책인가요?"

난감했다. 설가는 반문하는 것으로 대답했다. "그럼 만화책은 책 아니니? 『마법 천자문』을 생각해봐라. 얼마나 좋은책이냐?"

그러자 세 명을 제외하고 전부 손을 들었다.

"음, 너희들은 정말 책 읽기를 좋아하는구나! ……자기가글을 매우 많이 쓴다고 생각하는 사람? 시든 독후감이든 수필이든 뭐든."

설가는 책 읽기를 좋아하고 글짓기반에 온 아이들이니까, 모두 다 글쓰기를 즐기는데, 다만 많이 쓰고 적당히 쓰고 조금 쓰고의 차이만 있다고 판단했던 거다.

딱 한 명이 손을 들었다. 옆에 있던 녀석이 추어올렸다."장르소설도 쓴대요."

"참 훌륭하구나. ……적당히 쓰는 사람?" 달랑 두 명이 손을 들었다.

"그럼, 조금 쓰는 사람?" 일곱 명이 손을 들었다.

"그럼 손 안 든 애들은 뭐하러 왔어?"

한 녀석이 대답했다. "갈 데가 없으니까 왔지요."

녀석들에게 몇 마디 묻고 나니 대강 짐작이 되었다. 특기 적성반이 많기는 했지만 대부분은 장비나 돈을 요구했다. 부자의 자제보다는 빈자의 자제가 우세한 학교답게, 장비와 돈이 필요 없으며 스트레스 풀기에 적당한 반은 경쟁률이 어마어마했다. 돈 드는 반에는 못 가고, 인기폭발의 반에는 들지 못한, 결국 갈 데 없는 애들이 오는 반이 수화반, 봉사활동반, 글짓기반 같은 데였던 것이다.

설가는 막막했지만 준비해왔던 대로 첫날 강의를 했다. '여러분 교과서에 실린 「스스로 깨우치는 지혜」와 3학년 교과서에 실린 「문장도」라는 단원에 모든 것이 요약되어 있다. 어떤 글이든 많이 읽고 많이 생각하고 많이 쓰면, 스스로 글 쓰는 방법을 터득하게 되어, 절로 잘 쓸 수밖에 없게 된다. 나는 여러분이 앞으로 많이 읽고 많이 생각하고 많이 쓸 수 있도록, 그래서 고등학교에 들어가서 글짓기를 만만히 볼 수 있도록 도와주려고 한다'는 게 요지였다.

하지만 말하면서 설가는 내내 생각했다. 이런 얘기를 중학생들한테 해서 뭐한단 말인가? 그것도 글짓기반으로 쫓겨온 녀석들한테.

더욱 괴로운 것은 자신이 한 얘기가 순 엉터리일 수도 있다는 거였다. 멀리서 예를 찾을 것도 없이, 자신을 예로 들어보자. 10여 년간 글(소설)을 많이 읽고 많이 썼지만, 스스로 글(소설) 쓰는 방법을 터득하기는커녕, 고통스럽고 막막함의 정도만 더해가니, '절로 잘 쓸 수밖에 없게 된다'가 아니라 '써도, 써도 발전이 없다'였다. 그러니 중학생들에게 생거짓말을 한 셈이다.

2교시에는 '나의 초상화'라는 글을 쓰기 위해 바탕이 될 만한 것들을 두서없이 적어보라고 했다. 의외로 성의껏들 괴발개발 했다. 녀석들이 처음 해보는 것이라 약간은 신기했던가보다. 그렇게 해서 첫날 수업은 비교적 성공적으로 치렀다.

그다음 주 설가는 학을 떼었다. 저번 주에 적은 것들을 엮어서 '나의 초상화'라는 글을 써보라고 했는데, 열 명 정도의 녀석만 글을 쓰고, 나머지는 짝을 지어 죄다 떠들었다. 차라리 그만 엎드려 자기라도 해주었으면 좋으련만 잠도 없는가보았다.

옆 반 선생이 세 번을 들락거리고, 규철도 두 번 왔다가고, 교감도 한 번 들렀다 갔지만, 녀석들은 선생이 왔을 때만 조용히 할 뿐이었다. 설가는 아이들을 순식간에 조용하게 만드는 선생들의 재주에 찬탄을 금할 수가 없었다.

셋째 주에는 둘째 주보다 두 배는 더 발광이었다. 그나마 글을 쓰는 척이라도 했던 열 명 중의 다섯 명도 글쓰기를 포기하고 떠드는 쪽에 합류했다. 쓴 녀석들의 글을 읽어보는 것도 불가능했다. 설가의 말을 들으려고 하지 않는 아해들은 친구의 낭독을 들어볼 의향이 전무했던 거다. 글짓기반은 완벽히 떠들기반이 되었고, "조용히 해!" "떠들지 마!" "제발 나를 봐서 입을 다물어주삼!" 소리치고 애걸하느라 설가의 목은 쉬고 말았다.

설가는 한순간 모든 것을 포기하고 멍하니 아해들을 바라보았다. 10분 넘게 아무 말을 하지 않았다. 어떤 아해가 소리를 질렀다. "선생님, 아무 말이라도 좀 해보세요. 얘들 저대로 놔둘 거예요?" 못 들은 척했다.

문득 이상한 것을 느꼈다. 이럴 수가 아해들이 조용히 하고 있었다. 아무도 말을 하지 않고 있었다. 이 아해들을 만나고 처음 맛보는 완벽한 고요였다. 뜻밖의 고요로 인하여 설가는 무척 당황했다. 무슨 말이라도 해야 할 듯했다. "조용하니까 참 좋잖아!" 설가는 무심코 중얼거렸다.

그러자 아해들이 막 웃어대며 다시금 신나게 떠들기 시작했다. 어떤 아해가 지저귄 말이 설가의 귀에 화살처럼 꽂혔다. "쟤, 뭐하러 왔냐?" 너무나도 즐겁게들 떠드는 아해들을 보고 있노라니, 아해들에게 진정 필요한 건 글짓기반이 아니라 떠들기반이라는 생각이 들었다. 왜 떠들기반 같은 것은 없을까?

그날 수업이 끝나고, 설가는 규철에게 선언했다. "나 패 죽여도 못해요. 아니, 어떻게 된 애들이 학원 애들보다 더 떠드네."

"네가 흡인력이 없어서 그렇지. 재미있게 못해주니까 아이들이 떠드는 거 아니냐?"

"누가 뭐래요? 흡인력이 없으니까 안 하겠다고요. 아니, 못하겠다고요. 대체 왜 내가 쟤들을 재미있게 해줘야 하는 거죠?"

"야, 일 벌여놨는데 못하겠다고 하면 어쩌란 말이야?"

"몰라요, 몰라. 애들이 무서워요."

"너 그래서 세상을 어떻게 살래? 글짓기반 애들처럼 착하고 조용한 애들이 또 어디 있다고? 다른 애들한테 대면 걔들은 천사야. 오죽하면 글짓기반에 들었겠냐?"

"그래서 제가 선생님들을 존경한다고요. 어떻게 아이들을 조용히 시키면서 가르치기까지 할 수 있는지 초인의 능력이라고 생각합니다."

설가는 그다음 주 수업에 나가지 않았다. 규철의 전화를 받지 않고 잠적했다. 때때로 글짓기반에서 만났던 아해들이 악마구리처럼 떠올랐다.

# 작법을 찾아서

칼을 뽑았으면 썩은 무라도 베라고 했던가. 소설가가 되기로 결심했다면, 의당 당대 최고이자 사후에도 자자손손 유전하는 거룩하고도 빛나는 이름이 되어야 하지 않겠는가. 이렇게 다짐하니 내 가슴은 무한량 뛰었다.

아는 게 터럭만큼도 없었다. 쓰는 방법을 몰랐고, 전후 사방을 둘러보아도 가르쳐줄 사람이 없는 듯했다. 그렇다면 스스로 찾아 갈고닦는 수밖에.

내 고향에는 서점이 달랑 세 곳이었다. 그중에서도 큰강서점이 최대 규모로 알려졌다. 큰강서점 카운터의 사장인지 점

원인지 잘 모르겠는 아줌마는 파리채를 들고 있었다. '소설작법' 없느냐고 여쭈었다. 아주머니는 '작법'이 뭐냐고 되물었다. 작법에 대해서 추측한 대로 설명해보았다.

"작두 가는 소리 하고 자빠졌네. 직접 찾아봐."

개미 같은 책의 제목을 일일이 살펴보았지만 '작법'이라는 단어가 들어간 책은 발견할 수 없었다. 50여 년 역사를 자랑하는 서점에 작법 책 한 권이 없단 말인가.

신흥 서점으로 주가를 날리고 있는 동방서림에는 있겠지. 예상은 처절히 깨졌다.

30년 역사가 의심스럽게 말이 서점이지 구멍가게보다도 협소한 아리랑 서점에도 없었다.

헌책방 진단서적에도 혹시나 했지만 역시나 없었다.

설마 군립도서관에는 있겠지? 도서관에 처음 갔을 때 모든 책의 제목을 훑어본 적이 있지만, 그걸 다 기억하고 있으면 사람이겠는가. 도서관으로 가서 다시 한번 모든 책의 제목을 눈여겨보았으나 허탕을 쳤다.

결론적으로 내 고향에서는 작법을 구할 수 없단 말인가.

꿩 대신 닭이라고 했다. 작법을 찾느라 뒷전으로 미루어놓고 때가 되면 한번 읽어봐야지 했던 책들 중 상하 두 권으로 되어 있는 『나의 습작기』를 샀다. 제목 그대로 훌륭한 소설가 16인의 '나는 이렇게 습작했었다'는 고백록이었다.

독후감이랄 거까지는 없고, 대충 정리하자면, 소설가가 돼서 습작기까지 쓴 사람들은 대개 아주 못사는 집안의 자제들이었다. 또 상처가 엄청 많았다. 또 연애를 굉장히 많이 했다. 애인 서넛은 기본이었다. 또 책을 무수히 읽었다. 또 방황이라는 걸 심하게 했다. 즉 가난해야, 상처가 많아야, 연애를 많이 해야, 책을 많이 읽어야, 방황을 많이 해야 소설가가 될 수 있다.

우리집은 가난하니까 가난은 됐다. 상처? 음, 없다. 상처라고 우길 만한 것도 없다. 연애는? 연애라고 할 만한 것이 있었는가? 없었다. 앞으로 연애를 열심히 해야겠다. 방황? 사는 게 방황이지 뭐. 하지만 난 너무 건전해. 소설가들은 학교 다닐 때 다들 괴짜라서 이상한 짓거리를 엄청나게 해댔는데, 내 생활은 너무 건전해. 짤짤이(동전 따먹기 노름)하는 걸 보면 나도 좀 이상한 놈이긴 하지만. 소설가들 중에 짤짤이를 했다는 사람은 눈 씻고 봐도 없군.

책을 많이 읽는다, 이 점에 대해서는 꿀릴 게 하나도 없다고 생각했는데 어림 반푼어치도 없는 생각이었구나. 난 한국소설도 다 읽으려면 하 멀었는데, 중학교 때 세계명작을 뗐다고? 하루에 다섯 권씩 읽어치웠다고?

희한한 건 이러고도 다 대학에 갔군. 소설가가 되려면 꼭 대학엔 가야 하는 모양이군. 열여섯 명 중에서 대학 안 간 사람은 달랑 한 명밖에 없으니.

나는 습작비법은 찾지 못했지만 소설가가 되기 위한 필수 조건 하나는 분명히 배웠다. 대학은 들어가고 봐야 한다는.

그 이후로 16년 동안 소설작법 책을 30여 권 읽었다. 읽었으나, 기대했던 것만큼 배우지는 못했다. 작법서들의 훌륭한 가르침을 깨우치기에는 내가 너무 무식한 놈이었다. 작법서들의 가르침과 소설창작의 실제는 물과 기름 사이만큼 멀다는 변명을 꼬불쳐두기는 했다.

한데 되새겨보니 나는 청소년 시절에 이미 평생 지침으로 삼을 만한 작법서를 만났었다. 만나서 평생의 지침으로 받들고 있었다. 바로「문장도」라는 단원이었다.

「문장도」덕분에 얼마나 번민했던가.

「문장도」에서 말하는 '문장'과 내가 꿈꾸는 '소설'이 일치하지는 않을 거다. 아무튼 '문장을 잘 쓰려면 3다를 해야 한다'로 요약할 수 있는 '문장도'는, 내게 '소설가가 되려면 3다를 해야 한다'는 '소설도'를 가르쳐주었다. 3다를 하면, 즉 많이 읽고 많이 쓰고 많이 생각하면 소설가가 될 수 있다.

나는 '많이 읽고(다독)'를 많이 경험하라는 말로 받아들였다. 과거에는 다독이 단순히 책을 많이 읽으라는 말이었어도 괜찮았다. 과거는 책의 시대였으니까. 하지만 지금은 책의 시대가 아니다. 책 이외의 것들(이를테면 텔레비전, 영화, 스포츠)의 영향력이 나날이 증대하고 있으며, 직접경험의 가치도 외려 굿발을 세우고 있다. 지금의 '다독'은 책과 책 이외의 것들, 이 모든 것을 아우르는 총체적인 '경험'으로 수정되어야 한다.

그리고 '생각'이라는 것은 경험할 때, 글을 쓸 때 수반되는 것이지, 따로 생각만 할 수는 없다. 생각만 따로 하는 사람도 있겠지만, 내 경우에는 '따로 생각만 한다'와 '잡생각을 한다'가 같은 말이었다. 나는 평소에 생각을 별로 안 하고 살다가 어쩌다 '쓰는 동시에 생각'을 했다.

'3다'를 '2다'로 압축했다. 많이 경험하고 많이 쓰고.

다경험하고 다작하면 작가가 될 수 있다는 것을 알았지만, 나는 다경험하기도 다작하기도 쉽지가 않았다. 무엇보다도 이 나라의 고삐리로 살자니 시간이 태부족했다.

교과시간과 보충수업시간을 문학공부에 할애한다는 것은, 대학이라는 데에 꼭 갈 생각인 나로서는 불가했다. 따라서 교과시간과 보충수업시간에 딴짓을 안 한다고 전제하고, 필수적인(식사, 통학, 생리현상 처리, 체력장 연습, 왕따 방지 차원의 우정 나누기 등등) 시간을 제하면, 내 자유의지 아래 남는 시간은 고작 여섯 시간(저녁 7시부터 10시까지의 야간자율학습시간과, 귀가하여 취침하기 전까지의 세 시간)에 불과했다.

세 시간 빠듯한 등하교 시간이 그렇게 아까울 수가 없었다.

다경험의 별천지 대학에 가려면 영어·수학이라는 만리장성을 넘는 시늉이라도 해야 한다. 다른 과목은 수업시간에 충실히 듣고, 시험 기간에 벼락치기 해주고, 3학년 여름방학 때부터 문제집을 열심히 풀어대면 어느 정도의 점수는 나올 터이다. 허나 그놈의 영어·수학은 3년 내내 매달려야 반타작이라도 바라보려나 하는 판이니, 등한히 할 수가 없다.

도리없이 자유의지 여섯 시간 중에서 얼마의 시간을 영어·수학에 넘겨주어야만 한다.

어떻게 분배해야 가장 효율적일까?

소설공부 세 시간, 영어·수학 공부 세 시간? 이것이 양쪽을 다 하는 가장 단순하면서도 현명한 방법인 것 같지만, 어떻게 보면 둘 다 못하는 멍텅구리 짓일 수도 있다.

쓰기도 해야 하고, 하고자 들면 한없을 경험을 섭렵해나가야 하는데, 소설 한 권 읽기에도 버거운 세 시간의 투자는 (소설공부에) 투자를 안 한 것이나 진배없다.

영어·수학은 더욱 그렇다. 허구한 날 영어·수학만 해도 모의고사에서 세 개 중 하나를 겨우 맞히는 주제에, 세 시간 공부로는 답이 나오지 않는다.

둘 중 하나에 모든 걸 걸어? 소설공부만 죽어라고 해? 영어·수학만 뒈지라고 파?…… 아, 도대체 어떻게 해야 환상적으로 자유의지 여섯 시간을 장악했다고 소문이 날까.

고등학교만 떠나면 시간에 구애받지 않고 마음껏 소설공부(다경험과 다작)를 할 수 있으리라는 헤아림이 터무니없지는 않았다.

나는 대학 졸업 이듬해에 소설가로 데뷔했다. 이후로는 소설가 명색으로 살았다. 즉 민생치안을 보좌하느라(전투경찰로 복무했다) 소설을 잊고 살았던 시절과, 소설책을 쳐다볼 짬도 내기 어려웠던 짧았던 직장 시절을 빼고 나면, 대학에서의 4~5년이 내 인생 경험의 전부인 것이다.

대학교 시절에 바빴다. 노느라고, 연애하느라고, 술 마시느라고, 데모하느라고…… 책도 좀 읽기는 했다. 최소한 내가 만난 누군가(교수님이든, 선배든, 후배든, 동기든)의 입에서 한 번이라도 언급된 책은 찾아 읽으려고 했다. 그리고 1~2학년 때는 정 심심하면 쓰기연습을 했고, 3~4학년 때는 데뷔해서 부모님께 효도 한번 해보자는 일념으로 마구 썼다. 데뷔하면 한두 학기 등록금을 면제해주는 제도가 있었다. 성적장학금은커녕 근로장학금 한 번 받아본 일이 없는 불효자인지라 '재학중 데뷔'에 혈안이 될 만했다. 어쨌거나 대학교 때 그렇게도 원했던 소설공부(다경험과 다작)를 마음껏 할 수 있었다.

소설가들의 습작기에서, 왜 한 명 빼놓고는 다 대학을 다녔는지 이해가 되었다. 대학교를 다니는 것이 소설가가 되는

데 보다 유리한 것은, 대학교에서 소설쓰는 방법과 기술을 가르쳐주기 때문이 아니라, 마음껏 하고 싶은 대로 경험하고 써볼 수 있는 4~5년의 시간을 가질 수 있기 때문이었다. 즉 '대학교에 가고 안 가고'가 중요한 게 아니라, 소설에 모든 것을 걸거나 투자할 시간을 갖느냐 못 갖느냐가 관건이었다.

작법을 찾아서 서점을 순례한 지 16년 후, 나는 소설가가 되고 싶다면 다경험과 다작 말고 또하나 절대적으로 갖추어야 할 제3의 요소가 있다고 생각하게 되었다. 그것은 집요한 의지다. 소설가가 되고야 말겠다는.

흔히 스타라고 불리는 사람 중에 몇몇이 말하듯이, 당연히 소설가 중에도 별다른 의지 없이 몇 번 써보았을 뿐인데 덜컥 데뷔했고, 데뷔 이후 한 편 두 편 열심히 쓰다보니 소설가로 인정받았다는 식으로 말하는 분도 계신다.

하지만 대부분의 스타가 말하듯이, 당연히 대부분의 소설가도 소설가가 되겠다는 의지로 젊음을 소설에 송두리째 바치고서야 소설가가 되었다. 그래서 나는 소설가가 되고야 말겠다는 의지를 가진 자만이 끈질기게 다경험과 다작을 해나갈 수 있다고 믿는다.

때와 장소를 가리지 않고, 세대와 계층과 직업에 관계없이 널리 쓰이는 말 중에 '진인사대천명(盡人事待天命, 자기 할 일을 다 하고 하늘의 명을 기다린다)'이 있다. 소설가가 되는 일도 진인사대천명의 범주를 벗어나지 않는 듯하다. 아무리 집요한 의지로써 다경험하고 다작해도 끝내 소설가가 되지 못할 수도 있다. 소설가로 데뷔할 수는 있겠지만 끝내 이름을 날려보지는 못할 수도 있다.

그러나 진인사대천명은 적어도 50퍼센트의 확률을 가졌다. 즉 되거나, 안 되거나 둘 중에 하나다. 하지만 노력하지 않으면 소설가가 될 확률은 0퍼센트이다.

확률 놀이를 한 번이라도 해본 청소년이라면 알겠지만, 50퍼센트는 매우 높은 확률이다. 확률 50퍼센트라면, 소설가가 꿈인 청소년에게는 10년 넘게 걸릴 수도 있는 길이 되겠지만, 끝내는 가다가 포기할 수도 있는 길이겠지만, 그래도 집요한 의지로써 진인사대천명 해볼 만한 길이지 않을까.


이상은 소설가가 되기로 결심한 그날 이후 16년 동안 오로지 소설을 붙잡고 살아온 한 젊은 미련퉁이 처지에서나 욱대길 수 있는 말들이겠지만, 여하튼 청소년기에 소설가를 꿈꾸었다면 이미 돌이킬 수 없는 우물에 몸을 들이민 것이다. 이왕 우물에 빠진 돼지라면 되든 안 되든 진인사대천명으로 부딪쳐볼 수밖에 없는 노릇 아닐까. 어설픈 마음 말고, 안 되면 자폭해버리겠다는 굳건한 의지를 갖고.

**"** 10여 년간 글을 많이 읽고 많이 썼지만,
스스로 글 쓰는 방법을 터득하기는커녕,
고통스럽고 막막함의 정도만 더해가니,
'절로 잘 쓸 수밖에 없게 된다'가 아니라 '써도,
써도 발전이 없다'였다. **"**

# 아버지와 소

아버지가 들쥐병으로 호되게 앓았던 모
양이다. 예방주사를 맞아둔 덕에 그나마 일주일 정도만 고생
하고 기운을 차리셨다는 것이다. 병났을 때 알리면 자식들이
걱정한다고, 다 나은 다음에야 어머니가 귀띔해준 거였다. 사
람 손 얻기가 하늘의 별 따기만큼 어려운 농촌이 되어서, 대
개 기계꾼을 부르지만 기계가 들어갈 수 없는 논바닥은 여전
히 연로한 아버지 어머니가 몸소 바지런을 떨어야 엄동설한
전에 짚묶기를 끝낼 수 있었다. 짚은 들쥐병의 원천이라 할
수 있었다. 매년 무사하셨는데 올해는 그예 당하신 듯했다.

아버지와 어머니는 농부다. 보통 노쇠한 농사꾼은 탈곡으로 한 해 농사가 끝나지만 내 부모의 경우는 좀 다르다. 탈곡 후부터 논바닥의 짚을 묶어야 한다. 소 스물 몇 마리가 다음 해 가을까지 먹을 짚을 장만해놓아야 하기 때문이다. 그래서 나는 늦가을·초겨울에 늘 마음이 편치 않았다. 육체적으로 편한 직업이라 들판에서 종일 찬바람을 맞아가며 허리도 펴지 못한 채 애면글면하는 부모님을 생각하면 그저 죄송하기만 한 거였다.

그러니까 소가 문제였다. 나는 대학 시절에 '소'라는 말만 들어도 언짢았다. '소'라는 말만 들으면, 아버지가 키우는 소들이 떠올랐다. 아버지가 소를 팔아 내 등록금과 생활비를 대고 있다는 사실이 연상되었다. 이른바 '우골탑'의 상징과도 같은 시골 출신 학생 주제에, 장학금 한 번 못 타고 무분별하기 이를 데 없는 내 생활이 부끄러웠다.

하지만 나는 소에게 고마워해야 한다. 내가 이렇게나마 된 것은 소들 덕분이다. 어서 소설가가 되자, 소설가가 되어 베스트셀러를 쓰자, 그래서 아버지에게 한 달 생활비를 최소한 백만 원 이상 드리자, 그리하여 아버지가 더이상 소를 키우지 않아도 되게 하자! 그렇듯 아버지의 집에서 소를 없애버리겠다는 각오로 나름대로 치열하게 습작을 했고, 운이 따라줘 소설가 행세를 하고 있는 것이다.

소설가로 십 년 넘게 살 수는 있었지만 돈과는 거리가 멀었고 앞으로도 가까워질 것 같지가 않다. 베스트셀러는 언감생심이고, 아버지에게 백만 원의 용돈을 드리기는커녕 아직도 용돈을 받는다고 할 수 있다. 두어 달에 한 번 고향에 가는데, 아버지는 손자에게 '과잣값'이라고 돈봉투를 찔러주는 것이다. 형편이 닿는 달에 어머니 계좌로만 겨우 20만 원 송금하는 것을 큰 다행으로 아는 터수다. 아버지에게 손 벌리지 않고 살아가는 것만도 꽤 대견하다고 자부할 정도로 소설가의 삶이 만만치 않았다.

내가 아버지에게 용돈 한 푼 안 드리면서도 아무렇지 않은 것은, 아이러니하게도 내가 그렇게나 미워했던 소들 덕분이다. 소를 스물 몇 마리 키운다고 해서 아버지가 큰돈을 벌고 있는 것은 아니다. 단순히 생각해서 소를 한꺼번에 정리할 경우, 사룟값을 비롯해 제반 사육 관련 빚을 제하면 몇백만 원이나 남을까 말까 하게 된다. 하지만 한 해에 송아지가 네 마리 정도만 태어나고 녀석들을 무사히 길러낸다면 적어도 연봉 천오백은 되신다고 말할 수 있다. 예순여섯 살의 아버지는 고령 농촌사회에서 어깨에 힘주고 다닐 만큼의 생활인이라고 할 수 있는 것이다.

덕분에 나는 아버지와 어머니의 경제에 신경쓰지 않고, 나와 아내와 내 아들의 앞가림만 해도 된다. 그래도 마음의 불편함은 어쩔 도리가 없다. 그래서 이제 농사일을 그만두셨으면, 소를 그만 키우셨으면 하고 바란다. 아버지의 경제를 책임져드릴 주제도 못 되면서 말이다.

어머니가 아들의 착잡한 심경을 짐작하셨는지 이렇게 말했다. "느이 아버지도 이젠 늙었나비다. 요번 벼 말리는 것은 기계로 하자신다. 지푸라기 묶는 것도 태반은 기계로 할 것이니께 우리 걱정은 하덜 말어. 우리는 힘 하나도 안 드니께. 소 그만 키우라는 말씀 당쳐 드리지 말어라. 소라도 키우니께 느이 아버지가 얼마나 당당하시냐. 늬들만 잘 있으면 우리는 돼야."

소들이 영원히 아버지의 경제를 책임져주지는 않을 것이다. 근력이 점점 부치는 아버지, 소들과 아버지가 서로 놓아줄 때가 머지않았다. 그땐 내가 진정 소가 될 수 있어야 한다. 물심양면으로 아버지의 자식과도 같은 소가 되어야 한다. 그러기 위해선 소처럼 좀더 근면해야겠다고 마음먹어본다.

우리집에서 나고 자랐던 소들아! 많이많이 고맙다.

"나는 소에게 고마워해야 한다.
내가 이렇게나마 된 것은 소들 덕분이다.
어서 소설가가 되자, 소설가가 되어
베스트셀러를 쓰자, 그래서 아버지에게
한달 생활비를 최소한 백만 원 이상
드리자, 그리하여 아버지가 더이상 소를
키우지 않아도 되게 하자!"

# 노동의 새벽

시청률 50퍼센트에 육박하는 국민드라마를 집필하는 등 드라마작가로 대성한 선배에게 흥미로운 얘기를 들은 바 있다. 문창과 학생에게 희망 분야를 물으면 시 아니면 소설이라고 대답하던 시절이었다. 선배는 시가 생판 뭔지 모르고, 문예창작학과에 입학한 극히 드문 학생 중의 하나였다. 다만 이런 일이 있었다고 한다.

고등학생 때, 독서실 한구석에서 쓰레기처럼 굴러다니는 책을 하나 발견했다. 표지도 다 떨어져나가고 라면받침대로 애용됐는지 참 더러웠다. 그런데 한 장 두 장 읽다보니 가슴이 싸해지고 나중에는 눈물까지 나오는 것이었다. "세상에 이런 책도 다 있었네!" 하지만 그게 시집이라는 것도 몰랐다.

대학생이 되어 받은 책선물 중에 박노해의 『노동의 새벽』이라는 시집이 있었다. 고삐리를 철철 눈물 흘리게 했던 바로 그 책이었다.

나 역시 시집을 읽고 진정으로 '감동'을 맛본 것은 『노동의 새벽』이 처음이었다. 특히 표제작인 「노동의 새벽」은 혁명적으로 와 닿았다.

나는 열다섯 살 때 시인 겸 소설가로 살 것을 맹세했다. 딴에는 시를 읽고 시를 쓰며 청소년기를 보냈다. 내가 배우고 읽은 시들은 감동적이지 못했다. 교과서에 나오는 시들은 시험문제를 무한정 쟁여놓은 항아리 같았고, 『한국의 명시 100선』 같은 책에 나오는 시들 또한 시험문제처럼 골치가 아팠다.

사랑타령이구나, 자연에 대한 찬미구나, 말장난이구나, 도대체 뭔 소린지 알 수가 없구나, 시험문제는 엄청 뽑아낼 수 있겠구나, 이렇게 1차원적인 느낌은 있었지만 가슴이 울린다거나 머릿속이 확장된다거나 하는 충격을 경험하지는 못했다.

물론 위대한 시의 잘못이 아니다. 틀림없이 나는 시적 감수성이 태부족한 청소년이었다. 나는 수사법에 무지했다. 내가 청소년기에 썼던 시들은 도대체 은유라고는 없는 직설의 배설과도 같았다. 돌머리 돌가슴을 움직일 만큼 단순한 시는 없었다.

당시에 그 시가 그토록 유명하지 않았다면, 선배나 동기들이 그토록 경탄하지 않았다면, 나는 그것이 '시'라고 여기지 않았을지도 모른다. 내 상식으로 그것은 시가 아니었다.

시는 뭔가 어려운 것이다. 복잡한 것이다. 모호한 것이다. 나 같은 놈은 감동은 언감생심이고 아주 여러 번 읽어야 겨우 해독해낼 수 있는 기호 같은 것이다. 나 같은 놈에게 단박에 와 닿다니! 해독이고 뭐고 할 필요 없이 읽는 대로 가슴에 꽂히며 어떤 전율 같은 것을 느끼게 하다니, 이런 게 시일 리가 없다. 차라리 낙서라면 모를까!

그런데 바로 이런 게 진짜 시라고 열광하는 사람들이 내 주위에 숱했던 것이다. 그렇구나! 이렇게 쓰는 것도 시가 될 수 있는 거구나. 세상 사람들이 다 그렇게 보지는 않았을 것이다. 실제로 저런 건 시가 아니다, 소수의견을 굽히지 않은 선배도 있었다. 하지만 시에 목숨 걸었다고 감히 자부하는 청년 다수가, 철없는 한때의 견해일지라도 '이런 게 바로 진짜 시'라고 이구동성하는 '시'가 될 수 있는 거구나.

그러므로 『노동의 새벽』은 내게 혁명이었다. 역사에서도 혁명으로 인하여 대혼란으로 치닫는 경우가 종종 있었듯이, 내 시세계가 대혼란에 빠졌지만, 그래도 그러한 '혁명'적인 경험을 했다는 것이 흐뭇했다.

스물일곱 살 때인가, 나는 그간 써왔던 300여 편의 시 중에서 10편을 골라 시인 선배를 찾아갔다. 시인 선배는 앞으로 허물을 네 번만 더 벗으면 평범한 시인은 될 수 있겠다고 평해주었다. '허물을 벗는다'는 것은 어떤 것일까. 『노동의 새벽』을 읽었을 때처럼 이전의 것이 깡그리 붕괴되고 혼돈을 만나는 순간? 내가 쓴 모든 시와 그 시가 담긴 디스켓까지 불태우며 시를 다시는 안 쓰겠다는 다짐의 푸닥거리를 치렀던 그날 저녁을 떠올릴 때마다 화끈거리지만, 그 순간이 나를 소설가로 만들었을 테다.

나는 '시'를 타고나지 못했다. 아무리 노력해도 좋은 시를 쓰기는 어려울 것이다. 그러니 소설에 모든 것을 걸자. 소설에 내가 시라고 믿는 세계를 담으면 될 것 아닌가. 시적인 소설이 아니라 소설적인 시를 쓰자. 소설은 노동과 같다. 시에는 자신이 없었지만 소설이라면 허물을 네 번이고 다섯 번이고 벗을 수 있다. 소설을 '노동'처럼 쓰자.

또한 『노동의 새벽』은 내 아버지의 초상화 같았다.

'전쟁 같은 밤일을 마치고 난' 아버지가 생각났다. 아버지는 20년 동안 광부였다. 아버지도 밤새 탄을 캐고 나와서 '새벽 쓰린 가슴 위로 차거운 소주를' 부었으리라. 아버지는 '기

름투성이 체력전' 대신 저 밑바닥 깜깜한 굴 안에서 '석탄투
성이 체력전을' 펼쳤다. '전력을 다 짜내어 바둥치는 전쟁 같
은 노동일'을 하셨다. '늘어처진 육신에 또다시 다가올 내일
의 노동을 위하여' 소주를 마실 수밖에 없으셨을 테다.

'소주보다 독한 깡다구를 오기를 분노와 슬픔을' 부으셨을
테다. 아버지의 '거치른 땀방울, 피눈물' 덕에 나는 '새근새근
숨쉬며 자'랐구나. 아버지는 '진이 빠져, 허깨비 같은' 쉰 살
이 되셨구나. 아버지도 '어쩔 수 없지 어쩔 수 없지 이 질긴
목숨을, 가난의 멍에를 이 운명을 어쩔 수 없지' 절망하셨겠
구나. '절망의 벽'을 쌓아오셨겠구나.

내 아버지는 '절망'과는 거리가 먼 분이었다. 광부를 하면
서도, 실현이 가능한 범위 안에서 구체적인 농사계획을 세웠
고, 끈기와 노력으로 기어이 달성하고야 말았다. 매사에 선부
른 기대나 희망을 품지도 않았지만, 결코 비관하거나 감상에
빠지는 분이 아니었다. 『노동의 새벽』을 읽으면 그 굳세 뵈는
아버지가 아무도 모르게 홀로 '절망의 벽'을 쌓고 있는 건 아
닐까 조마조마했다.

『노동의 새벽』은 아버지가 '거치른 땀방울, 피눈물 속에'
'전쟁 같은 밤일'을 하며 살아도 '가난의 멍에를' '어쩔 수 없'
는 이유를 말하지 않았다. 그렇게 일해서 보내준 돈으로 대
학 다니는 아들이 사회구조적인 모순에 '분노와 슬픔'을 어

찌지 못해서 데모라도 하지 않고서는 견딜 수 없어 하고, 데모하고 나서는 그거라도 했다고 새벽까지 소주를 처마시는 한심한 모습을 보여주지도 않았다. 그런 한심한 아들이 데모할까봐 '전력을 다 짜내어 바둥치는 전쟁 같은 노동일' 중에도 자식을 근심하는 아버지의 '어쩔 수 없는 마음'을 드러내지도 않았다.

그렇지만 그 시는 아버지처럼 몸뚱이로 벌어먹고 사는 사람도 시의 주인공이 될 수 있음을 선언했다. 『노동의 새벽』은 내 아버지의 자화상이다. 애꿎은 전경들과 다투고 온 못난 아들들은 '차거운 소주잔을 돌리며 돌리며' '희망과 단결'을 떠들어대는데, 아버지들은 무슨 생각을 하며 소주잔을 돌릴까. 정말이지 '노동자의 햇새벽이 솟아오를 때'가 올까. 꼭 와야 할 텐데……

『노동의 새벽』을 수없이 읽었던 그때로부터 스무 해가 흘렀다. 사십대에 읽어도 아버지가 떠오른다. 칠십대의 아버지는 열몇 마리 한우를 키우고 논 열 마지기 농사를 짓는다. 아버지가 '쓰린 가슴 위로 차거운 소주를 붓'는 모습이 보이는 듯하다.

모처럼 글이 잘 써져 '햇새벽이 솟아오를 때'를 보는 날은, 즐거운 '노동'을 한 것 같아 보람차다. 평생을 몸뚱이 노동으로 살아온 아버지에게 조금 덜 죄송하다.

# 괴력난신(怪力亂神)

## 1. 어머니

아주 어렸을 적에, 처음으로 절에 가던 날, 나는 몹시 무서웠다. 머리에 무거운 시루떡을 인 어머니는 넓은 길을 버리고 산속으로 들어갔다. 산속 좁은 길을 헤치고 올라갔다. 어린 나는 호랑이가 나올까봐 벌벌 떨었다. 나는 호랑이가 있다고 믿었다. 호랑이보다 무서운 곶감도 없는데 이거 참 큰일이네. 호랑이 대신 떡하니 나타난 것이 절이었다.

깊은 산속에서 마주한 갑작스러운 풍경에 나는 어쩔 줄을 몰랐다. 뜻밖에도 수백 아주머니가 있었고, 보통 집과는 아주 다르게 생긴 집이었고, 머리카락이 없는 사람들이 이상한 옷을 입고 있었고, 그리고 부처님이 계셨다. 어머니는 부처님께 끝없이 절하며 뭐라고 웅얼웅얼 빌었다. 도대체 어머니는 무엇을 하고 계시는 건가?

이후, 나는 절에 가면 어머니가 생각났다. 크든 작든 절에 가면 부처님께 간절히 비손하는 여인네들을 볼 수 있었다. 그분들이 모두 내 어머니 같았다. 어머니와 처음으로 절에 갔던 그날이 어렴풋이 떠올랐다. 어머니가 부처님께 경배드리는 모습은 내 마음과 머리에 영원한 인상으로 새겨져 있었다.

나는 부처님을 감히 아는 척할 만큼의 공부가 없다. 절에 가면 부처님이 저렇게 자상하게 존재하고 있다는 것이 좋았다. 내 어머니를 비롯해 이 세상의 모든 어머니들을 언제라도 받아줄 광대한 품이시잖은가.

아직도 시골 분들은 신문이나 텔레비전에 나오면 대단한 출세라도 한 줄 안다. 중앙일간지에 책 출간 기사가 실렸을 때, 방송에 출연했을 때, 부모님은 축하 전화를 제법 받았다. 아들이 대성공했다고! 내게 대놓고 성공을 축하하는 분도 계셨다.

"야, 너는 네가 잘해서 잘된 거로 생각하겠지만, 어머니 정성 아니었으면 힘들었을 거다. 어머니가 절을 두세 군데씩이나 댕기시며 너 잘되라고 불공드렸다는 건 삼동네가 다 아는 일 아니냐."

모름지기 성공한 혹은 잘된 작가라고 한다면, 다섯 중의 하나는 되어야 하지 않을까.

첫째, 대중에게 사랑받는 작가. 간단히 말해서 책이 많이 팔리는 작가. 베스트셀러작가.

둘째, 평론가에게 사랑받는 작가. 대중과 평론가는 눈높이가 다르다. 대중에게 사랑받지 못한다면 평론가에게게라도 사랑받아야 한다. 평론가에게 사랑받으면 문학상을 곧잘 탈 수 있다. 이른바 수상작가.

셋째, 교수 같은 그럴듯한 직업을 겸비한 작가. 이른바 교수작가.

넷째, 방송인으로 입신양명한 작가.

마지막으로 팔리지도 않고 교수도 아니고 아무도 알아주지 않지만 나름대로 훌륭한 작가.

물론 나는 아무것도 아니므로 마지막 부류라고 우긴다. 그렇게 우기며 무려 20년이나 작가입네 하고 살아온 것이다.

미미한 작가인 나에게도 운이 있었다. 작가가 되고 나서 1년에 한 권꼴로 책을 낼 수 있었으니 출간운을 타고났다. 출간운보다 더 대단한 행운은 내가 소설가로 20년을 생활했다는 그 자체다.

나는 이 놀라운 행운(성공 혹은 잘됨)이, 어머니 덕분임을 확신한다. 어머니가 산속 절들을 찾아다니며 비손한 덕분에 나는 소설가로 살아올 수 있었다. 물론 어머니의 비손을 받아준 그분, 부처님이 베풀어주신 복이기도 할 것이었다.


2. 초의 무게


스무 살 때 한여름에 무전여행 비슷하게 돌아다니다가 강화도 보문사에 닿았다. 그날도 무슨 날이었던지—지금 생각해보니 아마도 불교의 명절 중에 하나라는 우란분절(음력 7월 15일)이었거나 그 무렵이었던 듯하다—인산인해였다.

석굴도 신기했지만 그보다 놀라운 것은, 대웅전 뒤편으로 산이 하나 솟아 있는데 그 산에 사람의 길이 1킬로미터나 나 있는 거였다. 지그재그 가파른 돌계단이 지긋한 여인네로 꽉 채워졌다.

저게 대체 뭔 일인가? 나도 사람들의 뒤꽁무니를 따라 오르기 시작했다. 스무 살의 나도 헉헉대는 판인데 어머니 할머니 들은 오죽했으랴. 그녀들은 비지땀으로 곤죽이었지만 포기하지 않고 "관세음보살!"을 뇌며 오르고 또 오르는 거였다. 내려오는 분들도 힘들어 보이기는 마찬가지였다.

대체 뭐가 있기에 저토록 힘들게 올라갔다가 힘들게 내려오는 것일까?

종착지는 그 산 중턱의 눈썹을 닮은 바위 아래였다. 나는 놀랐다. 바위 아래에 새겨진 부처님(관음좌상) 때문이 아니라, 부처님 아래에 꽃밭처럼 일렁거리는 초들 때문이었다. 바위에 불이라도 난 듯싶었다. 부처님 아래는 아직도 비손하고 있는 분들, 비손을 끝내고 쉬는 분들, 올라와서 자리를 찾는 분들, 다음 사람을 위해 빨리 내려가달라고 소리쳐대는 분들, 오일장을 방불케 했다.

유별난 사람 하나가 있었다. 쉰 살 정도 되어 보이는 사내였는데, 그는 초밭 사이에서 다 녹아내린 초들을 떼어내 포대에 담고 있었다. 두 포대가 나왔는데, 어림짐작으로 보통 무거울 것 같지가 않았다. 아저씨와 눈이 마주쳤다. 얼떨결에 "도와드릴까요?" 했다. 아저씨와 나는 각각 초 한 포대씩을 짊어지고 내려오게 되었다. 맨몸으로도 벅찼던 길을 쌀 한 가마니와 맞먹는 짐을 짊어지고 내려오려니 참으로 고행길 같았다. 쉰 살이나 된 그에게 지지 않겠다는 일념으로 무게를 견뎌냈다.

초가 그토록 무거운 것이었다. 아저씨는 하루종일 산을 오르내리며 초를 걷어 내린다고 했다. 아저씨가 감당한 초의 무게는 상상을 초월하는 것이겠다.

현실의 초의 무게가 그토록 무거운 것일진대, 부처님이 감당해야 하는 염원의 무게는 얼마나 무거울까. 뭉그러진 초 하나에는 한 여인네의 절절한 염원이 담겨 있을 것이었다. 그런 초가 수십 가마니이니, 수천 여인네의 염원이 그 바위 밑에서 뜨거웠을 테다. 그 염원을 받아주실 분은 부처님밖에 없다. 부처님은 아마도 많이 무거울 것이다. 하지만 그 무거움을 수천 년 동안 꿋꿋이 감당해오셨기에 부처님이실 테다.

절의 어느 곳엔가 초 포대를 부려놓고 그에게 작별을 고했는데, 그가 버럭 화를 냈다.

"이봐, 일을 했으면 밥은 먹고 가야지."

산채비빔밥을 두 그릇이나 먹었다. 그 절밥 한 끼니를 잊지 못한다.

아마도 부처님께 향하는 그 가파른 길에 매달린 우리 어머니들을 한꺼번에 너무 많이 본 후에, 우리 어머니들이 밝혀 힘차게 타오르다가 녹아내린 초들의 무게에 짓눌린 후에, 이렇게 맛있을 수 있을까 감탄하며 먹은 밥이었기 때문일 테다.


3. 수캐


중견 사진작가와 더불어 음식점 취재를 다닌 적이 있었다.

나는 음식점 주인과 인터뷰를 하고 사진작가는 음식을 찍고 또 찍었다. 하루에 여섯 집씩 열흘을 꼬박 돌아다녔다. 이게 뭐하는 짓인지 알 수가 없었다. 소설가 3년차에 서른한 살이었던 나도 한심했지만, 마흔 살의 사진작가도 한심하기는 했다. 나는 쓰고 싶은 소설을 못 쓰고 몇백만 원의 돈 때문에 그러고 있었다. 나처럼 신인도 아닌 중견의 사진작가 역시 돈 때문에 그러고 있었다.

그 처량한 일을 끝마치고, 그와 나는 전라도와 경상도에 있는 절들을 찾아 나섰다. 사진작가는 절에 있는 독특한 문양을 담으려고 했다. 그는 큰 절, 작은 절, 암자 가리지 않고 찾아다니며 대웅전 처마, 유명한 스님의 유골이 안치되었다는 부도, 커다란 종, 석탑, 바위에 새겨진 미륵불 등등 곳곳에 숨어 있는 진귀한 문양을 포착했다. 사진작가가 같이 돌아다녀보겠느냐고 했을 때 약간 망설였지만 따라나섰다. 그가 촬영할 때, 나는 하릴없이 배회했다.

쓸데없는 생각들을 했다. 왜 절은 반드시 아름다운 풍광 속에 있는가. 절이 있기 때문에 그 절로 인하여 풍광이 아름답게 꾸며진 것인가. 원래 아름다운 풍광 속에 절이 절묘하게 자리잡은 것인가. 옛날부터 절은 산속에 있었는가. 숭유억불정책 때문에 밀려서 산속에 들어오게 된 것인가. 뭐 이런 나름대로 괜찮은 생각도 했지만, 남자 스님들은 여자 생각이 정말 안 날까? 여자 스님들은 남자 생각이 정말 안 날까? 이런 창피한 생각도 했다. 혼자서 고즈넉한 산사를 헤매면 별의별 잡생각을 다 하게 되는 것이었다.

그러다가 어느 절에서 진기한 체험을 했다. 그 암자의 스님께서 개를 자랑하셨다. 내가 보기에도 참 훌륭한 진돗개였다. 세 살배기 수캐는 늠름했다. 강아지 때부터 절밥을 먹고, 부처님 모시는 스님을 따라다니고, 염불 소리와 종소리와 비손 소리에 이골이 났을 테니, 너는 참으로 성스러운 개일 테다. 그 성견이 나를 보더니 눈을 번쩍 빛냈다. 나는 개를 무서워한다. 신문 돌리다가 운동복을 물어뜯긴 후로는 더욱 무서워한다. 나는 겁먹고 뒷걸음질쳤다.

성견이 나를 향해 솟구쳤다. 나는 꼼짝 못하고 얼어붙듯 했다. 성견은 앞발 두 개를 내 양어깨에 올려놓았다. 나무처럼 세워진 성견의 키는 나랑 비슷했다. 누가 보면 네가 나를 껴안은 줄 알겠다. 나는 웃어야 할지 겁에 질려야 할지 몰라서 애매한 미소를 지었다.

성견이 허리와 엉덩이를 맹렬히 움직였다. 성견은 나를 암캐로 본 것인가? 내가 여자라면 이해를 하겠다. 어떻게 나처럼 못생긴 남자를 암캐로 착각할 수 있단 말이냐. 더 놔두었으면 상황이 어떻게 전개되었을까 지금도 참으로 궁금하다. 고함치고 때리듯 해서 성견을 떼어내 쫓아버린 그 스님이 다

원망스러울 정도다.


## 4. 괴력난신

공자님은 '괴이한 일—怪, 이상한 힘—力, 인륜을 어지럽히는 일—亂, 귀신에 대한 일—神' 등 '이성적으로 설명하기 어려운 불가사의한 존재나 현상'에 대해서는 말하지 않았단다. 그러니까 공자님은 쉬운 얘기만 하셨다.

괴이하지 않은 일보다 괴이한 일이 더 많이 일어난다. 인륜을 어지럽히는 일도 수없이 발생한다. 귀신이 있는지 없는지 모르겠지만 귀신이 곡할 일이 숱하다. 이상한 힘은 또 얼마나 흔한가. 쉬운 얘기만 하시다니, 공자님은 좀 비겁하셨네요.

미욱한 중생에게는, 훌륭하지만 실천하기 어려운 공자님의 말씀보다, 괴력난신을 나름대로 설명하는 말씀들이 더 와닿았을 테다. 괴력난신에 대한 나름대로의 설명과 그것에 대한 믿음, 그것이 종교라고 나는 생각한다. 어머니의 불공과 부처님의 공덕으로 소설가로 살아가는 나는, 당연히 불교를 최고의 종교로 생각한다.

부처님의 말씀이 참 좋다. 대개의 종교가 괴력난신을 적으로 규정하고 전쟁을 벌이는 듯 사나운 말씀이라면, 불교는 괴력난신마저도 품고 다독이고 녹여야 할 사랑의 존재로 여기는 듯 다정한 말씀 같다.


　5. 각오


　연전에 아주 유명한 스님이 돌아가셨다. 그런데 그분은 도대체 왜 유명해졌는지 이해가 되지 않았다. 별스런 공적 생활이 없으셨다. 무슨 큰 절의 주지를 맡은 적도, 무슨 종파의 임원을 맡아본 적도 없었다. 잘 팔린 책을 낸 것도 아니었다. 권력과 가까운 것도 아니었고 권력과 싸운 것도 아니었다. 신문에 난 그분의 행적을 되풀이해 읽었다. 그저 깊은 산속에서 평생 불도를 닦으신 분이었다. 이렇게 전혀 드러나지 않는 행적도 유명해질 수가 있다니! 그토록 그분의 도가 드높았을 테다.
　강하고 높은 그분의 깨달음은 시나브로 퍼져나갔을 테다. 빠르고 요란스러운 깨달음들이 유행을 마치고는 가뭇없어졌을 테다. 하지만 그분의 깨달음은 가장 느린 속도로 다가와 가장 오래도록 남는 마음붙이가 되었을 테다.
　그 스님은 내 롤모델이 되어주셨다. 나는 그 스님처럼 살고 싶다. 하지만 그 스님의 개만큼도 초연히 살 수 없는 싸가

지 없는 중생이다. 그럼에도 나의 문학만큼은 그 스님의 깨
달음처럼 될 수 있기를 비손하는 것이다. 내 문학이 독자들
에게 아주 느린 속도로 다가갈 테지만 독자들에게 오래도록
남는 무엇인가가 된다면 더 무엇을 바라겠는가.

# 소설쓰기를 가르친다는 것

　　　　　　　　나를 부러워하는 친구들이 많다. 하고
싶은 걸 하고 산다고.

　하지만 나도 하고 싶은 것(소설창작)보다는, 정말로 하고
싶지 않은 일(학생의 소설창작품 비평하기—강의)을 더 많이
한다. 소설 쓰는 사람과 소설을 쓰고자 하는 학생은 많아도,
소설 독자는 어지간히도 없는 시대에 이 무슨 우스운 꼴인가.

　명색이 전업소설가라지만, 나는 '소설창작' 강의로 먹고산
다. 대부분의 소설가와 마찬가지로, 나 역시 누군가에게 소설
을 충분히 배워서, 혹은 소설창작수업을 성실히 받아서, 그

덕분에 소설가가 되었다고 할 수 없다. 소설가 중에는 '뭐, 혼자서 열심히 읽고 쓰다보니까 소설가가 됐어요!' 하는 분들이 있는데, 나 역시 그렇다. 내가 소설이라고 믿는 어떤 것을 그저 썼고, 계속 투고했고, 계속 떨어졌지만, 결국엔 당선이 되고 말았다. 오매불망 소설가를 꿈꾸며 습작할 때는, 소설가가 되면, 정말이지 소설만 써서 먹고살게 될 줄 알았다. 소설 써서 버는 돈보다, 소설쓰기를 가르쳐서 버는 돈이 더 많게 될 줄은 몰랐다.

하여간 강의를 하려니 그럴듯한 말이 필요했다. 내가 강의 계획서 따위에 내세우는 말은 이렇다.


소설은 가르칠 수는 없지만, 누군가의 가슴과 머리 속에 깃들어 있거나 소용돌이치고 있는 '소설'을 발견하도록 도울 수는 있습니다. 소설은 배울 수도 없는 것입니다. 하지만 자신의 영혼과 지성의 갈망을 재구성하는 '소설'이라는 놀이를 다양하게 경험할 수는 있습니다. 소설은 혼자 공부할 수도 있지만, 더불어 놀 수도 있습니다. 누군가는 자기에게서 소설을 발견하고, 이미 소설을 발견한 누군가는 좀더 발전된 소설을 모색하고, 벌써 상당한 수준에 다다른 누군가는 자기 소설의 깊이와 넓이를 확장하도록, 소설을 갖고 놀아보는 것, 그것이 저와 여러분의 강의가 되었으면 좋겠습니다.

세미나 혹은 합평회가 될 수밖에 없는 '소설창작' 강의 속
성상, 놀기는 뭘 노나, 나는 매시간 '고뇌'에 시달려야 한다.
학생들만 비평하게 하고 나는 아무 말도 하지 않을 수도 있
겠지만, 그럴 수는 없다. 밥값은 해야 하니까. 더욱이 작품을
발표한 학생은 동료 학생들의 비평은 아무래도 좋다, 선생님
만 똑바로 비평해주면 된다는 식으로 쳐다보고 있으니, 책임
감이 가중된다. 나의 비평이 저 학생에게는 치명적인 것으로
작용할 수도 있으니까.

내가 그렇게나 까댔던 비평가님들께 송구스러운 마음 금
할 길이 없다. 비평처럼 곤혹스럽고 힘든 일이 없구나. 무엇
보다도 비평의 언술이 되지를 않는다. 역시 창작은 창작자에
게 비평은 비평가에게 맡겨야 할 일이었어, 난 모르겠다! 하
고 학기중에 도망칠 수도 없는 노릇이다. '좋은 비평'은 불가
능하더라도 '최선의 비평'을 해보려고 노력하는 수밖에.

습작품 비평에는 크게 세 가지 방법이 있겠다. 까기, 칭찬
하기, 돌려말하기.

정말 한없이 까주고 싶은 습작품이 많다. 문학적인 자의
식도 없고 소설에 대한 자기만의 관점도 없고 캐릭터에 대한
애정도 없고 오로지 썼다는 것 말고는 고민도 성의도 찾아볼

수 없는 낙서 같은 것들. 성적은 얻어야겠고, 소설창작 강의를 들으면서 소설 한 편 안 쓴다는 것 말이 안 되니 마지못해 숙제하듯 쓴, 그럼에도 불구하고 딴에는 열심히 썼다고 주장하는 자동기술 소설들.

하지만 이런 작품들을 나는 까지 못한다. 학생이 상처받을까봐 두렵다. 무자비한 비판으로 대오각성시켜 다음에는 신실하게 쓰도록 충동질하는 게 올바를지도 모르는데, 난 그게 안 된다. 그러니 비평 시간이 참 곤혹스럽다. 소위 말하는 빨간펜을 들이댈 수도 없는 조잡한 문장이니 빨간펜을 할 수도 없고, 도대체 할말은 없고, 다른 학생들도 할말이 없는지 별말들을 안 해 시간은 엄청 남았고, 엉뚱한 얘기를 끌어다 빙빙 돌려가며 시간을 때우는 것이다. 돌려말하다보면 정말로 돌 것 같다. 학생들도 돌아버릴 것 같다는 얼굴이다.

다행히 까기와 칭찬의 조화가 가능한 작품도 상당수 있다. 이런 작품을 만나는 시간은 행복하다. 할말이 많아서 시간이 부족할 지경이다. 칭찬할 곳을 바위도 춤출 만큼 추어올리니, 모자라는 데를 굳이 찾아서 까는 것도 부담스럽지 않다. 이런 작품만 나오면 강사도 할 만한데 말이야, 하는 만족감도 맛본다.

칭찬만 하는 경우는 거의 없다. 한 학기에 한 작품꼴로 칭찬만 하고픈 작품을 만나기도 하지만, 혹시 학생이 오만방자

해질까봐, 또 내 칭찬 때문에 지나친 기대를 할지도 모른다
는 두려움에 일부러라도 조금은 까지 않을 수 없다. "내가 심
사위원이라면 무조건 본심에 올리겠는데, 안타깝게도 저한테
심사를 봐달라는 데가 없네요"가 내 최대의 칭찬이다. 아무튼
칭찬만 하고픈 작품을 만나면 은근히 기분이 좋고 설렌다.

실은 거의 늘 비평가 노릇(강사'질')을 반성한다.

내가 학생에게 했던 말들이 하나도 옳았던 것 같지 않고,
칭찬할 구석이 있었는데 그걸 발견하지 못해 그 학생을 분노
케 했고, 학생의 작의를 이해하지 못했고, 빨간펜도 안 해주
고 한 번만 읽어갔으니 참 성의가 없군 자괴스럽고, 학생이
섭섭해서 좀 대거리한 것에 대하여 꼴에 선생이랍시고 자존
심과 감정을 앞세워 학생의 저항을 깔아뭉개려다 분위기 망
친 것이 쪽팔리고, 너야말로 소설 쓸 때 원고료만 바라보고
숙제하듯 성의 없이 쓰지 않느냐 너나 잘해라 인마! 욕하고
싶고, 까든 칭찬을 하든 논리적이고 합리적으로 말해야지 말
인지 방귀인지 모르게 벅벅거린 게 죄스럽고, 쓸데없는 농담
으로 시간을 때운 점도 걸리고, 도대체 내가 지금 뭐하고 있
는 거야 울어버리고 싶고……, 넋 빠진 것 같은 때가 숱하다.

이 책 한 권만 읽으면 누구나 금방 명작 소설을 쓸 수 있다
는 식으로 광고하는 '소설창작지도서'들이 존경스럽다. 도대
체 어떻게 그토록 소설쓰기를 잘 가르칠 수 있단 말인가.

"나는 이 놀라운 행운이,
어머니 덕분임을 확신한다.
어머니가 산속에 있는 절들을
찾아다니며 비손한 덕분에
나는 소설가로 살아올 수 있었다.
물론 어머니의 비손을 받아준 그분,
부처님이 베풀어주신 복이기도
할 것이었다."

# 가족을 팔아먹는 자

소설가가 소설만 써야 한다면 나같이 미미한 소설가는 밥 먹고 살기 힘들 테다. 감사한 마음으로 산문을 써왔다. 고마운 산문 청탁자들은 대개 재미있고 따뜻하고 감동적인 글을 원했다. 참으로 혹독한 요구가 아닐 수 없다. 재미있기도 버거운데 따뜻함까지 담으라니. 그것도 모자라 감동적이기까지 하라니.

청탁자와 독자가 웬만하면 '(재미는 몰라도) 따뜻하고 감동적'으로 보아주는 제재가 있었다. 바로 부모님 이야기였다. 그래서 나는 지난 20년간, 아버지와 어머니가 등장하는 글을 숱하게 썼다. 소설로는 작정하고 쓰고 각종 산문으로는 기다렸다는 듯이 썼다.

어느 선배는 대놓고 타박했다. "부모님 좀 그만 팔아먹어라!"

부모 팔아먹었다는 말을 듣고 어떤 자식이 분노하지 않으랴. 기분이 몹시 나빴지만 부정할 수 없었다. 부모님의 인생 편력과 근년의 만사(萬事)를 별다른 죄의식 없이 써댔고, 그에 대한 대가, 원고료(돈)를 취했다. 부모님께 모델료를 드린 적도 없다. 듣기에 안 좋더라도 팔아먹은 게 맞다.

변명을 하자면, 내 부모의 인생이 기록되어야만 하는 귀한 것이라고 믿기 때문에 줄기차게 썼다. 내 부모이기 때문이 아니라, 시골에서 한평생 최선을 다한 농부이기에 기록되어야만 한다.

아버지와 어머니의 삶이 마치 내 문학적 탐구의 그 모든 것인 양 늘 절박감에 사로잡혀 있었고, 기회만 닿으면 두 분의 삶을 궁구하려고 했다. 자식 된 자로서 제 부모의 삶을 긍정하든 부정하든 소중하다고 생각하지 않는 이가 얼마나 되겠는가마는, 나는 유독 집착이 심했던 게다.

내가 소설가가 된 것은 어버이의 역사를 쓰기 위해서라고 다짐하기도 한다. 아버지와 어머니의 지루하고 사소한 농민으로서의 삶을 경이롭고 기억할 만한 사건의 연속으로 거듭

나게 해야 한다!

남들이 부모를 팔아먹는다고 비웃을 지경인데도, 나는 아직 덜 썼다고 생각한다. 어버이에 대해 기록한 바를 총집합하고 재구성하여, 어버이의 평전과도 같은 소설을 쓸 작정을 하고 있으니.

다 거짓말이고, 경제적으로 척박한 직업으로 살아가게 된 자식으로서의 죄스러움을 그저 토로하고 싶었는지도 모른다.

어버이를 팔아먹는 자가 처자식을 못 팔아먹으랴. 나는 아내와 아이 또한 줄기차게 팔아먹고 있다.

아내가 중심적으로 겪은 일과 아내의 가족사는 아내의 몫으로 남겨두었지만, 아내와 내가 더불어 겪은 일과 아내가 우리 가족의 일원이 되어 겪은 바는 거침없이 썼다.

총각일 때 선배들을 만나면 속으로 좀 비아냥댔던 게 사실이다. 누구나 비슷하게 커가는 모습일진대 너무 자랑이 지나치신 거 아닌가. 나도 별수없었다. 아이가 태어나서 나랑 첫 대면한 순간부터 시작하여, 나는 마치 아이의 일기를 대신 써주듯, 기회가 닿는 대로 아이를 팔아먹었다.

특히 아이가 장기를 배우고 잘 두기까지 하는 모습과 야구공을 곧잘 던지고 치는 모습은 되게 자랑스러웠던지 몇 번이나 썼다.

사실 아내와 아이에게는 덜 미안하다. 어쨌든 나의 글쓰기로 더불어 먹고사는 이들이다. 아내와 아이가 이야기의 주인공 역할 정도는 해주는 게 마땅한 일이 아니겠는가. 그러고 보면 우리 가족은 함께 글을 썼다. 아내와 아이는 제 몸으로 겪든 주위에서 주워오든 소재와 제재와 줄거리를 제공하고 나는 낱말로 엮은 것이다.

하지만 '재미있고 따뜻하고 감동적인' 가족 이야기는 현실에서는 자주 발생하지 않는다. 그래서 사기도 곧잘 쳤다. 재미있지 않고 따뜻하지도 않고 감동적이지도 않은 가족 사건을 그 반대로 둔갑시키려고 애쓴 글이 셀 수 없다.


아버지 어머니는 늘 그랬듯이 아들의 삶을 위해 아들의 글쓰기를 못 본 척하실 테고, 아내와 아이는 늘 그래왔듯이 함께 먹고사는 처지니 감당해야만 할 테다.

20년 가까이 가족을 팔아먹은 자는, 어쩐지 부끄러워, 반성도 해보고 변명도 해보고 핑계도 대보고 억지도 부려보고 별짓을 다 했건만, 창피함은 사그라지지 않는다.

더욱 서글픈 것은 앞으로도 쭉 가족을 팔아먹는 자로 살 것이라는 틀림없는 사실이겠다.

아버지 어머니! 고맙습니다, 죄송합니다.

아내야, 아이야! 고맙고 미안하다.

내가 그나마 할 수 있는 각오는, 단순히 우리 가족의 이야기로 그치지 않고, 다만 몇 분의 독자라도 재미있게 따뜻하고 감동적으로 읽을 수 있도록 최선을 다하겠다는 것뿐이다.

**❝** 나는 늘 그래왔듯이, 겸연쩍지만,
우리 가족의 이야기가 단순히
우리 가족의 이야기로 그치지 않고,
이 시대를 사는 다른 가족에게도
재미있고 따뜻하고 감동적이면 좋겠지만
그렇지는 않더라도 갖가지를 생각하게
만드는 그런 읽을거리가 되기를 바란다. **❞**

사람을 공부하고
너를 생각한다

초판 1쇄 인쇄 2017년 8월 28일
초판 1쇄 발행 2017년 9월 7일

지은이 김종광 | 펴낸이 염현숙 | 편집인 신정민

편집 최연희 | 디자인 김마리 | 저작권 한문숙 김지영
마케팅 방미연 최향모 오혜림 | 홍보 김희숙 김상만 이천희
모니터링 이희연 | 제작 강신은 김동욱 임현식 | 제작처 한영문화사

펴낸곳 (주)문학동네
출판등록 1993년 10월 22일 제406-2003-000045호
임프린트 교유서가

주소 10881 경기도 파주시 회동길 210
문의전화 031) 955-1935(마케팅), 031) 955-2692(편집)
팩스 031) 955-8855
전자우편 gyoyuseoga@naver.com

ISBN 978-89-546-4709-0   03810

www.munhak.com